AF552722

आदिम रात्रि की महक

कहानी-संग्रह

आदिम रात्रि की महक

फणीश्वरनाथ रेणु

राजकमल प्रकाशन

पहला संस्करण अनुपम प्रकाशन से 1982 में प्रकाशित

ISBN : 978-93-88933-51-3

मूल्य : ₹ 595

पहला राजकमल संस्करण : 2019
चौथा संस्करण : 2024

प्रकाशक : राजकमल प्रकाशन प्रा.लि.
1-बी, नेताजी सुभाष मार्ग, दरियागंज
नई दिल्ली-110 002
शाखाएँ : अशोक राजपथ, साइंस कॉलेज के सामने, पटना-800 006
पहली मंज़िल, दरबारी बिल्डिंग, महात्मा गांधी मार्ग, प्रयागराज-211 001
1, अनमोल सोराबजी संतुक लेन, धोबी तलाव, मरीन लाइंस, मुम्बई-400 002

वेबसाइट : www.rajkamalprakashan.com
ई-मेल : info@rajkamalprakashan.com

मुद्रक : बी.के. ऑफसेट
नवीन शाहदरा, दिल्ली-110 032

AADIM RATRI KI MEHAK
Stories by Phanishwar Nath 'Renu'

क्रम

विघटन के क्षण

रानीडिह की ऊँची जमीन पर—लाल माटीवाले खेत में—अक्षत-सिंदूर बिखरे हुए हैं—हजारों गौरैया-मैना सूरज की पहली किरण फूटने के पहले ही खेत के बीच में 'कचर-पचर' कर रही हैं। बीती हुई रात के तीसरे पहर तक, जहाँ सारे रानीडिह गाँव की कुमारी-कन्याएँ कचर-पचर नृत्य-गीत-अभिनय कर चुकी हैं।

रात में शामा-चकेवा 'भँसाया' गया है...प्रतिमा-विसर्जन !

श्यामा, चकवा, खंजन, बटेर, चाहा, पनकौआ, हाँस, बनहाँस, अधँगा, लालसर, पनकौड़ी, जलपरेवा से लेकर कीट-पतंगों में भुनगा, भेम्हा, अँखफोड़वा, गंधी, गोबरैला तक की मिट्टी की छोटी-छोटी नन्ही-नन्ही मूर्तियाँ गढ़ी गई थीं, रँगी गई थीं। दो रात तक उन्हें ढेलेवाले खेतों में चराया गया अर्थात उनकी पूजा की गई। रात को विसर्जन!

बिरनाबन (बृन्दावन?) जले हैं—सैकड़ों। हजारों चुगलों के पुतले! पुतलों की शिखाएँ जली हैं—घर-घर में तू झगड़ा लगावे, बाप-बेटा से रगड़ा करावे; सब दिन पानी में आगि लगावे, बिनु कारन सब दिन छुछुवावे—तोर 'टिकी' में आगि लगायब रे चुगला...छुछुन्दरमुहें...मुँहझौंसे...चुगले...हाहाहाहा!

सैकड़ों लड़कियों की खिलखिलाहट! तालियाँ!

तारे झरे, पायल झनके। हुस्नहिना के गुच्छों ने लम्बी साँस ली। रात भीग गई...।

धरती पर बिखरे अक्षत-सिंदूर। दूबों पर बिखरे मोती के दाने।...छोटे-छोटे इन्द्रधनुषों के टुकड़े!

...अचानक, एक चील ने डैना फड़फड़ाया। सभी चिरैयाँ एक साथ भड़ककर उड़ीं। गौरैयों की विशाल टोली सरसों के खेत में जा बैठी।

बहुत दिनों के बाद—कोई पाँच बरस के बाद—धूमधाम से 'शामाचकेवा' पर्व मनाया है रानीडिह की कुमारियों ने।

एक चदरी-भर सरदी पड़ गई। अगहनी धान के खेतों में अब हलकी लाली

दौड़ गई है अर्थात अब दानों में दूध सूख रहा है। आलू के पौधों में पत्तियाँ लग गई हैं। सुबह-सुबह गोभी की सिंचाई कर रहे हैं, सभी।

''बिजैयादि! तू इतना सबेरे 'कोबी' जो पटाती हो, सो बेकार ही ना? तू तो अब पटना में रहेगी...।''

''चुप हरजाई!'' गंगापुरवाली दादी ने चिढ़कर चुरमुनियाँ को झिड़की दी, ''दिन-भर बेबात की बात बकबक करती रहती है यह रत्ती-भर की छौंड़ी।''

चुरमुनियाँ, रत्ती-भर की छोकरी चुप नहीं रही। आँखें नचाकर, ओठों को बिदकाकर बोली, ''हुँह! तोरे तो मजा है। कोबी रोपकर पटा रही है बिजैयादि और टोकरी भर-भरके फूल बेचेगी तू। और जब हिसाब पूछेगी पटना से आकर मलकिन-काकी तो...तो...ई ऊँगली तोड़ना, ऊ ऊँगली मोड़ना मगर भूलल हिसाब कभी न जोड़ना...हिहिहिहि...!''

दादी ने इस बार एक गन्दी गाली दी। गाली सुनकर चुरमुनियाँ ने विजया की ओर देखा। विजया शुरू से ही मुस्कुरा रही थी। इस काली-कलूटी लड़की की मीठी शैतानी को वह खूब समझती है। जहर है यह छोकरी! लछमन की पोती!

गंगापुरवाली दादी को चुरमुनियाँ की बात लगी नहीं, किन्तु वह नकियाकर कुछ बोली। चुरमुनियाँ ने समझ लिया। बोली, ''क्यों दादी, मैं झूठ कहती हूँ? बेचारी गंगापुरवाली दादी, जो गंडा से आगे गिनती न जाने, उससे मलकिन-काकी पूछेगी, 'पाँच टके सैकड़ा के दर से डेड़ सौ बीजू आम का दाम?' हे-हे-ए--हा-हा-हा बस; दादी को तो 'आकाशी' लग गई--ही-ही-ही-ही!''

विजया बोली, ''जल्दी-जल्दी हौज भर दे।''

आठ-नौ साल की इस लड़की से पार पाना खेल नहीं। विजया को छोड़कर उससे और कोई काम नहीं ले सकता, उसकी माँ भी नहीं। बाप को तो वह बोलने ही नहीं देती कुछ।

जब से विजया रानीडिह आई है, चुरमुनियाँ दिन-रात 'बड़घरिया' हवेली में ही रहती है।

कल चुरमुनियाँ कह रही थी, ''बिजैयादि, तू आई है तो लगता है रानीडिह गाँव में कोई 'परब-त्योहार'...माने...ठीक देवी-दुर्गा के मेला के समय जैसा लगता है वैसा ही लगता है। अब तो तुम भी ठीक 'खरगेंट' (खंजन) चिरैया की तरह साल में एक बार आओगी, जैसे मलकिन-काकी आती है।...अब तुम भी शहर में जाकर 'चोंचवाली अँगिया' पहनोगी।''

''लात खाएगी अब तू।'' दादी ने साग खोंटते चेतावनी दी, ''है तनिक भी बड़े-छोटे का लिहाज इस छिनाल को?''

दादी बीच-बीच में बाल पकड़कर घसीटती-पीटती भी है, और उस दिन सारे गाँव में कुहराम मच जाता है; चुरमुनियाँ किसी राख के घूरे में लोट-लोटकर एकदम 'भूतनी' हो जाती है और उसके मुँह से छंदबद्ध पंक्तियाँ–'रुदनगीत' की–अनायास ही निकलती रहती हैं–''री-ई-ई बुढ़िया गंगपरनी, बड़घरिया की घरनी, हमरो सौतिनी-ई-ई बिना रे करनवा हमरा मारलि गे-ए-बुढ़िया गंगपरनी-ई-ई... ।'' लड़की तो नहीं, एक 'अवतार' है, समझो।

गंगापारवाली दादी की मुस्कुराहट पोपले मुँह पर देखने योग्य होती है। हँसती हुई कहती है, ''जानती है बिजै, भागलपुरवाली को इस निगोड़ी ने कैसा 'बेपानी' किया था?''

गंगापुरवाली दादी ने मद्धिम आवाज में कहा, ''भागलपुरवाली उस बार आई भादों में। एक दिन 'बक्कस' से कपड़ा निकालकर धूप में सुखाने को दिया। कपड़ों को पसारते समय यह 'लौंगी-मिर्च-छौंड़ी' अचानक चिल्लाने लगी–ले ले लाला...जर्मनवाला...रबड़वाला...गेंदवाला...चोंचवाला... । मैंने झाँककर देखा, बाँस की एक कमानी में भागलपुरवाली की 'अँगिया' लटकाए चुरमुनियाँ नचा-नचाकर चिल्ला रही है। उधर, दरवाजे पर, दरवाजा-भर पंचायत के लोग।...भागलपुरवाली जलती 'उकाठी' लेकर दौड़ी थी।''

गंगापुरवाली दादी के साथ विजया भी हँसते-हँसते लोट-पोट हो गई।

चुरमुनियाँ खोजकर बड़ी बाल्टी ले आई।

आठ बजेवाली गाड़ी आने से पहले ही गोभी की सिंचाई हो गई। बाल्टी-लोटा-डोरी लेकर चुरमुनियाँ के साथ विजया भाजी कि बगिया से बाहर आई। इस बार चुरमुनियाँ अपने झबरे बालों में उँगली चलाते हुए बोली, ''बिजैयादि, सचमुच कल ही चली जाओगी? धेत्त...मत जाओ बिजैयादि!''

इस बार विजया ने एक लम्बी साँस ली।

'बड़घरिया हवेली'। पहले यही अकेली हवेली थी।

पहले सिर्फ 'बड़घरिया' कहने से ही लोग समझ लेते थे–रानीडिह का चौधरी-परिवार। अब 'हवेली' जोड़ना पड़ता है, क्योंकि रानीडिह में अब एक नहीं, कई 'बड़घरिया' हैं।

बड़घरिया हवेली के एकमात्र वंशधर श्री रामेश्वर चौधरी एम.एल.ए. पिछले कई वर्ष से पटना में ही रहते हैं, सपरिवार। दूर-रिश्ते की एक मौसी यानी गंगापारवाली दादी बड़घरिया हवेली का पहरा करती है। हलवाहा सीप्रसाद खेती-बारी देखता है। लोग उसे 'मनीजर' कहते हैं। मखौल में रखा हुआ नाम ही अब 'चालू'

हो गया है, सीप्रसाद का–'मनीजर'।

'छिटपुट जमीन' यानी आधीदारी पर लगी हुई जमीनों की हर साल बिक्री करके रामेश्वर बाबू अब 'निझंझट' हो गए हैं; खुदकाश्त में थोड़ी-सी जमीन है, पोखर और बाग-बगीचे हैं। जिस दिन कोई बड़ा गाहक लग जाए, बेचकर छुट्टी! छुट्टी माने, इस रानीडिह गाँव से, अपनी 'जन्मभूमि' से कोई लगाव–किसी तरह का सम्बन्ध नहीं रखना चाहते रामेश्वर बाबू।...मजबूरी है!

पिछले पन्द्रह साल से रामेश्वर बाबू पटना में रहते हैं–पटना के एम. एल. ए. क्वार्टर में। अब राजेन्द्रनगर में घर बनवा रहे हैं। इस बार सम्भव है, 'पार्टी-टिकट' नहीं मिले। किन्तु, अब गाँव रानीडिह लौटकर नहीं आ सकते। किसी गाँव में अब नहीं रह सकते...!

स्वर्गीय बड़े भाई सिद्धेश्वर चौधरी की विधवा की हाल ही में मृत्यु हो गई। बड़े भाई की एकमात्र सन्तान विजया, जो अपनी माँ के साथ पिछले सात-आठ साल से मामा के घर थी, सोलहवाँ साल पार कर रही है। विजया के बड़े मामा ने कड़ी चिट्ठी लिखी विजया के काका को इस बार–'जिनके त्याग और बलिदान का मीठा फल आप खा रहे हैं उनकी स्त्री को तो झाड़ू मारकर ऐसा निकाला कि...। खैर, वह मरी और दुख से उबरी। लेकिन, आपका 'सिरदर्द' दूर नहीं हुआ है। अभी आपको थोड़ा और कष्ट भोगना बाकी है। विजया अब ब्याहने के योग्य हो गई।...यदि आप मेरे इस पत्र पर ध्यान नहीं देंगे तो मुझे मजबूर होकर आपकी पार्टी के प्रधान को लिखना पड़ेगा!'

इस बार दुर्गापूजा की छुट्टी में रामेश्वर बाबू अपनी स्त्री (भागलपुरवाली) के साथ रानीडिह आए। नारायणगंज आदमी भेजकर विजया को बुलवा लिया। काली-पूजा के बाद जब पटना वापस आने लगे तो गंगापुरवाली ने कहा, "बिजै यहाँ दस दिन और रहकर 'साग-भाजी' लगा जाती। फिर भागलपुरवाली बहू तो धान कटाने के लिए एक महीना के बाद आवेगी ही। उसी के साथ जाएगी!"

रामेश्वर बाबू को बात पसन्द आई। कहा, "ठीक है। 'नवान्न' के बाद ही विजया जाएगी, पटना।"

लेकिन परसों चिट्ठी आई है–धान कटाने के लिए इस बार नहीं आ सकती। मकान बन रहा है। दिन-रात मजदूरों के सिर पर सवार रहना पड़ता है। अगले सप्ताह 'ढलैया' शुरू होगी। इसलिए 'शामा-चकेवा' के बाद विजया अपने छोटे मामा के साथ चली आवे पटना...जरूर-से-जरूर...।

आज शाम तक विजया के छोटे मामा नारायणगंज से आ जाएँगे। कल गाड़ी से विजया पटना चली जाएगी।

चुरमुनियाँ अपने घर का बस एक काम करती है। साँझ को पूरब-टोले के साहू की दूकान से सौदा ला देती है–मकई, चना, नून, तेल, बीड़ी। हिसाब जोड़ने में कभी एक पाई भी गलती नहीं करती। अपने दादा-दादी से ज्यादा हिसाब जानती है वह। साहू की दूकान पर होनेवाली 'गप' में चुरमुनियाँ 'रस' डाल देती है–''अब बिजैयादि भी चली जाएगी। कल ही जाएगी।''

''और गंगापुरवाली?''

''ऊ चली जाएगी तो यहाँ कलमी आम का 'बगान' कौन 'जोगेगी' रात-भर जगकर?''

चुरमुनियाँ की बात सुनकर सभी हँसे। रामफल की घरवाली ने पूछा, ''और तुझे नहीं ले जा रही बिजैया?''

''धेत्त! मैं क्यों जाऊँ?''

सच्चिदा पाँच पैसे का कपूर लेने आया था। विजया के कल ही जाने की खबर सुनकर स्तब्ध रह गया।

उजड़े हुए हिंगना-मठ पर खंजड़ी बजाकर सतगुरु का नाम लेनेवाला एकमात्र बाबाजी सूरतदास बैरागी कहता है, ''सभी जाएँगे। एक-एक कर सभी जाएँगे... ।''

गाँव की मशहूर झगड़ालू औरत बंठा की माँ बोली, ''ई बाबाजी के मुँह में 'कुलच्छन' छोड़कर और कोई बात नहीं। जब सुनो तब–सभी जाएँगे ! जब से यह बानी बोलने लगा है बूढ़ा बाबाजी, गाँव के 'जवान-जहान' लड़के गाँव छोड़कर भाग रहे हैं। पता नहीं, शहर के पानी में क्या है कि जो एक बार एक घूँट भी पी लेता है फिर गाँव का पानी हजम नहीं होता। गोबिन गया, अपने साथ पंचकौड़िया और सुगवा को लेकर। उसके बाद, बाभन-टोले के दो बूढ़े अरजुन मिसर और गेंदा झा... ।''

रामफल की बीवी ने बीच में ही बंठा की माँ को काट दिया, ''अरजुन मिसर और गेंदा झा की बात कहती हो, मौसी? तो पूछती हूँ कि गाँव में वे दोनों करते ही क्या थे? 'बिलल्ला' होकर इसके दरवाजे से उसके दरवाजे पर खैनी 'चुनियाते' और दाँत निपोड़कर भीख माँगते दिन काटते थे। अब शहर में जाकर 'होटिल' में भात राँधते हैं दोनों। पिछले महीने अरजुन मिसर आया था। अब बटुआ में पनडब्बा और सुर्ती रखता है। तोंद निकल गया है।''

''तो तू भी रामफल को क्यों नहीं भेज देती? तोंद निकल जाएगा।''

किसी ने कहा, ''एह! सभी जाकर शहर में 'रिश्कागाड़ी' खींचते हैं। हे भगवान! अँधेर है।''

जवाब मिला, ''क्यों ? रिक्शा खींचना बहुत बुरा काम है क्या? पाँच रुपये रोज की कमाई यहाँ किस काम में होगी, भला?''

सभी ने देखा, कैवर्तटोली का सच्चिदा, जो पाँच पैसे का कपूर लेने आया था, पूछ रहा है, "बताइए?"

किसी ने कोई जवाब नहीं दिया।

सच्चिदा चला गया तो चुरमुनियाँ ने ओंठ बिदकाकर कहा, "इसके भी पंख फड़फड़ा रहे हैं।...ई भी किसी दिन उड़ेगा। फुर्र-र।"

हँहँहँहँ! बहुत देर से रुकी हँसी छलक पड़ी। लोग बहुत देर तक उसकी बात पर हँसते रहे। चुरमुनियाँ की दादी पुकारने लगी, "अरी ओ चुरमुनियाँ!"

रात में चुरमुनियाँ बड़घरिया-हवेली में ही सोती है, गंगापुरवाली दादी के साथ। दादी सुबह-शाम चाय पीती है और चुरमुनियाँ को चाय की आदत पड़ गई है। आज रविवार है। आज रात में दो बार चाय पिएगी, गंगापुरवाली दादी।

लेकिन आज चाय पीने का जी नहीं होता। चुरमुनियाँ चुपचाप अपनी कथरी में सिमट-सिकुड़कर अँगीठी पर चढ़ी केतली में पानी की 'गनगनाहट' सुन रही है। दादी ने दिल्लगी के सुर में पूछा, "आज तुमको किसका 'बिरह-बिजोग' सता रहा है जो इस तरह...?"

चुरमुनियाँ चिढ़ गई, "मुझे अच्छी नहीं लगती तुम्हारी यह बानी।"

"ऐ-हे! अच्छी बानी की नानी रे। आखिर तुझको हुआ क्या है?"

क्या जवाब दे चुरमुनियाँ!

सभी, एक-एक कर गाँव छोड़कर जा रहे हैं। सच्चिदा भी चला जाएगा तो गाँव की 'कबड्डी' में अकेले पाँच जन को मारकर दाँव अब कौन जीतेगा? आकाश छूनेवाले भुतहा-जामुन के पेड़ पर चढ़कर शहद का 'छत्ता' अब कौन काट सकेगा? होली में जोगीड़ा और भड़ौआ गानेवाला—अखाड़े में ताल ठोकनेवाला...सच्चिदा भैया!

...पिछले साल से होली का रंग फीका पड़ रहा है। आठ-नौ साल की चुरमुनियाँ की नन्ही-सी जान, न जाने किस संकट की छाया देखकर डर गई है।—क्या रह जाएगा?

चुरमुनियाँ गा-गाकर रोना चाहती है करुण सुर में—एक-एक पंक्ति को जोड़कर गाकर रोना जानती है, वह। धीमे सुर में उसने शुरू किया—'आ गे मइयो यो यो...।'

गंगापुरवाली दादी ने झिड़की दी, "ऐ-हे। ढँग देखो इस रत्ती-भर छिनाल का। नाक से रोने बैठी है भरी साँझ की बेला में। उठ, जाके देख बिजै काहे पुकार रही है।"

"गोलपारक क्या, भैया?"

गाँव के नौजवानों के तन-मन में 'फुरहरी' लग रही है, फुलकन की शहरी-गप

सुनकर। मजेदार गप! इस गप में एक खास किस्म की गंध है—फुलकनी के 'बाबड़ी-केश' से जैसी गंध आती है, ठीक वैसी ही।

फुलकन फुलझड़ी उड़ा रहा है, ''रजिन्नरनगर? अब उसके बारे में कुछ मत पूछो, भैयो! साला, ऐसा सहर कि लगता है कि धरती फोड़कर 'गोबर छत्ते' की तरह रोज मकान उगते जा रहे हैं। होगा नहीं भला? वहाँ कोई भी काम हाथ से थोड़ो होता है? सुर्खी कुटाई से लेकर सिमटी-सटाई और चुना-पुताई—सबकुछ 'मिशिन' से। बाल कटाने जाओ तो नाई एक ऐसा 'मिशिन' लगा देगा कि चटपट हजामत खत्म।...दस कदम पर एक-एक गोलपारक...।''

''गोलपारक क्या, भैया ?''

''अब क्या बतावें कि गोलपारक क्या है और कैसा होता है ? वह देखने पर ही समझोगे। मुँह की बोली में उतने किस्म का रंग कहाँ से लावेंगे? समझो कि 'सीकी' की एक बहुत बड़ी सतरंगी 'डलिया' धरती पर रखी हुई है।...जब साँझ को लम्बे-लम्बे 'मरकली' के डंडे छटाक-छटाक कर जल उठते हैं और साँझ के झुटपुटे में ठंडी-ठंडी हवा खाती हुई अधनंगी लड़कियाँ...लड़की तो नहीं, समझो कि 'फिलिंइस्टार'...।''

''फिलिं...क्या...?''

''धेत्तेरे की! फिलिंइस्टार भी नहीं समझते? अरे, पिक्चर की लड़की रे, पिक्चर की!''

''पिक्चर—?''

''अब तुम लोगों को क्या समझावें!...माने, सिनेमा की छापी की लड़की। समझे?''

''...पिक्चर की लड़की, छापी की लड़की?'' क्या-क्या बोलता है, फुलकन? क्या था और क्या से क्या होकर लौटा है! गाँव के नौजवानों की देह कसमसाने लगती है। फुलकन पटना में, 'रिश्कागाड़ी' खींचता है।...खींचता नहीं है, 'डलेवरी' करता है। फुलकन रिश्का-डलेवर है।

''अच्छा! रिश्का-डलेवरी कितने दिनों में सीखा जा सकता है?''

''सिखानेवाला उस्ताद हो और सीखनेवाला 'जेहन' का तेज हो तो तीन ही दिन में 'हैंडिल' थिर हो जा सकता है।...असल 'चीजवा' है 'हैंडिल'!''

...गाँव के लड़कों ने लक्ष्य किया, फुलकन खास-खास बात में 'वा' लगाकर बोलता है—टिकटिवा, कगजवा, बतवा, चीजवा।

फुलकन ने अब पॉकेट से 'छापियों' का लिंफाफा निकाला, ''और देखो देखने वालो...!''

"ऐ हे! बाप...!!"

"फिलिं की छापी की तसवीर की लड़की?"

"अँय! राह-घाट में इसी तरह 'कच्छा-लँगोटा' पहनकर चलती है? कोई कुछ कहता नहीं?"

सभी 'लहेंगड़े-लौडों' के सिर पर छापियाँ नाचने लगीं। नाचती रहीं।...रात में, सपने में भी छापी की लड़कियाँ नाचती रहीं और एकाध को 'भरमा' भी गईं।

विजया को अचरज होता है! गाँव खाली होने का, गाँव टूटने का जितना दुख-दर्द इस छोटी-सी चुरमुनियाँ को है, उतना और किसी को नहीं। विजया इस गाँव में सात-आठ साल के बाद आई है तो क्या? है तो इसी गाँव की बेटी।

जब से पटना जाने की बात तय हुई है, अन्दर-ही-अन्दर वह फूट रही है... रजनीगंधा के डंठलों की तरह। वह पटना नहीं जाना चाहती। वह इसी गाँव में रहना चाहती है।...बाबूजी की याद आती है, माँ की याद आती है। मिल-जुलकर आती है। कलेजा टूक-टूक होने लगता है तो इमली का बूढ़ा पेड़, बाग-बगीचे, पशु-पंछी—सभी उसे ढाढ़स बँधाते हैं। एक अदृश्य आँचल सिर पर हमेशा छाया रहता है। यहाँ आते ही लगता है, बाबूजी बाग में बैठे हैं, माँ रसोईघर में भोजन बना रही है। इसीलिए, मामा का गाँव-घर कभी नहीं भाया उसे। अपने बाप के 'डिह' पर वह टूटी मड़ैया में भी सुख से रहेगी। लेकिन...।

"बिजैयादि!"

...चुरमुनियाँ ने आज चोरी पकड़ ली, शायद! विजया जब से आई है, रोज रात में चुपचाप रोती है। रोज सुबह उठकर तकिये का गिलाफ बदल देती है।

"बिजैयादि?" चुरमुनियाँ अब उठकर बैठ गई।

गंगापुरवाली दादी करवट लेती हुई बड़बड़ाई, "क्यों गुल मचाकर जगा रही है, नाहक?"

विजया ने कनखी-नजर से देखा, चुरमुनियाँ सोई हुई गंगापुरवाली दादी को मुँह चिढ़ाती है, ओठों को बिदकाकर। इसका अर्थ होता है, 'तुमको क्या? दो बार 'चाह' पी चुकी है। यहाँ बिजैयादि कल से ही अन्न-पानी छोड़कर पड़ी हुई है।'

विजया ने देखा, चुरमुनियाँ उठकर बाहर गई। आकाश के तारों को देखा। फिर बड़बड़ाती अन्दर आई, "इह, अभी बहुत रात बाकी है।"

चुरमुनियाँ आकर विजया के पैताने में बैठ गई और धीरे-धीरे उसके पैरों को सहलाने लगी।

...इस लड़की ने तो और भी जकड़ लिया है, माया की डोर से। उसने पैर समेटकर कहा, ''यह क्या कर रही है?''

चुरमुनियाँ हँसी, ''थीं तो जगी हुई ही। फिर जवाब क्यों नहीं दिया?''

''तुझे नींद नहीं आती?''

चुरमुनियाँ ने गंगापुरवाली दादी की ओर दिखलाकर इशारे से कहा, ''दादी की नाक इस तरह बोलती है मानो 'अरकसिया' आरा चला रहा हो!''

विजया को हँसी आई। उसने डाँट बताई, ''क्यों झूठ बोलती है? दादी की नाक आज एक बार भी नहीं बोली है।''

''तुम जगी नहीं थीं तो तुमने जाना कैसे?'' चुरमुनियाँ जीत गई। ''जानती है बिजैयादि? लगता है, सच्चिदा भी अब सहर का रास्ता पकड़ेगा।...जाओ भाई, सभी जाओ। यहाँ गाँव में क्या है ? सहर में बायस्कोप है, सरकस है, सलीमा है... ।''

''सोने भी देगी?'' विजया का जी हलका हुआ थोड़ा।

''नहीं।''

''क्यों?''

''कल रात से तो और तुमको नहीं पाऊँगी। आज रात-भर सताऊँगी।''

कुछ देर तक चुप्पी छाई रही। दोनों ने लम्बी साँस ली।

''बिजैयादि?'' चुरमुनियाँ सटकर सो गई।

''क्या है रे?''

''सहर के दुल्हे से सादी मत करना।''

विजया ठठाकर हँसना चाहती थी। उसने बहुत मुश्किल से अपनी हँसी को जब्त करके पूछा, ''सो क्यों? शहर के लोगों ने तेरा क्या बिगाड़ा है?''

''मेरा क्या बिगाड़ेगा कोई!''

''तो, किसका बिगाड़ेगा?''

''तुम्हारा...बिजैयादि? तू सादी ही मत करना। वे लोग तुमको कभी फिर इस गाँव में नहीं आने देंगे।''

''क्यों?''

''जब गाँव का आदमी ही गाँव छोड़कर सहर भाग रहा है तो सहर का आदमी अपनी 'जनाना' को गाँव आने देगा भला?''

''मुझे बाँध रखेंगे क्या?''

''हाँ, बाँधकर रखेंगे। कमरे में बन्द करके।''

गंगापुरवाली दादी उठकर बैठ गई और 'जाप' करने लगी। दोनों चुप हो गईं। गंगापुरवाली दादी बाहर गई। विजया ने देखा, चुरमुनियाँ सो गई है। वह

धीरे-धीरे उसके झबरे बालों पर हाथ फेरने लगी।

सुबह उठकर बाहर निकलते ही चुरमुनियाँ चिल्लाई, ''देख-देख बिजैयादि, 'लीलकंठ' देख लो!''

गोढ़ी-टोले से एक जिन्दा मछली ले आई चुरमुनियाँ और मिट्टी के बर्तन में पानी डालकर सामने रख दिया। फिर गाँव से उत्तर, बाबा जीन-पीर के थान की मिट्टी लाने गई। सुबह से ही वह काम में मगन है, चुपचाप। विजया के मामा ने कई बार छेड़कर चिढ़ाने की चेष्टा की। विजया ने भी कई बार चुटकी ली। मगर वह चुप रही। आज वह गंगापुरवाली दादी की गालियों का न जवाब देती है और न ओठों को बिदकाकर मुँह चिढ़ाती है।...कल कह रही थी, ''जानती है बिजैयादि, तुम चली जाओगी तो कल से दादी गाली भी नहीं देगी। दिन-रात मुँह फुलाकर बैठी रहेगी या आँख मूँदकर जाप करेगी।''

दोपहर को जब विजया के मामा भोजन करने बैठे तो चुरमुनियाँ ने मुँह खोला, ''मामा, बिजैयादि को भी अपने सामने बैठकर खाने को कहिए। कल से ही मुँह में...कुछ...नहीं।''

लगा, बालू का बाँध अरराकर टूट गया है। फफककर फूटकर रो पड़ी चुरमुनियाँ, ''बिजैयादि यहाँ से...भूखी-प्यासी...जाएगी ई-ई-ई... !''

चुरमुनियाँ की बरसती हुई, लाल-लाल आँखों में विजया ने कुछ देखा और वह सिहर पड़ी।...रोते-रोते मर जाएगी यह लड़की ! उसने रुँधे हुए गले से चुरमुनियाँ को समझाना शुरू किया, ''चल ! पहले उठकर नहा ले ! मैं तुम्हारे साथ ही बैठकर खाऊँगी। उठ !''

विजया के मामा को अचरज हुआ। आज तक विजया ने किसी बच्चे-बच्ची को इस तरह दुलार-भरे सुर में नहीं पुचकारा। वे जल्दी-जल्दी भोजन करके बाहर दालान पर चले गए।

विजया ने चुरमुनियाँ को नहलाया-धुलाया। गंगापुरवाली दादी ने बाहर निकलकर कई भद्दी गालियाँ दीं। किन्तु आज उसकी गाली सुनकर भी चुरमुनियाँ रोती है।...कल से दादी गाली देना भी बन्द कर देगी।

खाने के समय विजया ने टोका, ''पेट भरकर खा।''

चुरमुनियाँ बोली, ''मैं भी वही कह रही थी तुमसे।''

फिर दोनों हँस पड़ीं। हँसते-हँसते रोने लगीं।

बाहर मामा ने सूचना देने के लहजे में कहा, ''तीन बज रहे हैं।'' अर्थात, अब दो घंटे और। साढ़े छह बजे की गाड़ी पकड़ने के लिए पाँच बजे ही घर से निकल पड़ना होगा।

चुरमुनियाँ बोली, ''जमराज!''

विजया हँसते-हँसते लोट-पोट हो गई।...मन की बात कही है चुरमुनियाँ ने।

देखते-ही-देखते सूरज ढल गया। अब, एक घंटा और!

सामान वगैरह बाहर दालान में भेजकर विजया ने चुरमुनियाँ को 'पूजा-घर' में पुकारा। गंगापुरवाली दादी रसोईघर में पकवान छान रही थी। चुरमुनियाँ अन्दर गई।

''देख चुरमुन, इधर आ। इस घर में रोज झाड़ू-लेपन, साँझ-धूप-बाती देना मत भूलना।''

''तुमको कहना नहीं होगा। मैं घर के 'देवता-पित्तर' से लेकर गाँव के देवता-बाबा जीन-पीर के थान में रोज झाड़ू-बुहारी दूँगी—यह मनौती मैंने की है कि हे मैया गौरा पारबती!...कि हे बाबा जीन-पीर...हमारी बिजैयादि को कोई सहर में बाँधकर नहीं रखे।...जिस दिन तू लौटकर आएगी, मैं देवी के 'गहवर' में नाचूँगी...सिर पर फूल की डलिया लेकर। तू लौट आवेगी तो सब कोई लौटकर आवेंगे। भूले-भटके, भागे-पराये—सभी आवेंगे। तू नहीं आएगी तो इस गाँव में अब धरा ही क्या है? जो भी है, वह भी एक दिन नहीं रहेगा। सिर्फ गाँव की निसानी, घरों के डिह...''

''नहीं चुरमुन, ऐसी बात मत बोल।''

''तो, सत्त करो। मेरी देह छूकर कहो...।''

चुरमुनियाँ अपलक नेत्रों से विजया को देखती रही। विजया भी उसकी आँखों में डूब गई, ''चुरमुन, मैं शहर में नहीं रह सकूँगी। मैं लौट आऊँगी। यहीं जीऊँगी, यहीं मरूँगी...।''

''नः नः, 'जातरा' के समय कुलच्छन-भरी बात मत निकालो मुँह से।...जानती है बिजैयादि, मुझे कैसा लगता है, कहूँ?...लगता है, तू मेरी बेटी है और मैं तुम्हारी माँ। तू मुझे...माने...अपनी माँ को हमेसा के लिए छोड़कर जा रही है।''

विजया चौंकी, तनिक। उसने चुरमुनियाँ के चेहरे पर उमड़ने-घुमड़नेवाली घटाओं को देखा। वह बोली, ''हाँ, तू मेरी माँ है।...तू ही मेरी माँ है।''

चुरमुनियाँ आनन्द-विभोर हो गई, ''बिजैयादि, जी छोटा मत करो। रोओ मत !...कलेजा मजबूत करो।...'कहल-सुनल' माफ करना।...अच्छा तो, पाँव लागों।''

बैलगाड़ियाँ चल पड़ीं। दालान के पास, गंगापुरवाली दादी के साथ चुरमुन टुकुर-टुकुर देखती रही...।

विजया उँगलियों पर जोड़ती है—ग्यारह महीने! ग्यारह-तीसे, तीन सौ तीस...?

चुरमुनियाँ ने ठीक ही कहा था। सच्चिदा भी शहर आ गया है और एक प्रायवेट कम्पनी में दरबानी करता है। गाँव से जो भी आता है, विजया सबसे पहले चुरमुनियाँ के बारे में पूछती है; फिर पूछती है, ''गाँव छोड़कर क्यों आए?'' सच्चिदा ने बताया, ''चुरमुनियाँ तो पूरी 'भगतिन' बन गई है। रोज भोर में नहाकर सिव मन्दिर जाती है।...लोग कहते हैं कि लड़की पर कोई 'देव' ने सवारी की है।''

...जिस दिन विवाह की बात पक्की हुई, विजया का कलेजा धड़का था। उसे चुरमुनियाँ की बात याद आई थी। शादी के समय भी चुरमुनियाँ की बात मन में गूँज गई थी।

...उसने ठीक ही कहा था। चुरमुनियाँ पर सचमुच कोई 'देव' की सवारी हुई है। विवाह के बाद, पाँच महीने भी नहीं बीते सुख-चैन से! विजया फिर उँगलियों पर कुछ जोड़ती है।

...अब उसके पति इस बात को अच्छी तरह प्रमाणित करने पर तुले हुए हैं कि विजया को गाँव के किसी लड़के से प्रेम था और उसी के विरह में वह विवाह के बाद से ही अर्ध-विक्षिप्त हो गई है...।

...विजया के काका को वकील का नोटिस देकर पूछा गया है कि इस धोखेबाजी के लिए उस पर मुकदमा क्यों नहीं चलाया जाए?

...विजया के पति पाँच हजार रुपये बतौर हर्जाना के वसूल करना चाहते हैं, उसके काका से!...विजया कुछ भी नहीं जानती। कुछ भी नहीं समझती। कुछ समझने की चेष्टा भी नहीं करती। सिर्फ उँगलियों पर कुछ जोड़ती है। जोड़ती ही रहती है।

हिंगना-मठ के सूरतदास बाबाजी से एक पोस्टकार्ड लिखवाकर भेजा है, चुरमुनियाँ ने। कई डाकघरों में घूमती-भटकती हुई चिट्ठी विजया के पति को कल मिली है, ''बिजैयादि कब आओगी? अब नहीं ही आओगी।'' इसके बाद सूरतदास बाबाजी ने अपनी ओर से लिखा है, ''चुरमुन एक महीने से बिछावन पर लबेजान है और दिन-रात तुम्हारा नाम...।''

विजया अपने पति को कुछ भी नहीं समझा सकी कि यह चुरमुन कौन है, जिसकी बीमारी की खबर पाकर वह इस तरह बेचैन हो गई। विजया की बस एक ही जिद–''मैं आज ही जाऊँगी। अभी...।''

तब, हमेशा की तरह उसे घर में बन्द करके कुंडी चढ़ा दी गई। किन्तु इस बार विजया न रोई, न चीखी, न चिल्लाई, न दरवाजा पीटा, न बर्तन-बासन तोड़ा। करुण-कंठ से गिड़गिड़ाने लगी, ''मैं आपके पैर पड़ती हूँ। आप जो भी कहिएगा, मानूँगी।...मुझे एक बार अपने साथ ही गाँव ले चलिए। मैं खड़ी-खड़ी उस निगोड़ी

को देख लूँगी। मरे या जीए। मैं उलटे-पाँव वापस चली आऊँगी–आप ही के साथ।''

''यह चुरमुनियाँ आखिर है कौन?''

''मेरे गाँव की...एक...पड़ोसी की लड़की।''

''लेकिन, लगता है तुम्हारी कोख की बेटी हो।''

''हाँ, वह मेरी माँ है। माँ है...।''

''मुझे देहाती-उल्लू मत समझना।''

हर दिन की तरह, विजया अचानक चुप हो गई और आँख मूँदकर अपने गाँव-मैके रानीडीह भाग गई। अब उसे कोई मारे, पीटे या काटे–घंटों अपने गाँव में पड़ी रहेगी। वह...दूर से ही दिखलाई पड़ता है, गाँव का बूढ़ा इमली का पेड़। वह रहा बाबा जीन-पीर का थान।...वह रही चुरमुनियाँ।...रानीडिह की ऊँची जमीन पर...लाल माटीवाले खेत में...अक्षत-सिंदूर बिखेरे हुए हैं। हजारों गौरैया-मैना सूरज की पहली किरण फूटने के पहले ही खेत के बीच में कचर-पचर कर रही हैं। चुरमुनियाँ सचमुच पखेरू हो गई? उड़कर आई है, खंजन की तरह!...विजया की तलहथी पर एक नन्ही-सी जानवाली चिड़िया आकर बैठ गई।...चुरमुन रे! माँ...!

...डॉक्टर ने सूई गड़ाई या किसी ने छुरा भोंक दिया?–कोई मारे या काटे, विजया अपने गाँव से नहीं लौटेगी, अभी!

तॅबे एकला चलो रे

...बात शुरू होगी उसके जन्म से ही, सात साल पहले से।

यद्यपि उसने पुरुष होकर एक पर्व के दिन जन्म लिया था...पर, उसके भूमिष्ठ होने के बाद उसे देखकर लोगों के मुँह विकृत हुए, नाक संकुचित हुई; अमंगल-वचन निकले–सभी के विकृत मुँह से।

उसका जन्म भी जन्माष्टमी की रात में हुआ था, इसलिए मैंने परिवार के लोगों को सुनाकर बार-बार कहा–इसका नाम श्रीकृष्ण रख दो।

लोगों को लगा, मैं जले पर नून छिड़क रहा हूँ। गँवार पत्नी मुँह बिदकाकर बोली–''ऐ-हे! ई मुआ...करकुट्ठे-काले का नाम होगा किसन महराज?''

सभी हँसे। मेरा प्रस्तावित नाम हँसी में उड़ गया। पत्नी का दिया फूहड़ और अपभ्रंश नाम चल गया–किसन महराज!

किसन महराज के जन्म से मैं–परिवार के अन्य सदस्यों की तरह–निराश नहीं हुआ था। घोर श्यामवर्ण, घुँघराले बालोंवाला शिशु। कितना प्यारा!... चः-चः!!

और, दूसरी ओर उसकी छठी के पहले से ही लोगों ने भविष्यवाणी शुरू कर दी–भादो में जन्म हुआ है। कहीं आसिन में कसके झड़ी-बदरी लदी तो किसनजी दो दिन में ही द्वारिकापुरी सिधारेंगे, नंगे पाँव।...छिः-छिः! किसी बच्चे के बारे में, किसी भी शिशु के सम्बन्ध में ऐसी बातें 'राक्षसगण' वाला आदमी ही कर सकता है।

छठी की रात में परिवारवालों ने अपने 'बथान' के इतिहास पर आँसू बहाया; माँ षष्ठी से प्रार्थना की, परिवार की बड़ी-बूढ़ी ने–''जै मैया छठी! मानुस को दो बेटा, पसु को बेटी।...ले जा मैया पाड़ा, दे जा मैया पाड़ी।''...ले जा; माने उठा लो, बलिदान लो। बथान में बेटा-बच्चा कभी मत दो!

आज हमारे परिवार के बथान पर मात्र दो भैंसें हैं। कोसी-कछार पर बसनेवाले

बारहो-बरन के किसान, जमींदार भैंस पालते हैं। जिसके बथान पर तीन कोड़ी भैंसें न हों, उसे दरिद्र समझा जाता था–आज से दस वर्ष पूर्व तक। अब इतनी भैंसें वे ही पोसते हैं जिनका दूध-घी के सिवा और कोई कारोबार नहीं। किन्तु बथान छोटा हो या बड़ा, ग्वाले का हो अथवा किसान का, पाड़े का जन्म सभी अवस्था में मनहूस माना जाता है।

मुझे इसी बात की विशेष प्रसन्नता थी, उसका जन्म मेरी ही दुख-भरी पुकार पर हुआ था...इसकी खुराक का अधिकांश क्षीर मुझे ही मिलेगा; दही, जिसकी दुर्दिन में इस दुर्बल शरीर के लिए बहुत बड़ी आवश्यकता थी। दूध-दही हमारे गाँव में भी दुर्लभ पदार्थ हो चुका है और बैदजी ने केले की रोटी के साथ सिर्फ दही खाने को कहा है। दही नहीं मिले, मट्ठा से भी काम चल सकता है। किन्तु खबरदार! न एक 'रावा' नमक का, न एक दाना चीनी का...।

...मुझे ऐसा लगा था, मेरे कष्ट को दूर करने के लिए ही उसने ठीक समय पर जन्म ग्रहण किया है। अब इस माटी की काया में–जो सभी तीर्थों से बढ़कर है–फिर से जान आएगी। अब धर्म बच जाएगा! आसिन की झड़ी-बदरी अथवा माँ षष्ठी इसे उठा भी ले, मेरे 'दलि-कदली-कल्प' में कोई बाधा नहीं पड़ेगी।

...ऊँयें! किसन महराज बथान पर बोले।

गाँव में उन दिनों अकेला मैं ही ऐसा मर्द-पुरुष था, जो दिन-भर अपनी खाट पर लेटा टुकुर-टुकुर देखता रहता। भदई-फसल कटनी के दिन थे, लोग खेतों में ही रहते थे दिन-भर। उधर बथान पर किसन महराज को छोड़कर दूसरा बेटा-बच्चा नहीं। उसकी माँ-मौसी भी खेतों में ही रहतीं।

किसन महराज को कौए तंग करते, मुझे मक्खियाँ!...बेचारा शुभ दिन में धरती पर आया और जन्म से ही अपमान और लाँछना सह रहा है! पाड़ी होती तो गले में कौड़ियों की माला के साथ एक टुनटुनी भी पड़ी होती। कोई आँख के कीचड़ पोंछ जाती, हवेली से बाहर निकलकर। कोई बड़ी जतन से दूध में जड़ी घिसकर पिलाती-चुचकारकर। घर की बड़ी-बूढ़ी सदा तीर-धनुष लेकर बथान को अगोरती। उड़नेवाले हर परेवा-पंछी को कौआ समझकर हाँकती–हा-स्-स!

...उ-यें-ऐं-ऐं! किसन महराज ने दुखी होकर पुकारा।

याद है, खड़ाऊँ पहनकर कीचड़-गोबर की गिलगिली ढेरी को पार करके मैं बथान पर गया। अचरज से वह मेरी ओर तकता रह गया था–कुछ देर तक। मैंने पूछा था–क्या है महराज? कौए तंग कर रहे हैं?

वह उठ खड़ा हुआ। मैंने उसके घुँघराले बालों को सहलाना शुरू किया। देखा,

कई कुकुरमाछियों ने कान के पास अड्डा बना लिया है। एक जोंक न जाने कब से खून पीकर गोल हो गई थी।

उसे सूखी जमीन पर ले आया। उसका डगमग करके चलना...ठुमकि-ठुमकि प्रभु चलहि पराई!

घाव पर चूना लगा दिया। आँख के कीचड़ को झिंगुनी के पत्ते से पोंछा। कीचड़ ही नहीं, उसकी आँखों से आँसू भी चू रहे थे।

अपने चौपाल के पास, ठीक अपनी खाट के सामने खूँटे से उसे बाँध दिया। स्थान-परिवर्तन से अथवा मेरा साहचर्य पाकर वह प्रसन्न हुआ था, रह-रहंकर नाचने की चेष्टा करता।

उस दिन मैंने उसके सम्बन्ध में बहुत देर तक सोचा था।...आसिन की जानलेवा झपसी से उबर भी जाए, पुरुष होने का पाप जीवन-भर भोगना पड़ेगा। तीन-चार साल के बाद ही किसी मेले में बेच दिया जाएगा। पूरब मुलुक से आए हुए व्यापारियों के दल का कोई 'लबाना' (पाड़ा खरीदनेवाला) इसके पुट्ठे पर हाथ रखकर परीक्षा करेगा—अभी तो एकदम बच्चा है। हल में लगने काबिल नहीं... लेबोना, एटा लेबोना।

शायद, हर बात में 'लेबोना, लेबोना' सुनकर ही लोगों ने इन व्यापारियों को 'लबाना' कहना शुरू किया।...लेबोना, लबाना!

उसी दिन किसन महराज से मैंने अपनी भी तुलना की थी—बेकाम का आदमी, बीमार आदमी, परिवार का बोझ। किसन महराज को बेचकर परिवारवालों को साठ-सत्तर रुपये प्राप्त हो जाएँगे। मुझे मुफ्त में भी नहीं लेगा कोई।...पेट का रोगी चिड़चिड़ा क्यों हो जाता है, यह मैं जानता हूँ।

शाम होने के पहले ही परिवार का सर्वकनिष्ठ सदस्य पाठशाला से बही-बस्ता लटकाकर लौटा और अचरज से ठिठककर हमें देखने लगा। मैंने झिड़की दी थी—इस तरह उल्लू की तरह आँखें गोल कर क्या देखता है?

उसे दिखलाकर मैंने पाड़े के मुँह के पास अपना मुँह लाकर चुचकार दिया—चुः चुः!! ईर्ष्या अथवा आश्चर्य के मारे आदमी के उस पिद्दी बच्चे ने मेरी ओर घृणा-भरी दृष्टि से देखा। फिर धरती पर थूकता हुआ आँगन की ओर भागा—"राम! राम!! तोबा, तोबा! बाबूजी निरघिन डोम भेल-पाड़ा' क थथुनी में चुम्मा लेल...!"

अपनी हँसी को ओठों से समेटती-सिकोड़ती मेरी गँवारिन फिर आई—"ऐ-ऐ! किसन महराज तो आज दालान पर बँधे हैं।"

"बँधे हैं माने? आज से यह यहीं बँधेगा। इसी जगह।"

''मालूम है, दूध-पीते पाड़ा का गोबर ठीक...ही-ही-ही-ही!''

पेचिश से पीड़ित व्यक्ति की पत्नी को इस तरह दाँत निपोड़कर नहीं हँसना चाहिए, कौन समझाए!

''और तुम्हारे बच्चे तो मलयागिर चन्दन ही गोबर करते हैं!''

उसकी हँसी और भी जहरीली हो गई। जाते-जाते चोट कर गई–''इह! वही जो कहा है न कि दुबला काहे तो 'टिड़िस' के मारे। मैं समझती हूँ–यह रीस। इनके सामने न हाथ से गिरे नून, न पात से गिरे चून! सो, रीस कीजिए चाहे खीस, गुस्साइए या पगलाइए। बैदजी ने कहा है, चाय की एक बूँद नहीं।''

बैदजी ने मीठी बोली सुनना भी मना किया है, शायद...मीठी बोली एक बूँद नहीं...हुँ!

शाम तक सभी लोग खेत-खलिहान, पानी-मैदान से वापस आए। प्रत्येक व्यक्ति ने पाड़े को पलानी में बँधा देखकर अचरज प्रकट किया, विरोध किया। इधर मेरे मन में गाँठ-पर-गाँठ पड़ती गई–वज्र गाँठ।...पाड़ा यहीं बँधेगा।

थोड़ी देर के बाद ही बथान की महिषी आई। हुँकरती-डिकरती बथान पर गई–पाड़ कहाँ-आँ-आँ? किसन महराज ने पलानी से जवाब दिया–मैं यहाँ-आँ-आँ!

पाड़े की माँ को सबसे अधिक अचरज हुआ था।

आज विस्तारपूर्वक उसके सम्बन्ध में कहने का अवसर है। सात साल के युवक किसन महराज के कृत्यों के लिए मुझे अपराधी प्रमाणित करने की चेष्टा की जा रही है। मुझसे जवाबतलब किया गया है...।

जानता हूँ, कचहरी में ऐसे बयान आजादी की लड़ाई के दिनों क्रान्तिकारी लोग ही देते थे, जिन्हें तत्कालीन हाकिम न पढ़ते थे, न सुनते थे। किन्तु, आपके सम्बन्ध में मशहूर हो चुका है कि आप किसी भी मुकदमे की राई-रत्ती तक पढ़ते हैं, सुनते हैं। इसलिए, साहस करके इतना लम्बा-चौड़ा बयान तैयार किया है।

तो यह हुई किसन महराज के बचपन की कहानी!

संक्षेप में कहने पर भी इतना कहना आवश्यक है कि दिन-रात मेरे साथ रहने के कारण वह मेरी हर बात को समझने लगा, और मैं हो गया उसकी भाषा का पंडित।

आसिन में आठ दिनों तक झपसी लदी रही, उस बार। पाड़ा दिन-भर कूदता-फलाँगता रहा, आठों दिन। उसकी कृपा से मेरे असाध्य रोग में आशातीत सुधार हुआ।...दही खाने से चिड़चिड़ापन भी दूर हो जाता है!

बैदजी ने सुबह-शाम अगहनी धान के खेतों के आसपास टहलने की सलाह

लिख भेजी। कहना नहीं होगा, पाड़ा भी मेरे साथ वायु-सेवन करने जाता–नित्य। एहि भाँति...बालकांड समाप्त।

पेट का रोग दूर हुआ, किन्तु पेट की चिन्ता बढ़ गई।

जिस दिन गाँव छोड़कर शहर जा रहा था, पाड़ा बैलगाड़ी के पीछे बहुत दूर तक आया था।...''जा किसन, लौट जा अब!'' मेरी बोली कंठ में अटक गई थी।

मेरी अनुपस्थिति में पाड़े को कोई कष्ट न हो, परिवारवाले उसे बेच न दें–पत्नी को प्रत्येक पत्र में याद दिलाता। जब परिवार के एक सदस्य ने जिद पकड़ ली तो मेरी पत्नी ने लिखवाया–'कन्हाई बाबू दिन-रात पाड़े की ही बात करते हैं। कहते हैं, लोगों की फसल 'नुकसान' करता है। कौन दिन-रात उलहना सुने! बोल रहे थे कि गाँव का ही मकदूम मियाँ नब्बे रुपया दे रहा है। मैं कहती हूँ, भेज दीजिए कन्हाई बाबू को उनका हिस्सा पैंतालीस रुपया। कलेजा फटा जा रहा है उनका...।''

रुपये नहीं भेजे। चार दिन की छुट्टी लेकर गाँव आया। गाँव पहुँचकर देखा, जो सोचा था ठीक वही हुआ है। पाड़ा बेच दिया गया है।

मकदूम मियाँ के बथान पर मोटी रस्सी में जकड़े हुए किसन महराज को देखकर मेरा रोम-रोम कलपने लगा। उसको बस में लाने के लिए मकदूम ने उसे बेरहमी से पीटा था। सारी देह में साटी के दाग...लम्बे-लम्बे पड़े थे।

एक सौ दस रुपये नकद लेकर मकदूम ने पाड़ा छोड़ा।

उसी बार, गाँव के पाँच पंचों के बीच कह आया–''यह पाड़ा आज से सबका हुआ–गाँव का, इलाके का।''

उस बार, चार दिन तक पाड़े से ही मन की बातें कीं। पत्नी बोली– ''कन्हाई बाबू ने रुपये गिनकर मकदूम के हाथ में पाड़े की रस्सी थमा दी, लेकिन पाड़ा रस्सी तुड़ाकर आँगन भाग आया, मेरे पास। मैं रसोई-घर में थी। वहाँ पहुँचकर डिकरने लगा।...एह ! आँख से लोर झहर-झहर झर रहे थे...आँचल में छिपने की कोशिश कर रहा हो, मानो।''

इसके बाद की कहानियाँ मैंने भी सुनी हैं।

जब-जब गाँव आया, एक-न-एक कहानी सुनी पाड़े की। अलौकिक कहिए या असाधारण, कहते हैं पाड़े में कई विशेष गुण प्रकट हुए, क्रमशः।

सूधा तो वह ऐसा निकला कि गाँव-भर के बच्चे उसकी पीठ पर सवारी करते। किन्तु, बड़े-बूढ़े आदत से लाचार होकर, कभी गाली देकर बात करते तो पाड़े के नथुने से फोंस-फोंस आवाज निकलने लगती।

उजड्ड रामबुहारन बिना गाली के कोई बात बोल ही नहीं सकता। एक

बार उसने कहा–“सरवा पाड़ा...।” बस, सरवा सुनते ही किसन महराज पैर से खुर्री काढ़ने लगा। एक टोकरी धूल उड़ाकर रामबुहारन की आँखों में झोंक दिया।

मकदूम मियाँ के मन से लोभ-मोह दूर नहीं हुआ था, हालाँकि उस पर नजर पड़ते ही पाड़ा अगिया-बैताल हो जाता। मकदूम हमारे टोले का रास्ता ही भूल गया था, किन्तु दिन-रात पाड़े के लोभ में वह तरह-तरह की बातें सोचता। उसने अपने दूर गाँव के एक यगाना से परामर्श किया। मुस्तंड मवेशी-चोर यगाना उसको बोला–“लोहे की सिकड़ी और दाँतवाले नाथ से तो शेर भी थर-थर काँपता है। और यह कमबख्त भैंस का पाड़ा?”

एक रात को वे आए, चुपचाप पाड़े की चोरी करने–मकदूम, असगर।

ऐसा लगता है, किसन महराज ने धूल उड़ाकर उन्हें सचेत करने की चेष्टा की होगी–पहले। जब असगर ने भाला फेंककर पुट्ठे पर घाव कर दिया तब उसने निरुपाय होकर सीधे हमला बोल दिया होगा। बारी-बारी से चहेटकर उसने मकदूम और असगर के हाथ-पैर तोड़े थे।

इस घटना के बाद ही उसने गाँव की चौकीदारी शुरू की होगी। वह कब से रात में पहरा देता है, किसी को नहीं मालूम। तनुकसाह के पिछवाड़े से किसी की चीख सुनाई पड़ी, एक रात। तनुकसाह के परिवारवाले जगे, किन्तु साहस नहीं हुआ पिछवाड़े की ओर जाने का। चीख-पुकार क्रमशः बढ़ती गई–‘बचाइए हो गाँव के लोग...अरे बाप, मर गए!’ लोग हा-हू करते दौड़े आए। देखा, तनुकसाह के पिछवाड़े में एक आदमी लहूलुहान पड़ा कराह रहा है और पास खड़ा किसन महराज रह-रहकर हुँत्था मारता है।...चोर ने ही पाड़े की कहानी बताई। जब वह गाँव में घुस रहा था, पाड़े ने उसे अचरज से देखा था। फिर जैसे ही सेंध लगाना शुरू किया, न जाने किधर से आकर पाड़े ने उसे हुँथियाना शुरू किया।

तनुकसाह के साथ गाँववालों ने भी एक स्वर से उसे ‘देवहा’ पाड़ा कहकर उसकी पूजा की–सींगों में घी लगाकर, सिर पर अक्षत-दूब डालकर।...कच्चा केला उसका प्रिय फल है, मेरी पत्नी ने बताया था। इसलिए तनुकसाह ने दो दर्जन कच्चे केले खिलाए थे किसन महराज को।

लेकिन दो दर्जन केले खिलाकर उसको नीति-भ्रष्ट नहीं कर सका तनुकसाह। एक दिन सुबह उठकर तनुकसाह ने हाय-हाय कर पंचगुहार की–“पाड़े ने दो बीघे तम्बाकू को रौंदकर समापत्तन कर दिया। दो सौ रुपये का माल मेरा–हाय रे हाय!”

गाँव के किसी पंच ने हमदर्दी नहीं दिखलाई। बच्चे-बच्चे के मुँह से निकला–

“ठीक किया है। जैसी करनी...। परसों ही बेचारे अजबलाल दास के मवेसी की कुरकी करवाई है, तनुकसाह ने। बेईमानी से तीन सौ रुपये का चिट्ठा बनाया। फिर नालिस करके...चुपचाप ‘डिगरी’ करवा ली थी।...अच्छा किया है पाड़े ने।”

दूसरे दिन भरी दोपहरी में तनुकसाह ने चिल्लाना शुरू किया—“देखो, देखो हो लोगो—पाड़ा पगला गया हो ओ-ओ!”

गाँव-भर के लोगों ने तमाशा देखा—तनुकसाह के चार बीघे में फूली-फुलाई सरसों रौंद रहा है पाड़ा; उन्मत्त होकर खेत में दौड़ रहा है इस छोर से उस छोर तक।...पीली चदरी चित्थी-चित्थी हो रही है, मानो।

तनुकसाह चुपचाप देखता रहा। उसके मुँह से एक शब्द भी नहीं निकला। उसी शाम को उसने अजबलाल दास से ‘डिगरी’ की सफाई कर ली—असल तीस रुपये लेकर। सूद भी नहीं लिया—एक पैसा...।

सन्तोखी ततमा की बेवा मुसम्मात दिन-भर किसानों के घर में धान-चावल कूटती-छाँटती। तीसरे पहर दौड़ी जाती तो मील दूर टेसन की गुदरी पर—हल्दी और हरी मिर्च बेचने। लौटती बेर कभी-कभी गुदरी पर ही दीया-बाती जल जाती। सन्तोखी की बेवा पाड़े को पुकारती हुई पगडंडी पकड़ती। पाड़े के लिए वह रोज एक छीमी कच्चा केला खरीदकर लाती थी। पाड़े के प्रति उसकी भक्ति के पीछे है एक अन्धकार की घटना। सन्तोखी की बेवा ने मेरी पत्नी को सुनाया है—

गाँव के एक प्रतिष्ठित व्यक्ति की नजर में सन्तोखी की बेवा बहुत दिन से नाच रही थी।

एक दिन घात में बैठे—पाट के खेत में...।

गुनगुन करती, अपने-आप न जाने किससे झगड़ती-बड़बड़ाती सन्तोखी की बेवा खेत के पास आई। भले आदमी ने अचानक हमला नहीं किया, हालाँकि उनकी अवस्था उस समय जानवर से भी बदतर थी...।

बाजाप्ता प्रेम-निवेदन से प्रारम्भ किया बाबू साहब ने।

तीन आने की हल्दी बेचकर, इकन्नी का नून लेकर लौटती हुई सन्तोखी की बेवा दस रुपये का नोट देखकर काँप उठी थी।...लगा, बाबू साहब के पाकिट से साँप निकला, फन काढ़े हुए। लेकिन वह चीख नहीं सकी; चिल्ला भी नहीं सकी क्योंकि बाबू साहब पैर पर गिर पड़े...।

“छिः-छिः, उठिए बाबू साहेब!”

ठीक, इसी समय पता नहीं किधर से पाड़ा आकर हाजिर।

पाड़े को देखते ही गाँव के नरपुंगव की पुं-शक्ति समाप्त हो गई।

"...सच कहती हूँ मालकिन, उस दिन किसन महराज नहीं आ जाता तो मैं डूब चुकी थी," सन्तोखी की बेवा ने मेरी पत्नी के कानों में फिसफिसाकर कहा था।

किसन महराज रघुबर महतो के कूप का पानी छोड़ और किसी गड्ढे-तालाब में मुँह नहीं रोपता। ठीक दोपहर को रघुबर महतो के कूप के पास आकर खड़ा हो जाता। बूढ़ा रघुबर महतो अपने हाथ से पानी भरकर पिलाता था–नियमपूर्वक। रघुबर महतो के 'कच्चा-मीठा' आम के दो पेड़ हैं। आम के मौसम में–टिकोला लगते ही पेड़ों के नीचे मचान गाड़कर बैठता बूढ़ा, दिन-रात। पिछले साल बूढ़ा बीमार पड़ा। दिन-भर उसकी बेटी बतसिया ने पहरा किया। किन्तु रात में? रात में कौन पहरा करेगा?

रघुबर महतो का कहना है–"सूरज डूबने के पहले ही पाड़े ने पेड़ के पास आकर डेरा डाल दिया। फिर दूसरे दिन सुबह जब बतसिया पेड़ के पास गई तो उठा।...पाड़ा नहीं, देव है देव!"

अब अन्तिम कहानी। मेरी देखी-सुनी।

बिहार विधानसभा में, जमीन-हदबन्दी के सवाल पर विचार होना अभी भी बाकी है। लेकिन, जिस दिन यह प्रस्ताव सदन में पेश हुआ उससे दो माह पहले से ही छोटे-बड़े किसानों के मन में पाप समा गया। जिले में किसान और गरीब बँटाईदारों में कई जगह गुत्थमगुत्थी भी हो गई–यह तो किसी से छिपा नहीं है।

मुझे भी चिट्ठी गई, गाँव से।...जमीन-जायदाद में मेरा भी हिस्सा है, इसलिए मुझे स्वयं इस झंझट के समय उपस्थित रहना चाहिए। पत्नी ने लिखवाया– 'कन्हाई बाबू कहते हैं कि भैया के कारण ही पैमायस-बन्दोबस्त के समय पचास बीघे जमीन चली गई–मुफ्त में। दान-खैरात करनी हो...अपने हिस्से की जमीन करें...।'

गाँव पहुँचते ही मुझे गुप्त सूचना दी, छोटे भाई कन्हाई बाबू ने–"इस बार बँटाई करनेवाले फसल काटकर नहीं ले जाएँ–सभी बड़े किसान चिन्तित हैं। एक चुटकी धान नहीं देंगे बाँटकर वे, सुना है। इसलिए हम लोगों ने, माने आसपास के कई छोटे-बड़े किसानों ने मिलकर गुप्त परामर्श करके यह तय किया है...। नहीं-नहीं। मैं ऐसा मूर्ख नहीं–छतिऔना के शिवशंकर सिंह को चोट पर चढ़ाया है, सबसे पहले। तय हुआ है कि पहले शिवशंकर अपने किसानों की फसल कटवाकर ले जाएँगे–अपने खलिहान पर। इसके बाद हम भी अपने बँटाईदारों से कहेंगे, जब दीगर गाँव का किसान फसल काटकर अपने खलिहान पर ले गया तो हम क्यों तुम्हारे खलिहान पर फसल जाने दें?... आप मेहरबानी करके चुप रहिएगा इस बार, नहीं तो...।"

मैंने पूछा–''यदि बँटाईदार लोग अपने-आप ही–राजी-खुशी से–फसल हमारे खलिहान पर ले आएँ तो?''

कन्हाई बाबू तुनककर बोले–''देखिए भैया, आप फिर इस बार सबको फेरे में डालिएगा, लगता है। भला वे क्यों लाएँगे?''

मैंने तर्क छोड़ा नहीं–''क्या आपस में सुलह से कोई रास्ता नहीं निकल सकता?...मान लो, यह तय किया जाए कि न किसान अपने खलिहान पर ले जाएँ और न बँटाईदार! गाँव से बाहर एक 'पंचायती-खलिहान' बने...।''

कन्हाई बाबू चिढ़कर आँगन की ओर चले गए। जाते समय कुछ बोले नहीं, किन्तु उनकी मुद्रा बोली–'आपके जैसा मूर्ख कहीं नहीं देखा।'

मेरी पत्नी आँगन से मुँह लटकाकर आई। उसकी दलील सुनकर मैं चुप हो गया–''जब जगह-जमीन ही नहीं रहेगी तो बाल-बच्चे खाएँगे क्या? कन्हाई बाबू कहते हैं कि अखबार की नौकरी भी कोई नौकरी है? सुनते हैं, पिनसिल भी नहीं मिलता।...आपके पैरों पड़ती हूँ, आप चुप रहिए।''

चुप रहा मैं पाँच दिन तक।...अखबार की नौकरी भी कोई नौकरी है?

पाँचवें दिन अभिसन्धि के अनुसार छतिऔना के किसान शिवशंकर सिंह हरवे-हथियार, लुटेरे जन-मजदूरों और लठैतों के साथ जमीन पर आ धमके।

गाँव के सभी बँटाईदार अवाक् हो गए–यह क्या? अचानक कौन नया कानून पास हो गया? अँधेर है! जुलुम है!!

मुझे लगा, अचानक कुत्सित रोग मधुमेह का शिकार हो गया मैं।

एक-एक कर सभी गरीब बँटाईदार हमारे दरवाजे पर आए–दौड़ते, रोते-चिल्लाते। मैंने देखा, कन्हाई बाबू निर्विकार भाव से पान में चूना लगा रहे हैं। पान मुँह में डालकर गम्भीर हो गए–''हमें क्या कहने आए हो?''

''आप लोग चलकर शिवशंकर बाबू से पूछिए कि...।''

''उँहूँ!''

इसके बाद अभागे बँटाईदारों ने मेरी ओर देखा। बेकारी के समय मैंने भी गरीबों की पार्टी का झंडा ढोया था। सम्भवतः मेरी खादी की धोती को देखकर ही उन्हें मुझ पर भरोसा हुआ था। मेरे पास गिड़गिड़ाने लगे–''लाल बाबू!...यही उचित है? साल-भर से खेती में बाल-बच्चे, औरत-मर्द मिलकर हमने फसल लगाया...और आज...आप लोगों के रहते...।''

लाल बाबू चुप रहे–अपने पसीजते हुए दिल को मन-ही-मन पत्थर बनाने की चेष्टा में व्यस्त! आँखें मूँद लीं लाल बाबू ने!–बहुत मुश्किल से बोले–''मैं क्या करूँ? मैं क्या कर सकता हूँ? मेरे हाथ में क्या है?...अखबार की नौकरी भी कोई

नौकरी है? पुलिस का सिपाही होता तो मेरी वरदी का प्रभाव पड़ सकता था।''

हाय छोड़कर वे चले गए।

बँटाईदारों के टोले में कुहराम शुरू हुआ। औरतें छाती पीटने लगीं। बच्चे बिलखने लगे। कुत्ते रोने लगे।

उधर खेतों में लुटेरे जन-मजदूरों और लठैतों की सम्मिलित जयध्वनि हुई– होहोहोहो-होहोहोहो!!

मेरे स्नायु-मंडल पर प्रतिक्रिया शुरू हुई। ऐसे अवसरों पर मेरा शरीर काँपने लगता है–मलेरिया बुखार चढ़ते समय जैसी कँपनी होती है, वैसे ही।

...बाबू रे-ए ए! हेए ए, अब क्या खाओगे रे ए-ए?

...माई-ई-ई! कलेजे पर हँसुआ चला-आ-आ!

...बाल-बच्चे मर जाएँगे!

...हाय! हाय!!

...होहोहोहो-होहोहोहो!!

कौन दौड़ी जा रही है? नंगी औरत-पगली औरत? एकदम नंगी? नाच रही है–लूट ले। लूट ले-रे दुश्मनवाँ लूट ले!...

कौओं का काँव-काँव? अथवा मैं ही पगला गया?

...लाल बाबू! आप देवता है।...काँव-काँव!

लाल बाबू...! आप राक्षस हैं।...काँव-काँव!!

लाल बाबू? लाल बाबू? काँव-काँव!!

...लाल बाबू! जरा खेत पर चलिए।

मैं क्या कर सकता हूँ? मैं...मैं...!

कौन है? शिवशंकर सिंह का छोटा भाई देवशंकर सिंह? मुझे क्यों बुलाने आया है? मैं कहीं नहीं जा सकता। मुझे बहुमूत्र रोग है। मैं एक डग भी नहीं चल सकता। मैं नशे में चूर हूँ। मैं जानवर हूँ। मुझे कोई क्यों बुलाएगा?

''...लाल बाबू!'' देवशंकर ने कड़ककर मुझे होश में लाने की चेष्टा की। बोला–''आप अपने पाड़े को पुकार लीजिए। वहाँ खेत में...।''

क्या! खेत में पाड़ा? अर्थात! किसन महराज पहुँच गए हैं धर्मक्षेत्र में, कुरुक्षेत्र में? ऐ ! तब फिर क्या–जिधर कृष्ण–उधर विजय!!

''लाल बाबू। जल्दी चलिए।''

''भैया। जाइए न। पुकार लीजिए पाड़े को।''

मेरी कँपकँपी रुक गई हठात। मेरी घुटती हुई उत्तेजना को रास्ता मिला, ''मैं क्यों जाऊँ? पाड़ा मेरा नहीं, सारे गाँव के लोगों का है। मैं क्यों पुकारने जाऊँ?

मैं किसी का नौकर नहीं; न तुम्हारा, न तुम्हारे शिवशंकर सिंह का।"

देवशंकर चला गया। नंगी औरत रोती-भागती चली गई। कन्हाई बाबू भी चले गए।

खेत से फिर हो-हो की आवाज आई। मैंने उत्कर्ण होकर सुना–इस बार जयकार अथवा हर्ष-ध्वनि नहीं!...धर्मक्षेत्र से, कुरुक्षेत्र से, किसन महराज को भगाने के लिए हल्ला किया जा रहा है–हुस्स! होय-होय!

...मारो। मारो। अ-रे-रे-रे-रे!

...ढुई! ढुईस। अँह-अँह-हुस्स!

...भाग रे-ए-ए! हो हो हो हो।

शोरगुल बढ़ता गया। अब किसन महराज अगले पैरों से खुर्री काटकर धूल उड़ा रहा होगा।

...अश्रुगैस!

...मारो। मारो। होहोहोहो!

...ट्रट्ठाँय! ट्रट्ठाँय!!!

झूठा फायर? अथवा...अथवा?

...भागो। भागो!!

ट्रट्ठाँय!

आह! इस बार झूठा फायर नहीं।

मैं दौड़ा।

खेत पर पहुँचते-पहुँचते किसन महराज का रथ दूर जा चुका था। परिवर्त-क्रिया के झोंके पर उसकी देह थरथरा रही थी; रह-रहकर पैर झटक रहे थे।...किसन रे!

मेरे किसन ने किसी की जान नहीं ली। वह गरीबों के हक की रक्षा कर रहा था। ईंट-पत्थरों की मार खाकर भी धूल उड़ाता रहा, सिर्फ। चेतावनी देता रहा। फिर लाठी चली। वह अहिंसक रहा। सींगों से डराना, धूल उड़ाना, हिंसा नहीं। तीर और भालों से घायल हुआ–देह छलनी हो गई। तब उसने दो लुटेरे लठैतों के हाथ-पैर तोड़े पटककर। शिवशंकर ने झूठे फायर किए, किन्तु देवशंकर ने गोली दाग दी–कलेजे पर! गोली खाकर भी उसने किसी की हत्या नहीं की। मरते-मरते उसने शिवशंकर और देवशंकर को घायल ही किया। वह जान ले सकता था।...अन्त में गाँव की ओर भागा। भागा नहीं। यह निश्चय ही मेरे पास आ रहा था। मेरी पत्नी के आँचल में मुँह छिपाकर सोने के लिए...रघुबर महतो के कूप का पानी पीने के लिए...सन्तोखी की बेवा के हाथ के केले खाने के लिए...मेरे बेटे के हाथ से फरही-गुड़ खाने के लिए...!

कुछ दूर आया...डगमगाया...गिरा...!

मैंने उसके कान के पास मुँह लगाकर पुकारा—"किसन रे! हाय-हाय मैंने तुझे पहले ही क्यों न पुकार लिया?...लेकिन मैं जानता हूँ—तुम आज मेरे पुकारने पर भी नहीं आते।...तुम धर्मयुद्ध से कैसे मुँह मोड़ सकते थे...?"

अब मैं पुलिस द्वारा लगाए गए आरोप के जवाब दे दूँ—अन्त में!

पुलिस की रपट है—मैंने गाँव में अशान्ति फैलाई है।

उत्तर में निवेदन है—गाँव में सर्वत्र शान्ति विराज रही है—पवित्र शान्ति! गाँव के छोटे-बड़े किसानों ने अपने बँटाईदारों से कह दिया—जहाँ जी में आए ले जाओ फसल काटकर। शिवशंकर को उसका हिस्सा भदई धान मिल चुका है। कन्हाई बाबू की फसल बँटाईदारों ने कन्हाई बाबू के खलिहान पर ही रखी।...कहीं भी किसी किस्म की अशान्ति नहीं।

किसन की मृत्यु के बाद कुछ लोग उत्तेजित हुए थे, अवश्य। किन्तु रामधुन सुनकर वे शान्त हो गए। रात-भर उसकी लाश को घेरकर 'निरगुन' गाए गए। सुबह को धूमधाम से माटी दी गई। उसकी समाधि पर आसपास के दस गाँवों के लोगों ने आँसू से गीली मिट्टी दी; बारी-बारी से औरतों ने आँचल पसारकर समाधि पर छाया की। धूप-दीप और शंखध्वनि...अशान्ति नहीं फैलाती।

घटना की खबर शहर पहुँची। खेतिहर मजदूर संघ के मंत्रीजी आए, किसान सभा और कांग्रेस के कार्यकर्ता भी आए। दारोगा साहब आए। कौन-कौन आए, कौन गए, मुझे कुछ नहीं मालूम। किसन की मृत्यु के बाद से ही मेरी बोली बन्द थी। आँखें बन्द थीं...।

समाधि देने के समय एकत्रित लोगों ने बार-बार जय-ध्वनि की थी। सभी अपने को दोषी समझ रहे थे। किसन के बिना सभी अपने को असहाय अनुभव कर रहे थे, इसलिए कभी-कभी सम्मिलित रुदन भी करते थे—हाय-हाय कर।...किन्तु इससे भी शान्ति भंग नहीं हुई...।

पुलिस रपट में कहा गया है—गरमागरम भाषण दिए गए। लोगों को उभाड़ने के लिए, हिंसात्मक कार्रवाई करने के लिए क्रान्तिकारी गीत गाए गए!

जहाँ तक मुझे याद है, भाषण किसी पेशेवर नेता ने नहीं दिया था। गाँव के एक भावुक विद्यार्थी ने अपनी टूटी-फूटी भाषा में तुतलाकर कुछ कहा था, जरूर। लेकिन वह कोई गरम बात नहीं थी। उसने कहा, 'जब आदमी के दुख को आदमी ने नहीं समझा, किसन महराज ने पशु होकर भी आदमी का काम किया। आदमी का काम नहीं, देवता का। उसने अपनी जान देकर साबित कर दिया कि हम

जानवर से भी गए-बीते हैं...।'

और, मेरे टोले की चम्पा ने, अपनी तीनों बहनों के साथ मिलकर विश्वकवि का प्रसिद्ध गीत गाया–'यदि तोर डाक सुने केउ ना आसे...।'

दारोगा साहब ने लिखा है–समाधि पर लाल झंडे गाड़े गए हैं।

इस बात पर, इस विषाद-भरे क्षण में भी मुझे हँसी आ रही है। गाँव के किसी भी देवस्थल पर लाल-सालू का झंडा फहराया जाता है। हनुमानजी का झंडा हो, चाहे माँ चंडिका का–रंग लाल ही होता है...।

[मुझे आश्चर्य तो तब हुआ–जब कि आपने उनकी इस रपट के आधार पर यह सवाल किया–आपके नाम 'लाल बाबू' का 'लाल' किसी 'राजनैतिक लाल' का संकेत है क्या ?...मैं आपके विनोदप्रिय मिजाज की सराहना करता हूँ!]

किसन महराज की समाधि पर गड़े झंडे भी लाल हैं–स्वीकार करता हूँ।

गाँव के दरजी ने झंडे पर पाड़े की आकृति बनाने की चेष्टा की है, सफेद कपड़े से। मुझे लगता है कि दारोगा साहब ने झंडों में अंकित किसन महराज के सींगों को हँसिया समझा...पैर को हल...पूँछ को चक्र...मुँह को हथौड़ा...!

दोष उनकी दृष्टि का है।

एक आदिम रात्रि की महक

...न: ...करमा को नींद नहीं आएगी।

नये पक्के मकान में उसे कभी नींद नहीं आती। चूना और वार्निश की गन्ध के मारे उसकी कनपटी के पास हमेशा चौअन्नी-भर दर्द चिनचिनाता रहता है। पुरानी लाइन के पुराने 'इस्टिसन' सब हजार पुराने हों, वहाँ नींद तो आती है।...ले, नाक के अन्दर फिर सुड़सुड़ी जगी ससुरी...!

करमा, छींकने लगा। नये मकान में उसकी छींक गूँज उठी।

''करमा, नींद नहीं आती?'' 'बाबू' ने कैम्प-खाट पर करवट लेते हुए पूछा।

गमछे से नथुने को साफ करते हुए करमा ने कहा, ''यहाँ नींद कभी नहीं आएगी, मैं जानता था, बाबू!''

''मुझे भी नींद नहीं आएगी,'' बाबू ने सिगरेट सुलगाते हुए कहा, ''नई जगह में पहली रात मुझे नींद नहीं आती।''

करमा पूछना चाहता था कि नये 'पोख्ता' मकान में बाबू को भी चूने की गन्ध लगती है? कनपटी के पास दर्द रहता है हमेशा क्या?...बाबू कोई गीत गुनगुनाने लगे। एक कुत्ता गश्त लगाता हुआ सिगनल-केबिन की ओर से आया और बरामदे के पास आकर रुक गया। करमा चुपचाप कुत्ते की नीयत को ताड़ने लगा। कुत्ते ने बाबू की खटिया की ओर थुथना ऊँचा करके हवा में सूँघा। आगे बढ़ा। करमा समझ गया–जरूर जूताखोर कुत्ता है, साला!...नहीं, सिर्फ सूँघ रहा है। कुत्ता अब करमा की ओर मुड़ा। हवा सूँघने लगा। फिर मुसाफिरखाने की ओर दुलकी-चाल से चला गया...।

बाबू ने पूछा, ''तुम्हारा नाम करमा है या करमचन्द या करमू?''

...सात दिन तक साथ रहने के बाद, आज आधी रात के पहर में बाबू ने दिल खोलकर एक सवाल के जैसा सवाल किया है।

''बाबू, नाम तो मेरा करमा ही है। वैसे लोगों के हजार मुँह हैं, हजार नाम

कहते हैं।...निताय बाबू कोरमा कहते थे, घोस बाबू करीमा कहकर बुलाते थे, सिंघजी ने सब दिन कामा ही कहा और असगर बाबू तो हमेशा करम-करम कहते थे। खुश रहने पर दिल्लगी करते थे—हाय मेरे करम!...नाम में क्या है, बाबू? जो मन में आए, कहिए। हजार नाम...।''

''तुम्हारा घर सन्थाल परगना में है, या राँची-हजारीबाग की ओर?''

करमा इस सवाल पर अचकचाया, जरा! ऐसे सवालों के जवाब देते समय वह रमता-जोगी की मुद्रा बना लेता है। 'घर? जहाँ धड़, वहाँ घर। माँ-बाप—भगवानजी!'... लेकिन, बाबू को ऐसा जवाब तो नहीं दे सकता!

...बाबू भी खूब हैं। नाम का 'अरथ' निकालकर अनुमान लगा लिया—घर सन्थाल परगना या राँची-हजारीबाग की ओर होगा, किसी गाँव में? करमा-पर्व के दिन जन्म हुआ होगा, इसीलिए नाम करमा पड़ा। माथा, कपाल, होंठ और देह की गठन देखकर भी...।

...बाबू तो बहुत 'गुनी' मालूम होते हैं। अपने बारे में करमा को कुछ मालूम नहीं। और बाबू नाम और कपाल देखकर सबकुछ बता रहे हैं। इतने दिन के बाद एक बाबू मिले हैं, गोपाल बाबू जैसे!

करमा ने कहा, ''बाबू, गोपाल बाबू भी यही कहते थे! यह 'करमा' नाम तो गोपाल बाबू का ही दिया हुआ है!''

करमा ने गोपाल बाबू का किस्सा शुरू किया—''...गोपाल बाबू कहते थे, आसाम से लौटती हुई कुली-गाड़ी में एक 'डोको' के अन्दर तू पड़ा था, बिना 'बिलटी-रसीद' के ही—लावारिस माल।''

...चलो, बाबू को नींद आ गई। नाक बोलने लगी। गोपाल बाबू का किस्सा अधूरा ही रह गया।

...कुतवा फिर गस्त लगाता हुआ आया। यह कातिक का महीना है न! ससुरा पस्त होकर आया है। हाँफ रहा है।...ले, तू भी यहीं सोएगा? उँह! साले की देह की गन्ध यहाँ तक आती है—धेत्त! धेत्त!

बाबू ने जगकर पूछा, ''हूँ-ऊ-ऊ! तब क्या हुआ तुम्हारे गोपाल बाबू का?''

कुत्ता बरामदे के नीचे चला गया। उलटकर देखने लगा। गुर्राया। फिर, दो-तीन बार दबी हुई आवाज में 'बुफ-बुफ' कर जनाने मुसाफिरखाने के अन्दर चला गया, जहाँ पैटमानजी सोता है।

''बाबू, सो गए क्या?''

...चलो, बाबू को फिर नींद आ गई ! बाबू की नाक ठीक 'बबुआनी-आवाज'

में ही 'डाकती' है!...पैटमानजी तो, लगता है, लकड़ी चीर रहे हैं!...गोपाल बाबू की नाक बीन-जैसी बजती थी–सुर में!!...असगर बाबू का खर्राटा...सिंघजी फुफकारते थे और साहू बाबू नींद में बोलते थे–'ए, डाउन दो, गाड़ी छोड़ा...!'

...तार की घंटी! स्टेशन का घंटा ! गार्ड साहब की सीटी! इंजिन का बिगुल! जहाज का भौंपा!...सैकड़ों सीटियाँ...बिगुल...भोंपा...भों-ओं-ओं-ओं...!

...हजार बार, लाख बार कोशिश करके भी अपने को रेल की पटरी से अलग नहीं कर सका, करमा। वह छटपटाया। चिल्लाया, मगर जरा भी टस-से-मस नहीं हुई उसकी देह। वह चिपका रहा। धड़धड़ाता हुआ इंजन गरदन और पैरों को काटता हुआ चला गया।...लाइन के एक ओर उसका सिर लुढ़का हुआ पड़ा था, दूसरी ओर दोनों पैर छिटके हुए! उसने जल्दी से अपने कटे हुए पैरों को बटोरा... अरे, यह तो एन्टोनी 'गाट' साहब के बरसाती जूते का जोड़ा है! गम-बूट !...उसका सिर क्या हुआ?...धेत, धेत ! ससुरा नाक-कान चबा रहा है...!

''करमा!''

–धेत्! धेत्!

''उठ करमा, चाय बना!''

करमा धड़फड़ाकर उठ बैठा।...ले, बिहान हो गया। मालगाड़ी को 'थूरू-पास' करके, पैटमानजी हाथ में बेंत की कमानी घुमाता हुआ आ रहा है।...साला! ऐसा भी सपना होता है, भला? बारह साल में, पहली बार ऐसा अजूबा सपना देखा करमा ने।

बारह साल में एक दिन के लिए भी रेलवे-लाइन से दूर नहीं गया, करमा। इस तरह 'एकसिडंटवाला सपना' कभी नहीं देखा उसने!

करमा रेल-कम्पनी का नौकर नहीं। वह चाहता तो पोटर, खलासी, पैटमान या पानी पाँडे की नौकरी मिल सकती थी। खूब आसानी से रेलवे-नौकरी में 'घुस' सकता था। मगर मन को कौन समझाए! मन माना नहीं। रेल-कम्पनी का नीला कुर्ता और इंजिन-छाप बटन का शौक उसे कभी नहीं हुआ।

रेल-कम्पनी क्या, किसी की नौकरी करमा ने कभी नहीं की। नाम-धाम पूछने के बाद लोग पेशे के बारे में पूछते हैं। करमा जवाब देता है–

''बाबू के 'साथ' रहते हैं।''...एक पैसा भी मुसहरा न लेनेवाले को 'नौकर' तो नहीं कह सकते!

...गोपाल बाबू के साथ, लगातार पाँच वर्ष! इसके बाद कितने बाबुओं के

साथ रहा, यह गिनकर बतलाना होगा। लेकिन, एक बात है–'रिलिफिया-बाबू' को छोड़कर किसी 'सालटन-बाबू' के साथ वह कभी नहीं रहा।...सालटन-बाबू माने किसी 'टिसन' में 'परमानन्टी' नौकरी करनेवाला–फैमिली के साथ रहनेवाला!

...जा रे गोपाल बाबू ! वैसा बाबू अब कहाँ मिले? करमा का 'माय-बाप, भाय-बहिन, कुल-परिवार', जो बूझिए–सब एक गोपाल बाबू!...बिना 'बिलटी-रसीद' का लावारिस माल था, करमा। रेलवे अस्पताल से छुड़ाकर अपने साथ रखा गोपाल बाबू ने। जहाँ जाते, करमा साथ जाता। जो खाते, करमा भी खाता।...लेकिन आदमी की मति को क्या कहिए ! रिलिफिया-काम छोड़कर सालटनी काम में गए। फिर, एक दिन शादी कर बैठे।...बौमा...गोपाल बाबू की 'फैमली'–राम-हो-राम! वह औरत थी? साच्छात चुड़ैल!...दिन-भर गोपाल बाबू ठीक रहते। साँझ पड़ते ही उनकी जान चिड़िया की तरह 'लुकाती' फिरती।...आधी रात को कभी-कभी 'इसपेसल' पास करने के लिए बाबू निकलते। लगता, अमरीकन रेलवे-इंजिन के 'बायलर' में कोयला झोंककर निकले हैं।...करमा 'क्वाटर' के बरामदे पर सोता था। तीन महीने तक रात में नींद नहीं आई, कभी।...बौमा 'फों-फों' करती–बाबू गिनमिनाकर कुछ बोलते। फिर शुरू होता रोना-कराहना, गाली-गलौज, मार-पीट। बाबू भागकर बाहर निकलते और वह औरत झपटकर माथे का केश पकड़ लेती।... तब करमा ने एक उपाय निकाला। ऐसे समय में वह उठकर दरवाजा खटखटाकर कहता, ''बाबू, 'इसपेसल' का 'कल' बोलता है... ।'' बाबू की जान कितने दिनों तक बचाता करमा?...बौमा एक दिन चिल्लाई, ''ए छोकरा हरामजादा के दूर कोरो। यह चोर है, चो-ओ-ओ-र!''

...इसके बाद से ही किसी 'टिसन' के फैमिली-क्वाटर को देखते ही करमा के मन में एक पतली आवाज गूँजने लगती है–चो-ओ-ओ-र! हरामजादा! फैमिली-क्वाटर ही क्यों–जनाना मुसाफिरखाना, जनाना दर्जा, जनाना...जनाना नाम से ही करमा को उबकाई आने लगती है।

...एक ही साल में गोपाल बाबू को 'हाड़-गोड़' सहित चबाकर खा गई, वह जनाना! फूल-जैसे सुकुमार गोपाल बाबू! जिन्दगी में पहली बार फूट-फूटकर रोया था, करमा।

...रमता-जोगी, बहता-पानी और रिलिफिया-बाबू! हेड-क्वाटर में चौबीस घंटे हुए कि 'परवाना' कटा–फलाने टिसन का मास्टर बीमार है, सिकरिपोट आया है। तुरत 'जोआयेन' करो।...रिलिफिया-बाबू का बोरिया-बिस्तर हमेशा 'रेडी' रहना चाहिए। कम-से-कम एक सप्ताह, ज्यादा-से-ज्यादा तीन महीने से ज्यादा किसी एक जगह में जमकर नहीं रह सकता, कोई रिलिफिया-बाबू।...लकड़ी के एक बक्से

में सारी गृहस्थी बन्द करके–आज यहाँ, कल वहाँ।...पानीपाड़ा से भातगाँव, कुरैठा से रौताड़ा। फिर, हेड-क्वाटर, कटिहार!

...गोपाल बाबू ने ही घोस बाबू के साथ लगा दिया था–'खूब भालो बाबू। अच्छी तरह रखेगा।' लेकिन, घोस बाबू के साथ एक महीना से ज्यादा नहीं रह सका, करमा। घोस बाबू की बेवजह गाली देने की आदत! गाली भी बहुत खराब-खराब! माँ-बहन की गाली!...इसके अलावा घोस बाबू में कोई ऐब नहीं था। अपने 'सवांग' की तरह रखते थे।...घोस बाबू आज भी मिलते हैं तो गाली से ही बात शुरू करते हैं–"की रे...करमा? किसका साथ में है आजकल मादर्च...?"

...घोस बाबू को माँ-बहन की गाली देनेवाला कोई नहीं। नहीं तो समझते कि माँ-बहन की गाली सुनकर आदमी का खून किस तरह खौलने लगता है। किसी भले आदमी को ऐसी खराब गाली बकते नहीं सुना है करमा ने, आज तक।

...राम बाबू की सब आदत ठीक थी। लेकिन...भा-आ-री 'इश्की आदमी।' जिस टिसन में जाते, पैटमान-पोटर-सूपर को एकान्त में बुलाकर घुसुर-फुसुर बतियाते। फिर रात में कभी मालगोदाम की ओर तो कभी जनाना मुसाफिरखाना में, तो कभी जनाना-पैखाना में...छिः-छिः...जहाँ जाते छुछुआते रहते–'क्या जी, असल-माल-वाल का कोई जोगाड़-जन्तर नहीं लगेगा?'...आखिर वही हुआ जो करमा ने कहा था–'माल' ही उनका 'काल' हुआ। पिछले साल, जोगबनी-लाइन में एक नेपाली ने खुकरी से दो टुकड़ा काटकर रख दिया। और उड़ाओ माल!...जैसी अपनी इज्जत, वैसी परायी!

...सिंघजी भारी 'पुजेगरी'! सिया सहित राम-लछमन की मूर्ति हमेशा उनकी झोली में रहती थी। रोज चार बजे भोर से ही नहाकर पूजा की घंटी हिलाते रहते। इधर 'कल' की घंटी बजती।...जिस घर में ठाकुरजी की झोली रहती, उसमें बिना नहाए कोई पैर भी नहीं दे सकता था।...कोई अपनी देह को उस तरह बाँधकर हमेशा कैसे रह सकता है? कौन दिन में दस बार नहाए और हजार बार पैर धोए? सो भी, जाड़े के मौसम में!...जहाँ कुछ छूओ कि हूँहूँहूँ-हाँहाँहाँ-अरेरेरे–छू दिया न?...ऐसे छुतहा आदमी को रेल-कम्पनी में आने की क्या जरूरत?...सिंघजी का साथ नहीं निभ सका।

...साहू बाबू दरियादिल आदमी थे। मगर मदक्की ऐसे कि दिन-दोपहर को पचास-दारू एक बोतल पीकर मालगाड़ी को 'थूरूपास' दे दिया और गाड़ी लड़ गई। करमा को याद है, 'एकसिडंट' की खबर सुनकर ही साहू बाबू ने फिर एक बोतल चढ़ा लिया।...आखिर डॉक्टर ने दिमाग खराब होने का 'साटिकफिटिक' दे दिया।

...लेकिन, उस 'एकसिडंट' के समय भी किसी रात को करमा ने ऐसा सपना नहीं देखा!

...न...भोर-भोर ऐसी कुलच्छन-भरी बात बाबू को सुनाकर करमा ने अच्छा नहीं किया। रेलवे की नौकरी में अभी तुरत 'घुसवै' किए हैं।

...नः...बाबू के मिजाज का टेर-पता अब तक करमा को नहीं मिला है। करीब एक सप्ताह तक साथ में रहने के बाद, कल रात में पहली बार दिल खोलकर दो सवाल-जवाब किया बाबू ने। इसीलिए, सुबह को करमा ने दिल खोलकर अपने सपने की बात शुरू की थी। चाय की प्याली सामने रखने के बाद उसने हँसकर कहा, "हँह बाबू, रात में हम एक अ-जू-ऊ-ऊबा सपना देखा। धड़धड़ाता इंजिन...लाइन पर चिपकी हमारी देह टस-से-मस नहीं...सिर इधर और पैर दोनों लाइन के उधर... एन्टोनी गाट साहेब के बरसाती जूते का जोड़ा...गमबोट...!"

"धेत्त! क्या बेसिर-पैर की बात करते हो, सुबह-सुबह? गाँजा-वाँजा पीता है क्या?"

...करमा ने बाबू को सपने की बात सुनाकर अच्छा नहीं किया।

करमा उठकर ताखे पर रखे हुए आईने में अपना मुँह देखने लगा। उसने 'अ-जू-ऊ-ऊ-बा' कहकर देखा। छिः, उसके होंठ तीतर की चोंच की तरह...।

"का करमचन? का बन रहा है?"

...पानी-पाँडे? यह पानी-पाँडे भला आदमी है। पुरानी जान-पहचान है इससे, करमा की। कई टिसन में संगत हुआ है। लेकिन, यह पैटमान लटपटिया आदमी मालूम होता है। हर बात में पुच-पुच कर हँसनेवाला।

"करमचन बाबू कौन जाति के हैं?"

"क्यों? बंगाली हैं।"

"भैया, बंगाली में भी साढ़े-बारह बरन के लोग होते हैं।"

"पानी-पाँडेजी, सो तो मैं नहीं जानता। मगर बहुत गुनी आदमी हैं। आपका नाम का मतलब निकालकर–चेहरा देखकर सबकुछ बता देंगे...लीजिए, घंटी पड़ गई दुबज्जी गाड़ी की, और मेरी तरकारी अभी तक चढ़ी हुई है।"

पानी-पाँडे जाते-जाते कह गया, "थोड़ी तरकारी बचाकर रखना, करमचन!"

...घर कहाँ? कौन जाति? मनिहारी घाट के मस्तान बाबा का सिखाया हुआ जवाब, सभी जगह नहीं चलता–हरि के भजे सो हरि के होई! मगर, हरि की भी जाति थी!...ले, यह घटही-गाड़ी का इंजन कैसे भेज दिया इस लाइन में आज? संथाली-बाँसी जैसी पतली सीटी–सी-ई-ई!!

...ले, फक्का! एक भी पसिंजर नहीं उतरा, इस गाड़ी से भी। काहे को इतना खर्चा करके रेल-कम्पनी ने यहाँ टिसन बनाया, करमा की बुद्धि में नहीं आता। फायदा? बस, नाम ही आमदपुरा है—आमदनी नदारद। सात दिन में दो टिकट कटे हैं और सिर्फ पाँच पसिंजर उतरे हैं, तिसमें दो बिना टिकट के।...इतने दिन के बाद पन्द्रह बोरा बैंगन उस दिन बुक हुआ। पन्द्रह बैंगन देकर ही काम बना लिया, उस बूढ़े ने।...उस बैंगनवाले की बोली-बानी अजीब थी। करमा से घुलकर गप करना चाहता था बूढ़ा। घर कहाँ है? कौन जाति? घर में कौन-कौन?...करमा ने सभी सवालों का एक ही जवाब दिया था—ऊपर की ओर हाथ दिखलाकर! बूढ़ा हँस पड़ा था।...अजीब हँसी!

...घटही-गाड़ी! सी-ई-ई-ई!!

करमा मनिहारीघाट टिसन में भी रहा है, तीन महीने तक एक बार, एक महीना दूसरी बार।...मनिहारीघाट टिसन की बात निराली है। कहाँ मनिहारीघाट और कहाँ आमदपुरा का यह पिद्दी टिसन!

...नई जगह में, नये टिसन में पहुँचकर आसपास के गाँवों में एकाध चक्कर घूमे-फिरे बिना करमा को न जाने 'कैसा-कैसा' लगता है। लगता है, अन्ध-कूप में पड़ा हुआ है।...वह 'डिसटन-सिंगल' के उस पार दूर-दूर तक खेत फैले हैं।...वह काला जंगल...ताड़ का वह अकेला पेड़...आज बाबू को खिला-पिलाकर करमा निकलेगा। इस तरह बैठे रहने से उसके पेट का भात नहीं पचेगा।... यदि गाँव-घर और खेत-मैदान में नहीं घूमता-फिरता, तो वह पेड़ पर चढ़ना कैसे सीखता? तैरना कहाँ सीखता?

...लखपतिया टिसन का नाम कितना 'जब्बड़' है! मगर टिसन पर एक सत्तू-फरही की भी दुकान नहीं। आस-पास में, पाँच कोस तक कोई गाँव नहीं। मगर, टिसन से पूरब जो दो पोखरे हैं, उन्हें कैसे भूल सकता है करमा? आईना की तरह झलमलाता हुआ पानी।...बैशाख महीने की दोपहरी में, घंटों गले-भर पानी में नहाने का सुख! मुँह से कहकर बताया नहीं जा सकता!

...मुदा, कदमपुरा—सचमुच कदमपुरा है। टिसन से शुरू करके गाँव तक हजारों कदम के पेड़ हैं।...कदम की चटनी खाए एक युग हो गया!

...वारिसगंज टिसन, बीच कस्बा में है। बड़े-बड़े मालगोदाम, हजारों गाँठ पाट, धान-चावल के बोरे, कोयला-सीमेंट-चूना की ढेरी! हमेशा हजारों लोगों की भीड़! करमा को किसी का चेहरा याद नहीं।...लेकिन टिसन से सटे उत्तर की ओर मैदान में तम्बू डालकर रहनेवाले गदहावाले मगहिया डोमों की याद हमेशा आती है।—घाघरीवाली औरतें, हाथ में बड़े-बड़े कड़े, कान में झुमके...नंगे बच्चे, कान में गोल-गोल कुंडलवाले मर्द!...उनके मुर्गे! उनके कुत्ते!

...बथनाहा टिसन के चारों ओर हजार घर बन गए हैं। कोई परतीत करेगा कि पाँच साल पहले बथनाहा टिसन पर दिन-दोपहर को टिटही बोलती थी!

...कितनी जगहों, कितने लोगों की याद आती है!...सोनबरसा के आम... कालूचक की मछलियाँ...भटोतर का दही...कुसियार गाँव का ऊख!

...मगर सबसे ज्यादा आती है मनिहारीघाट टिसन की याद। एक तरफ धरती, दूसरी ओर पानी। इधर रेलगाड़ी, उधर जहाज। इस पार खेत-गाँव-मैदान, उस पार साहेबगंज-कजरोटिया का नीला पहाड़। नीला पानी–सादा बालू!...तीन एक, चार! चार महीने तक तीसों दिन गंगा में नहाया है, करमा। चार 'जनम तक' पाप का कोई असर तो नहीं होना चाहिए! इतना बढ़िया नाम शायद ही किसी टिसन का होगा–मनिहार।...बलिहारी? मछुवे जब नाव से मछलियाँ उतारते तो चमक के मारे करमा की आँखें चौंधिया जातीं।

...रात में, उधर जहाज चला जाता–धू-धू करता हुआ। इधर गाड़ी छकछकाती हुई कटिहार की ओर भागती। अजू साह की दुकान की 'झाँपी' बन्द हो जाती। तब घाट पर मस्तानबाबा की मंडली जुटती।

...मस्तानबाबा कुली-कुल के थे। मनिहारीघाट पर ही कुली का काम करते थे। एक बार मन ऐसा उदास हो गया कि दाढ़ी और जटा बढ़ाकर बाबाजी हो गए। खंजड़ी बजाकर निरगुन गाने लगे। बाबा कहते, "घाट-घाट का पानी पीकर देखा–सब फीका। एक गंगाजल मीठा... ।" बाबा एक चिलम गाँजा पीकर पाँच किस्सा सुना देते। सब बेद-पुरान का किस्सा! करमा ने ग्यान की दो-चार बोली मनिहारीघाट पर ही सीखीं। मस्तानबाबा के सत्संग में। लेकिन, गाँजा में उसने कभी दम नहीं लगाया।...आज बाबू ने झुँझलाकर जब कहा, "गाँजा-वाँजा पीते हो क्या"–तो करमा को मस्तानबाबा की याद आई। बाबा कहते–हर जगह की अपनी खुशबू-बदबू होती है!...इस आदमपुरा की गंध के मारे करमा को खाना-पीना नहीं रुचता।

...मस्तानबाबा को बाद देकर मनिहारीघाट की याद कभी नहीं आती।

करमा ने ताखे पर रखे आईने में फिर अपना मुखड़ा देखा। उसने आँखें अधमुँदी करके दाँत निकालकर हँसते हुए मस्तानबाबा के चेहरे की नकल उतारने की चेष्टा की–'मस्त रहो!...सदा आँख-कान खोलकर रहो।...धरती बोलती है। गाछ-बिरिच्छ भी अपने लोगों को पहचानते हैं।...फसल को नाचते-गाते देखा है, कभी? रोते सुना है कभी अमावस्या की रात को? है...है...है...है–मस्त रहो... ।'

...करमा को क्या पता कि बाबू पीछे खड़ा होकर सब तमाशा देख रहे हैं। बाबू ने अचरज से पूछा, "तुम जगे-जगे खड़ा होकर भी सपना देखता है?...कहता है कि गाँजा नहीं पीता?"

सचमुच वह खड़ा-खड़ा सपना देखने लगा था। मस्तानबाबा का चेहरा बरगद के पेड़ की तरह बड़ा होता गया। उसकी मस्त हँसी आकाश में गूँजने लगी! गाँजे का धुआँ उड़ने लगा। गंगा की लहरें आईं। दूर, जहाज का भोंपा सुनाई पड़ा—भों-ओं-ओं!

बाबू ने कहा, ''खाना परोसो। देखूँ, क्या बनाया है? तुमको लेकर तो भारी मुश्किल है...।''

मुँह का पहला कौर निगलकर बाबू करमा का मुँह ताकने लगे, ''लेकिन, खाना तो बहुत बढ़िया बनाया है!''

खाते-खाते बाबू का मन-मिजाज एकदम बदल गया। फिर रात की तरह दिल खोलकर गप करने लगे, ''खाना बनाना किसने सिखलाया तुमको? गोपाल बाबू की घरवाली ने?''

...गोपाल बाबू की घरवाली? माने बौमा? वह बोला, ''बौमा का मिजाज तो इतना खट्टा था कि बोली सुनकर कड़ाही का ताजा दूध फट जाए। वह किसी को क्या सिखाएगी? फूहड़ औरत?''

''और यह बात बनाना किसने सिखलाया तुमको?''

करमा को मस्तानबाबा की 'बानी' याद आई, ''बाबू, सिखलाएगा कौन?...सहर सिखाए कोतवाली!''

''तुम्हारी बीवी को खूब आराम होगा!''

बाबू का मन-मिजाज इसी तरह ठीक रहा तो एक दिन करमा मस्तानबाबा का पूरा किस्सा सुनाएगा।

''बाबू, आज हमको जरा छुट्टी चहिए।''

''छुट्टी! क्यों? कहाँ जाएगा?''

करमा ने एक ओर हाथ उठाते हुए कहा, ''जरा उधर घूमने-फिरने...।''

पैटमानजी ने पुकारकर कहा, ''करमा ! बाबू को बोलो, 'कल' बोलता है।''

...तुम्हारी बीवी को खूब आराम होगा!...करमा की बीवी! वारिसगंज टिसन... मगहिया डोमों के तम्बू...उठती उमेरवाली छौंड़ी...नाक में नथिया...नाक और नथिया में जमे हुए काले मैले...पीले दाँतों में मिस्सी!!

करमा अपने हाथ का बना हुआ हलवा-पूरी उस छौंड़ी को नहीं खिला सका। एक दिन कागज की पुड़िया में ले गया। लेकिन वह पसीने से भीग गया। उसकी हिम्मत ही नहीं हुई।...यदि यह छौंड़िया चिल्लाने लगे कि तुम हमको चुरा-छिपाकर हलवा काहे खिलाता है?...ओ, मइयो-यो-यो-यो-यो...!!

...बाबू हजार कहें, करमा का मन नहीं मानता कि उसका घर संथाल-परगना या राँची की ओर कहीं होगा। मनिहारीघाट में दो-दो बार रह आया है, वह। उस

पार के साहेबगंज-कजरौटिया के पहाड़ ने उसको अपनी ओर नहीं खींचा कभी! और वारिसगंज, कदमपुरा, कालूचक, लखपतिया का नाम सुनते ही उसके अन्दर कुछ झनझना उठता है। जाने-पहचाने, अचीन्हे, कितने लोगों के चेहरों की भीड़ लग जाती है! कितनी बातें–सुख-दुख की! खेत-खलिहान, पेड़-पौधे, नदी-पोखरे, चिरई चुरमुन–सभी एक साथ टानते हैं, करमा को!

...सात दिन से वह काला जंगल और ताड़ का पेड़ उसको इशारे से बुला रहा है। जंगल के ऊपर आसमान में तैरती हुई चील आकर करमा को क्यों पुकार जाती है? क्यों?

रेलवे-हाता पार करने के बाद भी जब कुत्ता नहीं लौटा तो करमा ने झिड़की दी, "तू कहाँ जाएगा ससुर? जहाँ जाएगा झाँव-झाँव करके कुत्ते दौड़ेंगे।...जा! भाग। भाग!!"

कुत्ता रुककर करमा को देखने लगा। धनखेतों से गुजरनेवाली पगडंडी पकड़कर करमा चल रहा है। धान की बालियाँ अभी फूटकर निकली नहीं हैं। ...करमा को हेडक्वाटर के चौधरी बाबू की गर्भवती घरवाली की याद आई। सुना है, डाक्टरनी ने अन्दर का फोटो लेकर देखा है–जुड़वाँ बच्चा है पेट में!

...इधर 'हथिया-नच्छत्तर' अच्छा 'झरा' था। खेतों में अभी भी पानी लगा हुआ है।...मछली?

...पानी में माँगुर-मछलियों को देखकर करमा की देह अपने-आप बँध गई। वह साँस रोककर चुपचाप खड़ा रहा। फिर धीरे-धीरे खेत की मेंड़ पर चला गया। मछलियाँ छलमलाईं। आईने की तरह थिर पानी अचानक नाचने लगा।...करमा क्या करे?... उधर की मेंड़ से सटाकर एक 'छेंका' देकर पानी को उलीच दिया जाए तो...?

...है है–है है! साले! बन का गीदड़, जाएगा किधर? और छलमलाओ!...अरे, काँटा करमा को क्या मारता है? करमा नया शिकारी नहीं।

आठ माँगुर और एक गरई मछली! सभी काली-मछलियाँ! कटिहार हाट में इसी का दाम बेखटके तीन रुपया ले लेता।...करमा ने गमछे में मछलियों को बाँध लिया। ऐसा 'संतोख' उसको कभी नहीं हुआ, इसके पहले। बहुत-बहुत मछली का शिकार किया उसने!

एक बूढ़ा भैंसवार मिला जो अपनी भैंस को खोज रहा था, "ए भाय! उधर किसी भैंस पर नजर पड़ी है?"

भैंसवार ने करमा से एक बीड़ी माँगी। उसको अचरज हुआ–कैसा आदमी है, न बीड़ी पीता है, न तम्बाकू खाता है। उसने नाराज होकर जिरह करना शुरू

किया, ‘‘इधर कहाँ जाना है? गाँव में तुम्हारा कौन है? मछली कहाँ ले जा रहे हो?’’

...ताड़ का पेड़ तो पीछे की ओर ही ‘धसकता’ जाता है! करमा ने देखा, गाँव आ गया। गाँव में कोई तमाशावाला आया है। बच्चे दौड़ रहे हैं। हाँ, भालू वाला ही है। डमरू की बोली सुनकर करमा ने समझ लिया था।

...गाँव में पहली गन्ध! गन्ध का पहला झोंका!

...गाँव का पहला आदमी। यह बूढ़ा गोभी को पानी से पटा रहा है। बाल सादा हो गए हैं, मगर पानी भरते समय बाँह में जवानी ऐंठती है।...अरे, यह तो वही बूढ़ा है जो उस दिन बैंगन बुक कराने गया था और करमा से घुल-मिलकर गप करना चाहता था। करमा से खोद-खोदकर पूछता था–माय-बाप है नहीं या माय-बाप को छोड़कर भाग आए हो?...ले, उसने भी करमा को पहचान लिया!

‘‘क्या है, भाई? इधर किधर?’’

‘‘ऐसे ही। घूमने-फिरने!...आपका घर इसी गाँव में है?’’

बूढ़ा हँसा। घनी मूँछें खिल गईं।...बूढ़ा ठीक सत्तो बाबू टीटी के बाप की तरह हँसता है।

एक लाल साड़ीवाली लड़की हुक्के पर चिलम चढ़ाकर फूँकती हुई आई। चिलम को फूँकते समय उसके दोनों गाल गोल हो गए थे। करमा को देखकर वह ठिठकी। फिर गोभी के खेत के बाड़े को पार करने लगी। बूढ़े ने कहा, ‘‘चल बेटी, दरवाजे पर ही हम लोग आ रहे हैं।’’

बूढ़ा हाथ-पैर धोकर खेत से बाहर आया, ‘‘चलो!’’

लड़की ने पूछा, ‘‘बाबा, यह कौन आदमी है?’’

‘‘भालू नचानेवाला आदमी।’’

‘‘धेत!’’

करमा लजाया।...क्या उसका चेहरा-मोहरा भालू नचानेवाले-जैसा है? बूढ़े ने पूछा, ‘‘तुम रिलिफिया-बाबू के नौकर हो न?’’

‘‘नहीं, नौकर नहीं।...ऐसे ही साथ में रहता हूँ।’’

‘‘ऐसे ही? साथ में? तलब कितना मिलता है?’’

‘‘साथ में रहने पर तलब क्या मिलेगा?’’

...बूढ़ा हुक्का पीना भूल गया। बोला, ‘‘बस? बेतलब का ताबेदार?’’

बूढ़े ने आँगन की ओर मुँह करके कहा, ‘‘सरसतिया! जरा माय को भेज दो, यहाँ। एक कमाल का आदमी...।’’

बूढ़ी टट्टी की आड़ में खड़ी थी। तुरत आई। बूढ़े ने कहा, ''जरा देखो, इस 'किल्लाठोंक-जवान' को। पेट भात पर खटता है।...क्यों जी, कपड़ा भी मिलता है?...इसी को कहते हैं–पेट-माधोराम मर्द!''

...आँगन में एक पतली खिलखिलाहट!...भालू नचानेवाला कहीं पड़ोस में ही तमाशा दिखा रहा है। डमरू के इस ताल पर भालू हाथ हिला-हिलाकर 'थब्बड़-थब्बड़' नाच रहा होगा–थुथना ऊँचा करके।...अच्छा जी भोलेराम, नाच तो खूब बनाया, तैने। अब एक बार दिखला दे कि फूहड़ औरत गोद में बच्चा को सुलाकर किस तरह ऊँघती है!...वाहजी भोलेराम!

...सैकड़ों खिलखिलाहट!!

''तुम्हारा नाम क्या है जी?...करमचन? वाह, नाम तो खूब सगुनिया है। लेकिन काम? काम चूल्हचन?''

करमा ने लजाते हुए बात को मोड़ दिया, ''आपके खेत का बैंगन बहुत बढ़िया है। एकदम-घी जैसा...।'' बूढ़ा मुस्कुराने लगा।

और बूढ़ी की हँसी करमा की देह में जान डाल देती है। वह बोली, ''बेचारे को दम तो लेने दो। तभी से रगेट रहे हो।''

''मछली है? बाबू के लिए ले जाओगे?''

''नहीं। ऐसे ही...रास्ते में शिकार...।''

''सरसतिया की माय! मेहमान को चूड़ा भूनकर मछली की भाजी के साथ खिलाओ!...एक दिन दूसरे के हाथ की बनाई मछली खा लो जी!''

जलपान करते समय करमा ने सुना–कोई पूछ रही थी, ''ए, सरसतिया की माय! कहाँ का मेहमान है?''

''कटिहार का।''

''कौन है?''

''कुटुम ही है।''

''कटिहार में तुम्हारा कुटुम कब से रहने लगा?''

''हाल से ही।''

...फिर एक खिलखिलाहट! कई खिलखिलाहट!!...चिलम फूँकते समय सरसतिया के गाल मोसम्बी की तरह गोल हो जाते हैं। बूढ़ी ने दुलार-भरे स्वर में पूछा, ''अच्छा ए बबुआ! तार के अन्दर से आदमी की बोली कैसे जाती है? हमको जरा खुलासा करके समझा दो।''

चलते समय बूढ़ी ने धीरे-से कहा, ''बूढ़े की बात का बुरा न मानना। जब से जवान बेटा गया, तब से इसी तरह उखड़ी-उखड़ी बात करता है।...कलेजे का घाव...।''

''एक दिन फिर आना।''

''अपना ही घर समझना!''

लौटते समय करमा को लगा, तीन जोड़ी आँखें उसकी पीठ पर लगी हुई हैं। आँखें नहीं—डिसटन-सिंगल, होम-सिंगल और पैट-सिंगल की लाल-लाल गोल-गोल रोशनी!!

जिस खेत में करमा ने मछली का शिकार किया था उसकी मेंड़ पर एक ढोंढ़ा-साँप बैठा हुआ था। फों-फों करता हुआ भागा।...हद है! कुत्ता अभी तक बैठा उसकी राह देख रहा था! खुशी के मारे नाचने लगा करमा को देखकर!

रेलवे-हाता में आकर करमा को लगा, बूढ़े ने उसको बनाकर ठग लिया। तीन रुपये की मोटी-मोटी माँगुर मछलियाँ एक चुटकी चूड़ा खिलाकर, चार खट्टी-मीठी बात सुनाकर...।

...करमा ने मछली की बात अपने पेट में रख ली। लेकिन बाबू तो पहले से ही सबकुछ जान लेनेवाला—'अगरजानी' है। दो हाथ दूर से ही बोले, ''करमा, तुम्हारी देह से कच्ची मछली की बास आती है। मछली ले आए हो?''

...करमा क्या जवाब दे अब? जिन्दगी में पहली बार किसी बाबू के साथ उसने विश्वासघात किया है।...मछली देखकर बाबू जरूर नाचने लगते!

पन्द्रह दिन देखते-देखते ही बीत गए।

अभी, रात की गाड़ी से टिसन के सालटन-मास्टर बाबू आए हैं—बाल-बच्चों के साथ। पन्द्रह दिन से चुप फैमिली-क्वाटर में कुहराम मचा है। भोर की गाड़ी से ही करमा अपने बाबू के साथ हेड-क्वाटर लौट जाएगा।...इसके बाद, मनिहारीघाट?

...न...आज रात भी करमा को नींद नहीं आएगी। नहीं, अब वार्निश-चूने की गन्ध नहीं लगती।...बाबू तो मजे में सो रहे हैं। बाबू, सचमुच में गोपाल बाबू जैसे हैं। न किसी जगह से तिल-भर मोह, न रत्ती-भर माया।...करमा क्या करे? ऐसा तो कभी नहीं हुआ।...'एक दिन फिर आना। अपना ही घर समझना।...कुटुम है... पेटमाधोराम मर्द!'

...अचानक करमा को एक अजीब-सी गन्ध लगी। वह उठा। किधर से यह गन्ध आ रही है? उसने धीरे-से प्लेटफार्म पार किया। चुपचाप सूँघता हुआ आगे बढ़ता गया।...रेलवे-लाइन पर पैर पड़ते ही सभी सिंगल—होम, डिसटंट और पैट—जोर-जोर से बिगुल फूँकने लगे।...फैमिली-क्वाटर से एक औरत चिल्लाने लगी—'चो-ओ-चो-र!' वह भागा। एक इंजिन उसके पीछे-पीछे दौड़ा आ रहा है।... मगहिया डोम की छौंड़ी?...तम्बू में वह छिप गया।...सरसतिया खिलखिलाकर

हँसती है। उसके झबरे केश, बेनहाई हुई देह की गन्ध, करमा के प्राण में समा गई।...वह डरकर सरसतिया की गोद में...नहीं, उसकी बूढ़ी माँ की गोद में अपना मुँह छिपाता है।...रेल और जहाज के भोंपे एक साथ बजते हैं। सिंगल की लाल-लाल रोशनी...।

''करमा, उठ! करमा, सामान बाहर निकालो!''

...करमा एक गन्ध के समुद्र में डूबा हुआ है। उसने उठकर कुरता पहना। बाबू का बक्सा बाहर निकाला। पानी-पाँडे ने 'कहा-सुना माफ करना' कहा। करमा डूबा रहा!

...गाड़ी आई। बाबू गाड़ी में बैठे। करमा ने बक्स चढ़ा दिया।...वह 'सरवेंट-दर्जा' में बैठेगा। बाबू ने पूछा, ''सबकुछ चढ़ा दिया तो? कुछ छूट तो नहीं गया?''... नहीं, कुछ छूटा नहीं है।...गाड़ी ने सीटी दी। करमा ने देखा, प्लेटफार्म पर बैठा हुआ कुत्ता उसकी ओर देखकर कूँ-कूँ कर रहा है।...बेचैन हो गया कुत्ता!

''बाबू?''

''क्या है?''

''मैं नहीं जाऊँगा।'' करमा चलती गाड़ी से उतर गया। धरती पर पैर रखते ही ठोकर लगी। लेकिन सँभल गया।

नवम्बर, 1964

जलवा

फातिमादि को कभी देखूँगा और इस तरह देखूँगा, इसकी मैंने कल्पना भी नहीं की थी। इसलिए, कुछ देर तक 'पटना-मार्केट' को स्वप्नलोक समझकर खोया-खोया-सा खड़ा रहा—जूते की दूकान पर।...बुरके में सिर से पैर तक ढँकी दो महिलाएँ और साथ में नौ-दस साल की गुड़िया-जैसी खूबसूरत लड़की। लड़की ने दुबारा पूछा—"मौसी पूछ रही हैं कि पटना कब आए आप?"

दुकानदार ने रेजगारी गिनते हुए कहा, "वह आप ही से पूछ रही है।"

लड़की हँस पड़ी। बुरके के अन्दर भी हँसी खनकी।...परिचित हँसी! लड़की हँसी अपनी मौसी की किसी बात पर। बोली, "मेरी मौसी आपकी फातिमादि हैं।"

अब कत्थई रंग के बुरके के अन्दर से फातिमादि की चिर-परिचित बोली स्पष्ट सुनाई पड़ी—"सुना, दिल्ली या बम्बई में रहते हो?"

"मैं पिछले दस साल से पटना में हूँ।"

"अजब बात! पटना में हो और कभी देखा नहीं?"

"और आप...?" इतनी देर के बाद मेरा होश लौटा, मानो।

मेरी बात को बीच में ही काटकर बुरका-पोश फातिमादि बोलीं, "मेरी छोड़ो। अपनी बताओ। शादी-वादी की?"

मुझे सकपकाया देखकर वह बोलीं, "बाकरगंज-गली में 'दानिशमंजिल' देखा है न? वहीं रहती हूँ। बहू को लेकर किसी दिन आओगे? कल ही आओ न, सुबह आठ बजे।"

लड़की बोली, "कल सुबह आठ बजे तो हमीदा खाला के घर जाना है।"

"ओ-ओ!...परसों आओ!"

मेरे मुँह से अनायास ही निकल पड़ा—"प्रणाम!"

"खुश रहो।"

फातिमादि को कभी 'आदाब अर्ज' नहीं कहा हमने। वह हमारे 'प्रणाम' को

कबूल कर हमेशा 'खुश रहो' कहकर आशीर्वाद देतीं। किन्तु फातिमादि को इस तरह सिर से पैर तक ढँका हुआ कभी नहीं देखा। उन दिनों भी नहीं, जब वह परिचितों की निगाहों से बचकर रहती थीं।

रात-भर नींद नहीं आई। आँखें मूँदते ही कत्थई रंग के बुरके में ढँकी हुई छाया आकर खड़ी हो जाती।...एक जोड़ी जालीदार आँखें! लाख कोशिश करके भी बुरके को हटाकर फातिमादि का चेहरा नहीं देख सकता। और झुँझलाकर आँखें खोल लेता।

अपने घरवाले की लम्बी साँसों और छटपटाहटों को देख-सुनकर कोई भी गृहिणी सशंक हो सकती है। मगर कथाकार की पत्नी जानती है कि कहानी गढ़ते समय उसका घरवाला इसी तरह बेवजह, बेकार, बेकरार होकर लम्बी साँसें लेता करवटें बदलता है। अतः वह सुख से सोई रहती है।

उस रात जगी हुई थी। पूछा, "तुमसे कभी फातिमादि के बारे में कहा है मैंने?"

"नहीं तो! कौन फातिमादि?"

"एक कहानी की फातिमादि।" बात को टालकर मैंने करवट ली।

कहानी की फातिमादि! अचरज हुआ कि फातिमादि के बारे में अब तक अपनी पत्नी को कुछ क्यों नहीं सुनाया!...नहीं, अचरज की कोई बात नहीं। कट्टर सनातनी की बेटी और हिन्दू-सभाइस्ट भाई की बहन को जान-बूझकर ही मैंने कभी फातिमादि की कोई बात नहीं बताई। डर था कि सुनकर मुँह बिदकाकर कुछ कह देगी। कहेगी—ऐबसर्ड!

ऐबसर्ड नहीं! असाधारण!

आज से छत्तीस साल पहले भी लोगों ने कहा था—एबनॉर्मल।... अधपगली!

मेरा सौभाग्य कि मैंने इस असाधारण महिला को बहुत करीब से देखा है।

...याद आती है 1930 की उस सभा की। स्कूल के पिछवाड़े में भारी भीड़। ठाकुरबाड़ी के चबूतरे पर गांधी-टोपी पहने कई लोग बैठे थे। एक दस-ग्यारह साल की लड़की 'लेक्चर' दे रही थी। लड़की को पाजामा और कुरता पहने देखकर बहुत अचरज हुआ था। सुना, सोनपुर के मौलवी साहब की बेटी है। मौलवी साहब 'खिलाफत' के समय से ही 'मोटिया' पहनते हैं, चर्खा कातते हैं। सफेद पाजामा-कुरता पहने, कन्धे पर तिरंगा झंडा लेकर खड़ी लड़की!

...1934 के प्रलयंकारी भूकम्प के बाद, दूसरी बार देखा था। चार साल में ही काफी बड़ी दीख रही थी। महात्मा गांधी भूकम्प-पीड़ित क्षेत्र के दौरे पर आए थे। मंच पर गांधीजी के पास खड़ी लड़की को पहचानने में कोई दिक्कत नहीं हुई

थी।...प्रार्थना-सभा में कुरानशरीफ की आयतों का सस्वर-पाठ करती हुई मौलवी साहब की बेटी! हाल ही दो साल की सजा काटकर जेल से निकली है। कहते हैं, गिरफ्तारी के समय पुलिस के डंडे से बुरी तरह घायल हो गई थी।

...1937 में तीसरी बार। निकट से देखने का पहला अवसर मिला। स्कूल के मैदान में जिला राजनैतिक-सम्मेलन का आयोजन किया गया था। कांग्रेसी-मिनिस्टरी के दिन थे। इसलिए स्कूल में ही प्रतिनिधियों के ठहरने की व्यवस्था की गई थी और स्कूल के बालचर कांग्रेस-सेवादल के स्वयंसेवकों के साथ मिलकर काम कर रहे थे। सेवादल की जी.ओ.सी. मौलवी साहब की बेटी को पहली बार 'फातिमादि' कहकर पुकारा था। उस सभा में प्रोफेसर अजीमाबादी की तकरीर के समय, मुस्लिमलीगियों ने गड़बड़ी मचाने की कोशिश की। फातिमादि लपककर मंच पर गई थीं। और उनकी तेज आवाज पंडाल में गूँज उठी थी–"गद्दारो ! शरम करो।"

...और, 1943 में पाँच महीने तक दिन-रात उनके साथ रहना पड़ा। बनारस, लखनऊ, इलाहाबाद और गोरखपुर की गलियों में, 'आजाद दस्ता' के क्रान्तिकारी कार्यक्रमों को लेकर अलख जगानेवाली फातिमादि की तसवीरें आँखों के आगे आती हैं, एक-एक कर।...गिरफ्तारी के समय पुलिस-सार्जेंट की भद्दी गालियों के जवाब देते समय उनके चेहरे पर जो बिजली कौंधी थी; 1947 में हिन्दू-मुस्लिम दंगे के समय उपद्रवियों से जूझते समय उनके मुखमंडल पर जो आभा छाई रहती थी, सबको इस कत्थई रंग के बुरके ने कैसे ढँक दिया? यह कैसे हुआ?

...मैं उनके चेहरे पर पड़े परदे की चित्थी-चित्थी उड़ा देना चाहता हूँ। मैं फातिमादि की सूरत देखना चाहता हूँ और वह चीखकर अपनी दोनों हथेलियों से अपना मुँह ढँक लेती हैं–'नहीं-नहीं। ओजू!...अजीत...मेरा चेहरा मत देखो...।'

सपना टूटने के बाद बहुत देर तक मैं चुपचाप पड़ा रहा। ऑल इंडिया रेडियो का 'सिगनेचर-ट्यून' शुरू हुआ। हठात्, मन में एक खयाल आया–आकाशवाणी के 'सिगनेचर-ट्यून' को बदलने के लिए अब तक कोई 'हंगामा' क्यों नहीं हुआ? यह तो शुद्ध 'अजान' का सुर है।...वायलिन पर चढ़ती-उतरती नमाज की पुकार।

'दानिश-मंजिल' की सीढ़ियों पर चढ़ते समय मुझे लगा, इस पुरानी इमारत की हर ईंट मुझे ताज्जुब-भरी निगाहों से देख रही है।

"किससे मिलना है?"

"फातिमादि से।"

"किससे?"

"फातिमादि से।"

सवाल पूछनेवाला अचरज से बुत बना खड़ा रहता है। फिर बुदबुदाता है–"फातिमादि?"

गुड़िया-जैसी खूबसूरत लड़की हँसती हुई आती है, सलाम करती है और कहती है, "मौसी पूछती हैं कि बहू को क्यों नहीं ले आए?"

मैं समझ गया, फातिमादि आज भी मेरे सामने नहीं आएँगी। आज भी इसी लड़की को बीच में रखकर बातें चलाएँगी।

उधर कई कमरों के दरवाजे जोर से बन्द हुए। मद्धिम आवाज में बजते हुए रेडियो अचानक चुप हो गए। हवा में फिसफिसाहट और सरगोशियाँ।

"सुना है, अफसाने लिखते हो?" चिक की आड़ से सवाल पूछा गया।

फर्श पर बिछी फटी दरी की ओर देखते हुए मैंने जवाब दिया–"जी हाँ, झूठ बोलने की आदत को अब पेशा...।"

खिलखिलाहट सुनकर 'दानिश-मंजिल' की कई खिड़कियाँ चरमराकर खुलीं। भुने हुए प्याज की गन्ध से कमरा भारी हो गया। और इसी गन्ध ने मेरे दिमाग में हाल की एक घटना की याद जगा दी।...एन.सी.सी. के कैम्प के बावर्चीखाने में 'जहर-कातिल' की शीशी के साथ पकड़े गए उस मुसलमान नौजवान का नाम क्या था?

गुड़िया-जैसी लड़की का नाम नगमा है। वह एक प्याली चाय ले आई। मैं झूठ बोलना चाहता था, मगर बोल नहीं सका। चाय की प्याली हाथ में लेकर मैंने पूछा–"तो फातिमादि...आप इतने दिन से...मेरा मतलब...आप न जाने कहाँ खो गईं?"

जवाब मिला, "बहू को लेकर कब आ रहे हो?"

मैं आँखें मूँदकर चाय पी गया। मैं समझ गया, फातिमादि मेरे सवाल का जवाब नहीं देना चाहतीं। मुझे अब थोड़ा सन्देह भी होने लगा, यह खातून हमारी फातिमादि नहीं, कोई और हैं।

मैं कुरसी छोड़कर उठा। नगमा तश्तरी में पान ले आई। इस बार साफ-साफ झूठ बोल गया, "मैं पान नहीं खाता।"

चलते समय मैंने हिम्मत बाँधकर कह दिया, "माफ करें। मुझे लगता है, आप हमारी वह फातिमादि नहीं...।"

"तुमने ठीक समझा है, अजीज।"

अजीज? मैं फिर चौंका। याद आई, फातिमादि मुझे अजीत नहीं, अजीज कहा करती थीं। मैं खामोश खड़ा रहा और चिलमन के उस पार फिर एक खुली खिलखिलाहट खनक उठी।

'दानिश-मंजिल' की सीढ़ियों से उतरते समय मुझे लगा, इस पुरानी इमारत

की हर ईंट मुझे नफरत-भरी निगाह से देख रही है।...मैं उस नौजवान का नाम याद करने की कोशिश करने लगा, जिसने एक हजार 'कैडेट' के भोजन में जहर मिला दिया था।

'अमजदिया-होटल' के सामने दीवार पर एक उर्दू 'पोस्टर' चिपकाया जा रहा है। मोटे हरूफों में लिखा हुआ है–'नेशनलिस्ट-मुस्लिम कनवेन्शन मुर्दाबाद!... गद्दारों से होशियार!'

उस नफ़रत-आमेज पोस्टर को पढ़कर एक मौलाना तैश में बड़बड़ाने लगा– 'इन नद्दाफ़ के बच्चों ने रुई धुनना छोड़कर अब कौम को धुनना शुरू किया है। इन्हें सबक सिखाना होगा। नेशनलिस्ट के बच्चे...!''

मुझे मितली आने लगी। रिक्शा पर बैठकर मैंने अपनी नाड़ी पर उँगली रखी। दिल जोर-जोर से धड़कने लगा। पसीने से देह तर-ब-तर हो गई।... चाय के स्वाद में थोड़ी तुर्शी थी न?...दाहिनी ओर जनरल हॉस्पिटल है और बाईं ओर पुलिस चौकी। सोचने लगा, पहले किधर जाना ठीक होगा?

किन्तु रिक्शावाले ने पूछा तो जवाब दिया, ''राजेन्द्रनगर ले चलो।''

एक कहानी-गोष्ठी में 'नई कहानी', 'अ-कहानी', 'आज की कहानी', 'आनेवाले कल की कहानी' पर लगातार चार घंटों तक चुपचाप वाद-विवाद सुनने के बाद सीधे घर लौटने की हिम्मत नहीं हुई। ऐसी हालत में गंगा के किनारे अथवा किसी 'बार' में बैठकर ही अपने को ढूँढ़ना पड़ता है। लेकिन रिक्शावाले ने पूछा तो जवाब दिया, ''राजेन्द्रनगर चलो।''

'गोलमार्केट' के पास पहुँचकर हमेशा की तरह अपने फ्लैट और कमरे को दूर से ही देखा। अपने कमरे में रोशनी देखकर माथा ठनका–अब कहाँ जाएँगे?

दिल को कड़ा किया–कोई भी हो, माफी माँग लूँगा। कोई बहाना बनाकर विदा कर दूँगा।

सीढ़ियों पर चढ़ते-चढ़ते मैंने सारी दुनिया की परेशानी ओढ़ ली। दुनिया से बेजार एक आदमी का मुखौटा चेहरे पर लगाकर दरवाजा खटखटाया। किन्तु दरवाजा खुला तो देखा पत्नी के मुख-मंडल पर खुशी की लाली बिखरी हुई है। मेरी लटकी हुई सूरत पर उसकी नजर ही नहीं पड़ी। हुलसती हुई बोली, ''कहो तो कौन आए हैं?''

मुझे अवाक् होने का मौका ही नहीं मिला। हँसती-मुसकाती नगमा ने आकर सलाम किया। पत्नी बोली, ''ओहो! तीन घंटे से हम हँस रहे हैं।...तुम कहाँ थे?...और, तुम भी खूब हो! कभी बताया नहीं।''

''क्या नहीं बतलाया?'' मैंने पूछा।

''यही कि तुम हिन्दू नहीं, मुसलमान हो!'' मेरे कमरे से आवाज आई।

देखा, फातिमादि सारे फ्लैट को रौशन करके बैठी हैं। बुरका फर्श पर पड़ा हुआ है। बुरका नहीं, चित्थी और चीथड़े!

''यह कैसे हुआ? किसने...?''

पत्नी बोली, ''और कौन! तुम्हारी दुलारी बेटी नौमी...जब तक बुरका नहीं उतारा, भौंकती रही। और जब बुरका उतारकर रखा तो दाँत से नोंच-नोंचकर छुट्टी कर दिया।''

''वह है कहाँ?''

देखा, फातिमादि की गोदी में आँचल के नीचे दुबककर बैठी है, शैतान। कोई अपराध करने के बाद वह इसी तरह मुँह बनाकर बैठती है।

''गोदी से उतरती ही नहीं। गुर्राती है।'' नगमा बोली।

उन्नीस-बीस साल के बाद देखा, फातिमादि जैसी की तैसी हैं। सिर्फ, आँखों के पास कई नई रेखाएँ उभर आई हैं।

पत्नी की हँसी छलक रही थी रह-रहकर। किस्सा सुनाने लगी–''नौमी को बाँधकर मैंने दरवाजा खोला। इन्होंने पूछा, 'अजीज हैं घर में?' मैं बोली, कौन अजीज?...अजीज नहीं, अजीत। तो बोलीं–'अरे हाँ-हाँ, सुना है उसने अपने नाम का एक हरूफ बदलकर अपने को हिन्दू बना लिया है और एक बेचारी हिन्दू लड़की से शादी कर ली है।' मैं तो अवाक्...!''

''अच्छा ! तो भाभीजान अब तक मुगालते में हैं। क्यों अजीज? इस तरह किसी का धरम बिगाड़ना कुफ्र नहीं तो और क्या है? लेकिन मान गई तुमको। हो उस्ताद! बुतपरस्त बनने के बाद अपना देवता भी चुना तो एक ऐसे दाढ़ीवाले को जिसने कलमा पढ़कर...।''

उन्हें श्रीरामकृष्ण परमहंस देव की मूर्ति की ओर इस तरह इशारा करते देखकर हम सभी ठठाकर हँस पड़े।

हँसी की हिलोरें थमीं तो मैंने पूछ लिया, ''अच्छा, अब बताइए। आप कहाँ थीं? कहाँ हैं?''

''कब्र में थी, कब्र में हूँ।''

पत्नी रसोईघर में चली गई। मुझे लगा, अभी यह सवाल पूछना उचित नहीं हुआ।

फातिमादि ने पूछा, ''तुमने क्या सोचा था ?...पाकिस्तान चली गई है। है न?''

''आपने पॉलिटिक्स क्यों छोड़...?''

''यह मुझसे क्यों पूछते हो? अपने उन नवाबजादों से कभी क्यों नहीं पूछा,

जो रातोंरात 'देश-भगत' बनकर कांग्रेस के खेमे में दाखिल हो गए–बगल में छुरी दबाकर। अपने नेताओं से क्यों नहीं जवाबतलब करते? कल तक गांधी-जवाहर-पटेल को सरेआम गालियाँ देनेवाले, कौमी झंडे को जलानेवाले फिरकापरस्त लीगियों की इज्जत अफजाई की गई और मुल्क के लिए मरने-मिटनेवालों को दूध की मक्खियों की तरह निकाल फेंका।... तुम खुद अपने से यह सवाल क्यों नहीं पूछते?'' फातिमादि का चेहरा लाल हो गया। मुझे खुशी हुई।

मैंने टोका–''लेकिन, आपका इस तरह खामोश हो जाना...।''

''खामोश?'' लगा, सिंहनी तड़फ उठी–''इन जालिमों ने मुझ पर क्या-क्या कहर ढाये, यह तुम्हें क्या मालूम?...और, हमने किस दरवाजे की कुंडी नहीं खटखटाई! मगर, दिल्ली से पटना तक के खुदाबन्दों ने मुझे अकल की दवा करने की सलाह दी। शादी करके बच्चे पैदा करने की नसीहत दी। और आखिर में धमकियाँ...ओह...अजीज...!''

फातिमादि का गला भर आया। पत्नी न जाने कब आकर खड़ी हो गई थी। बोली, ''तुम भी अजब आदमी हो...।''

नौमी, जो अब तक दुबककर बैठी थी, फातिमादि के चेहरे को सूँघकर 'कुँई-कुँई' करने लगी।

''अब भी लोगों को होश नहीं हुआ है। इन्हें, सिर्फ अपनी गद्दी की फिक्र है। देश जहन्नुम में जाए। इन्हें क्या?'' फातिमादि की बोली में गहरी पीड़ा उतर आई थी–''तुम...तुम...अफसाने लिखते हो न?...याद है, आजादी के पहले जिन तरक्की-पसन्द अदीबों की नज्मों और अफसानों में हिन्दू-मुस्लिम इत्तहाद की बातें, 'मानवता' की दुहाई और न जाने क्या-क्या ठुँसी रहती थीं, आजादी के बाद अचानक उनकी बोलियाँ बन्द ही नहीं, बदल गईं...। अव्वाम की कसमें खानेवाले टुकुर-टुकुर देखते रहे और फिरकापरस्त अजदहों ने पूरी कौम को लील लिया।''

पत्नी ने टोका–''फातिमादि, खाना ठंडा हो जाएगा।''

टाउन-हाल में 'नेशनलिस्ट-मुस्लिम-कान्फ्रेन्स' की तैयारी धूमधाम से हो रही है। देश के कोने-कोने से प्रतिनिधियों के आने की खबरें छप रही हैं। और इन्हीं खबरों के साथ मोटी सुर्खियों में इस कान्फ्रेन्स की मुखालिफत के समाचार भी छपते हैं। रोज दोनों ओर से, सैकड़ों नामों के साथ बयान शाया होते हैं। विरोधियों का कहना है कि कोई 'गैर-नेशनलिस्ट' नहीं, सभी मुसलमान नेशनलिस्ट हैं। और अपने को नेशनलिस्ट कहनेवाले खुलेआम कहते हैं कि पुराने 'मुस्लिम-लीगियों' के

दिल-दिमाग में फिरकापरस्ती का जहर है। उन पर यकीन नहीं किया जा सकता।...बहुत दिन से किसी राजनैतिक जलसे में शरीक नहीं हुआ था। किन्तु इस बार अपना 'कर्तव्य' समझकर इस सम्मेलन में सम्मिलित होने के लिए पहुँचा। किन्तु, वहाँ का दृश्य देखकर फुटपाथ पर ही ठिठककर खड़ा रहा।

टाउन-हाल के सामने सड़क के दोनों ओर हजारों लोग खड़े नारे लगा रहे थे। गालियाँ, नारे और रह-रहकर रोड़े और पत्थरों की बौछार!

पुलिस के सिपाही चुपचाप कतार बाँधकर खड़े थे, क्योंकि प्रदर्शनकारियों की रहनुमाई 'कुलीन मुस्लिम' नेताओं के साहबजादे और बड़े अफसरों के लड़के कर रहे थे। मुझे लगा, हम फिर सन् 1947 साल में लौट गए हैं। हवा में फिर वही जुनून, वही नारे, वही नज्जारे, वही चेहरे!!

"लेना। लेना। जा रहा है काफिर का बच्चा!"

"तड़तड़ाक्! तड़तड़ाक्!"

"यह रहा हरामखोर! मारो साले को!"

"सुअर की औलाद!"

"तड़तड़ाक्!"

अब वे हर डेलीगेट को पकड़कर पीटने लगे। उत्तेजना की लहरें तेज होती गईं। नारे, गालियों और रोड़ों की वर्षा जोर-शोर से होने लगी।

"महात्मा गांधी की जय!"

एक महीन किन्तु तेज आवाज ! हठात सबकुछ रुक गया। लोगों ने देखा, अंजुमन इस्लामिया हॉल के प्रवेशद्वार–अब्दुल बारी-दरवाजा–के सामने एक औरत खड़ी नारे लगा रही है।

फातिमादि? मुझे अपनी आँखों पर विश्वास नहीं हुआ। देखा, फातिमादि ही हैं।

"कौन है यह औरत?"

"कोई हिन्दू...?"

"अरे नहीं। पहचानते नहीं। यह वही कुतिया है...।"

"फातिमा?...साली फिर कहाँ से आ गई?"

"कुत्ती!"

पागलों का एक जत्था नाचता, अश्लील गालियाँ देता हुआ फातिमादि की ओर झपटा। फातिमादि मुस्कुराती खड़ी रहीं। देखते-ही-देखते दरिन्दों ने उनको जमीन पर पटक दिया और बाल पकड़कर घसीटना शुरू किया। दोनों ओर खड़ी भीड़ ने तालियाँ बजाईं–'शाबाश!' जब तक पुलिस के सिपाहियों की टुकड़ी पहुँचे,

उन्होंने फातिमादि के सभी कपड़े उतार लिये थे।...मैं इससे आगे और कुछ नहीं देख सका।

कई दिन के बाद बहुत हिम्मत बाँधकर हम दोनों अस्पताल में फातिमादि को देखने पहुँचे।

केबिन के दरवाजे के पास ही नगमा खड़ी मिली। हमें देखते ही बिलख-बिलखकर रोने लगी।

''जानवरों ने फातिमादि के चेहरे पर एसिड की शीशी उड़ेल दी थी। चेहरा झुलसकर काला हो गया है। एक आँख खराब हो गई है।...हाथ की हड्डी टूट गई है।''

आहट पाकर उनके ओंठ थरथराए। शायद मुस्कुराने की कोशिश कर रही हैं। फिर धीमे स्वर में बोलीं–''दुर पगला! यहाँ रोने आया है? जलवा देख।...भाभी! कल सूजी का 'पायस'...क्या कहते हैं उसको...'परमान्न'... बनाकर ले आना। नौमी को भी साथ लाना।''

फातिमादि को कभी इस तरह देखूँगा, इसकी कल्पना भी नहीं की थी हमने।

पुरानी कहानी : नया पाठ

बंगाल की खाड़ी में डिप्रेशन—तूफान—उठा!

हिमालय की किसी चोटी की बर्फ पिघली और तराई के घनघोर जंगलों के ऊपर काले-काले बादल मँडराने लगे। दिशाएँ साँस रोके मौन-स्तब्ध!

कारी-कोसी के कछार पर चरते हुए पशु-गाय, बैल-भैंस—नदी में पानी पीते समय कुछ सूँघकर भड़के, आतंकित हुए। एक बूढ़ी गाय पूँछ उठाकर आर्तनाद करती हुई भागी। बूढ़े चरवाहे ने नदी के जल को गौर से देखा। चुल्लू में लिया—कनकन ठंडा! सूँवा—सचमुच, गेरुआ पानी!

गेरुआ पानी अर्थात् पहाड़ का पानी—बाढ़ का पानी?

जवान चरवाहों ने उसकी बात को हँसी में उड़ा दिया। किन्तु जानवरों की देह की कँपकँपी बढ़ती गई। वे झुंड बाँधकर कगार पर खड़े नदी की ओर देखते और भड़कते। फिर धरती पर मुँह नहीं रोपा किसी बछड़े ने भी।

कारी-कोसी की शाखा-नदियाँ—पनार, बकरा, लोहन्द्रा और महानदी के दोनों कछारों पर भदई धान, मकई और पटसन के खेतों पर मोटी कूँची से पुता हुआ गहरा-हरा रंग! गाँवों की अमराइयों और आँगनों में 'मधुश्रावणी' के मोहक गीतों की गूँज! हवा में नववधुओं की सूखती-लहराती लाल, गुलाबी, पीली चुनरियों की मादक-गन्ध! मड़ैया में लेटे, मकई के दूधिया बालों की रखवाली करने वाले अधेड़ किसान के मन में रह-रहकर एक मीठा पाप जगता है—पाट के खेतों में साग खोंटने वाली काली-काली जवान मुसहरिनियों के झुंड को देखकर। वह विरहा अलापने लगता है, ऊँचे सुर में—'अरे साँवरी सुरतिया पर चमके टिकुलिया कि छतिया पर जोड़ी अनार गे—छौंड़ी छतिया पर जोड़ी अ-ना-आ-आ-आ-आ-र!'

"मार मुँहझौंसे बुढ़वा-वानर को। बुढ़ौती में अनार का सौख देखो।"

लड़कियाँ खिलखिलाकर हँसीं। हँसते-हँसते एक-दूसरे पर गिर पड़ीं।...छौंड़ी माने तू बोली हमार गे—छौंड़ी माने तू बतिया ह-मा-आ-आ-आ-र!

...अनार नहीं, अन्हार! अर्थात्–अन्धकार!

पाट के खेतों सहित काली-काली जवान मुसहरनी छोकरियाँ आकाश में उड़ गईं? दल बाँधकर मँडरा रही हैं? हँसती हैं तो बिजली चमक उठती है।...रखवाला सूरज दो घड़ी पहले ही डूब गया! अं-ध-का-आ-आ-आ-आ-र!

साँझ को बूँदाबाँदी शुरू हुई। मन का हुलास, गले से बरसाती गीत 'बारहमासा' की लय में फूटकर निकल पड़ा–'एहि प्रीति कारन सेतु बाँधल सिया उदेस सिर-राम हे-ए-ए-ए-ए-ए!'

हे-ए-ए-ए-हो-ओ-ओ-ओ!

...हथिया (हस्ता) नक्षत्र की आगमनी गाती हुई पुरवैया हवा, बाँस के बन में नाचने लगी। उसके साथ सैकड़ों प्रेतनियाँ, डाल-डाल में झूले डालकर झूल पड़ीं।...विकट किलकारियाँ!

झमाझम वर्षा में दूर से एक करुण अस्फुट-गुहार आकर गाँवों को सिहरा गया–हे-ए-ए-ए-हो-ओ-ओ-ओ!

...कोई औरत राह भूलकर अँधेरे में पुकार रही है?

बाँस-बन की प्रेतनियाँ, करोड़ों जुगनुओं से जड़ी चुनरियाँ उड़ाती दौड़ीं, खेतों की ओर।...डरे हुए बच्चों को माताओं ने अपनी छातियों से चिपका लिया। दूर नदी के किनारे खेतों में खड़ी कोई उसी तरह पुकारती-गुहारती रही–हे-ए-ए-ए-हो-ओ-ओ!

...खेत की लछमी आधी रात में रो रही है?

...सर्वनाश!

गुहार की पुकार क्रमशः क्षीण होती गई और एक क्रुद्ध गुर्राहट की खौफनाक आवाज उभरी–'गों-ओं-ओ-ओ!'

...हवाई जहाज?

गुर्राहट क्रमशः निकट आ रही है। सबसे उत्तर वाले गाँव के सैकड़ों लोग एक साथ चिल्ला उठे। भयातुर प्राणियों के कंठों से चीखें निकलीं–''बा-आ-आ-ढ़! अरे बाप!''

''बाढ़?''

''बकरा नदी का पानी पूरब-पच्छिम दोनों कछार पर 'छहछह' कर रहा है। मेरे खेत की मड़ैया के पास कमर-भर पानी है।''

''दुहाय कोसका महरानी!''

इस इलाके के लोग हर छोटी-बड़ी नदी को कोसी ही कहते हैं।... कोसी-बराज बनने के बाद भी बाढ़?...कोसका मैया से भला आदमी जीत सकेंगे?...लो, और बाँधो कोसी को!

"अब क्या होगा?"

कड़कड़ाकर खेतों में बिजली गिरी। गाँव के लोगों की आँखों की रोशनी मन्द हो गई।...एक तरल अन्धकार में दुनिया डूब रही है।... प्रलय, प्रलय!

निरुपाय, असहाय लोगों ने झाँझ-मृदंग बजाकर कोसी-मैया का वन्दना-गीत शुरू किया!

जवानों ने टाँगी-कुदाली से बाँस की बल्लियों, लकड़ियों को काटकर मचान बाँधना शुरू किया।

मृदंग-झाँझ के ताल पर फटे कंठों के भयोत्पादक सुर..."कि आहे-मैया-कोसका-आ-आ-आ-हैय-मैया-तोहरो-चरनवाँ-गै मैया अड़हूल-फूलवा कि-हैय-मैया-हमहु-चढ़ायब-हैय...!"

...धिन-तक-धिन्ना, धिन-तक-धिन्ना!

...छम्मक-कट-छम, छम्मक-कट-छम!

उतराही-गाँव का एकमात्र 'पढुआ-पागल' हँसता हुआ इसी ताल पर जन-कवि नागार्जुन की कविता की आवृत्ति कर रहा है—"ता-ता थैया, ता-ता थैया, नाचो नाचो कोसी मैया...!"

और सचमुच इसी ताल पर नाचती हुई कोसी-मैया आई और देखते-ही-देखते खेत-खलिहान-गाँव-घर-पेड़—सभी इसी ताल पर नाचने लगे—ता-ता थैया, ता-ता थैया...धिन-तक-धिन्ना, छम्मक-कट-छम!

—मुँह बाए, विशाल मगरमच्छ की पीठ पर सवार दस-भुजा कोसी नाचती, किलकती, अट्टहास करती आगे बढ़ रही है।

अब मृदंग-झाँझ नहीं, गीत नहीं—सिर्फ हाहाकार!

किन्तु नौजवान लोग जीवट के साथ जुटे हुए हैं; मचान बाँध रहे हैं; केले के पौधों को काटकर 'बेड़ा' बना रहे हैं।...जब तक साँस, तब तक आस!

"ओसरे पर पानी आ गया!"

"बछरू बहा जा रहा है। धरो-पकड़ो-पकड़ो!"

"किसका घर गिरा?"

"मड़ैया में कमर-भर पानी!"

"ताड़ के पेड़ पर कौन चढ़ रहा है?"

"घर में पानी घुस गया। अरे बाप!"

"छप्पर पर चढ़ जा!"

"माय गे-ए-ए-ए—बाबा हो-ओ-ओ-दुहा-ई-ई-सँभल के-ले ले गिरा-गिरा—छप्पर पर चढ़ जा—ए सुगनी-रे रमललवा-आ-आ दीदी ई-ई—हाय-हाय—माय गे—बाबा

हो-ओ-ओ–हे इस्सर महादेव–ले ले गया-गया–डूबा-डूबा–आँगन में छाती-भर पानी–यह छप्पर कमजोर है, यहाँ नहीं–यहाँ जगह नहीं–हे हे ले ले गिरा–भैंस का बच्चा बहा रे-ए-ए–ए डोमन-ए डोमन-साँप-साँप–जै गौरा पारबती–रस्सी कहाँ है–हँसिया दे–बाप रे बाप–ता-ता थैया, ता-ता थैया, नाचो-नाचो कोसी मैया–छम्मक-कटछम...!''

भोर के मटमैले प्रकाश में ताड़ की फुनगी पर बैठे हुए वृद्ध गिद्ध ने देखा–दूर, बहुत दूर तक गेरुआ पानी-पानी-पानी! बीच-बीच में टापुओं जैसे गाँव-घर, घरों और पेड़ों पर बैठे हुए लोग। वह वहाँ एक भैंस की लाश! डूबे हुए पाट और मकई के पौधों की फुनगियों के उस पार...!

राजगिद्ध पाँखें तोलता है–उड़ान भरता है! हहास!

जंगली बतखों की टोली अपने घोंसलों और अंडों को खोज रही है। टिटही असगुन और अमंगल-भरी बोल रही है।

बादल फिर घिर रहे हैं। हवा फिर तेज हुई।...दुहाई!

इस क्षेत्र के पराजित उम्मीदवार, पुराने जनसेवक जी का सपना सच हुआ। कोसका मैया ने उन्हें फिर जनसेवा का 'औसर' दिया है।...जै हो, जै हो! इस बार भगवान ने चाहा तो वे विरोधी को पछाड़कर दम लेंगे। वे कस्बा रामनगर के एक व्यापारी की गद्दी से टेलीफोन करके जिला मैजिस्ट्रेट तथा राज्य के मंत्रियों से योगसूत्र स्थापित कर रहे हैं–''हैलो! हैलो...!''

राजधानी के प्रसिद्ध हिन्दी दैनिक-पत्र के स्थानीय निज संवाददाता को बहुत दिन के बाद ऐसा महत्त्वपूर्ण समाचार हाथ लगा है–क्या? प्रेस-टेलीग्राम का फार्म नहीं है?...ट्रा-ट्रा-टक्का-टक्का-ट्रा-ट्रा...!

''हैलो हैलो। हैलो पुरनियाँ, हैलो पटना, हैलो कटिहार।''

...ट्रा-ट्रा-टक्का-टक्का...!

''हैलो, मैं जनसेवक शर्मा बोल रहा हूँ। जी? जी करीब पचास गाँव एकदम जलमग्न–डूब गए। नहीं हुजूर, नाव नहीं, गाँव। गाँव माने विलेज जी? कुछ सुनाई नहीं पड़ रहा जी! नाव एक भी नहीं है। हुजूर डी. एम. को ताकीद किया जाए जरा। जी? इस इलाके का एम.एल.ए.? जी, वह तो विरोधी पार्टी का है। जी... जी?...हैलो-हैलो-हैलो!''

जनसेवक जी ने संवाददाता को पोस्ट ऑफिस के काउंटर पर पकड़ा और उसे चाय की दुकान पर अपना बयान लिखाने के लिए ले गए। किन्तु चाय की दुकान पर सुविधा नहीं हुई, तो उसे अपन डेरे पर ले गए। लिखो–''स्मरण रहे कि ऐसा

बाढ़...बाढ़ स्त्रीलिंग है? तब, ऐसी बाढ़ ही लिखो। हाँ, तो स्मरण रहे कि ऐसी बाढ़ इसके पहले कभी नहीं आई...।''

''किन्तु दस साल पहले तो...?''

''अजी, दस साल पहले की बात कौन याद रखता है! तो लिखो कि सूचना मिलते ही आधी रात को मैं बाढ़ग्रस्त इलाके...। और सुनो, आज ही यह 'स्टेटमेंट' चला जाए। वक्तव्य सबसे पहले मेरा छपना चाहिए।''

संवाददाता अपनी पत्रकारोचित बुद्धि से काम लेता है–''लेकिन एम.एल.ए. साहब ने तो पहले ही बयान दे दिया है–'फर्स्ट प्रेस ऑफ इंडिया' को–सीधे टेलीफोन से।''

जनसेवक शर्मा का चेहरा उतर गया।...इतने दिन के बाद भगवान ने जनसेवा का औसर दिया और वक्तव्य चला गया पहले विरोधी का? दुश्मन का? चीनी आक्रमण के समय भी भाषण देने और फंड वसूलने में वह पीछे रह गए। और, इस बार भी?

''सुनो। मैंने कितने बाढ़ग्रस्त गाँवों के बारे में लिखाया था? पचास? उसको डेढ़ सौ कर दो।...ज्यादा गाँव बाढ़ग्रस्त होगा तो रिलीफ भी ज्यादा-ज्यादा मिलेगा, इस इलाके को। अपने क्षेत्र की भलाई के लिए मैं सब कुछ कर सकता हूँ। और झूठ क्यों? भगवान ने चाहा तो कल तक दो सौ गाँव जलमग्न हो जा सकते हैं!''

संवाददाता को अपना वक्तव्य देने के बाद उन्होंने अपने कार्यकर्ताओं की विशेष 'आवश्यक और अरजेंट' बैठक बुलाई। वक्तव्य में उन्होंने जिस बात की चर्चा नहीं की, उसी पर विशेष प्रकाश डालते हुए सुझाया–''यह जो बरदाहा-बाँध बना है पिछले साल, इसके कारण इस कस्बा रामपुर पर भी इस बार खतरा है। पानी को निकास नहीं मिला तो कल सुबह तक ही–हो सकता है–पानी यहाँ के गाड़ीवान टोला तक ठेल दे!''

गाड़ीवान टोले के कर्मठ कार्यकर्ताओं ने एक-दूसरे की ओर देखा। आँखों-ही-आँखों में गुप्त कारवाई करने का प्रस्ताव पास हो गया।

दूसरे दिन सुबह को संवाददाता ने नया संवाद भेजा–''आज रात बरदाहा-बाँध टूट जाने के कारण करीब डेढ़ सौ गाँव फिर डूबे...।'' टक्का टक्का-ट्रा-ट्रा!! जनसेवक जी 'ट्रंक' से पुकारने लगे–''हैलो-हैलो-हैलो-पटना, हैलो पटना...!!''

कस्बा रामपुर के व्यापारियों और बड़े महाजनों ने समझ लिया–'सुभ-लाभ' का ऐसा अवसर बार-बार नहीं आता। चीनी आक्रमण के समय वे हाथ मलकर रह गए।...यह अकाल का हल्ला चल ही रहा था कि भगवान ने बाढ़ भेज दिया।

दरवाजे के पास तक आई हुई गंगा में कौन नहीं हाथ धोएगा भला! उनके गोदाम खाली हो गए, रातों-रात बही-खाते दुरुस्त! अकाल-पीड़ितों के लिए फंड में पैसे देने की सरकारी-गैर-सरकारी अपील पर, उन्होंने दिल खोलकर पैसे दिए।... अनाज? अनाज कहाँ?

सरकारी कर्मचारियों ने उनके खाली गोदामों पर सरकारी ताले जड़ दिए।

''भाइयो! भाइयो!! आज शाम को। स्थानीय टाउन हॉल यानी 'ठेठरहौल' में। कस्बा रामपुर की जनता की एक विराट-सभा होगी। इस सभा में बाढ़-पीड़ित-सहायता-कमिटी का गठन होगा। भाइयो! भाइयो...!''

''प्यारे भाइयो! द अनसारी टूरिंग सिनेमा के रुपहले परदे पर आज रात एक महान पारिवारिक खेल...प्यारे भाइयो...आज रात!''

''मेहरबान, आँख नहीं तो कुछ नहीं। जिन भाइयों की आँखों में लाली हो–आँख से पानी गिरता हो–मोतियाबिन्द और रतौंधी हो–एक बार हमारी कम्पनी का मशहूर और मारूफ अंजन इस्तेमाल करके देखें...।''

...मैं का करूँ राम मुझे बुड्ढा मिल गया!

...छप गया-छप गया। इस इलाके का ताजा समाचार। दो सौ गाँव डूब गए।

...आ गया! आ गया! सस्ता बम्बैया चादर!

...आ गई। आ गई। रिलीफ की गाड़ी आ गई।

...आ गई। आ रही हैं। तीन दर्जन नावें।

...सिंचाई मंत्री जी आ रहे हैं।

...भिक्षा दो भाई भिक्षा दो–चावल-कपड़ा पैसा दो।

...इन्कलाब जिन्दाबाद!

कस्बा रामपुर के दोनों स्कूल, मिडिल और उच्च-माध्यमिक विद्यालय के लड़के जुलूस निकालकर, गीत गाकर फटे-पुराने कपड़े बटोरते रहे। शाम होते-होते वे दो दलों में बँट गए। बात गाली-गलौज से शुरू होकर 'लाठी-लठौवल' और छुरेबाजी तक बढ़ गई।...दिन-भर जुलूस में गला फाड़कर नारा लगाया–गाना गाया मिडिल स्कूल के लड़कों ने और लीडर में नाम लिखा जाए हायर सेकंडरी के लड़के का? मारो सालों को!

किन्तु रिलीफ-कमिटी के सभापति श्री जनसेवक शर्मा जी निर्विरोध निर्वाचित हुए। एम. एल. ए. साहब को लोगों ने मिलकर खूब फींचा। ''वोट माँगने के समय तो खूब 'लाम काफ' बघार रहे थे। और अभी सरकारी रिलीफ-बोट की बात तो दूर, एक फूटी नाव तक नहीं जुटा सकते?...जवाब दीजिए, क्यों आई यह बाढ़?... आपकी बात नहीं सुनी जाती तो दे दीजिए इस्तीफा!''

एम. एल. ए. साहब के सभी 'मिलिटेंट-वर्कर' अनुपस्थित थे। नहीं तो बात यहाँ भी रोड़ेबाजी से शुरू होकर...!

सभी राजनैतिक पार्टियों के प्रमुख नेता अपने-अपने कार्यकर्ताओं के जत्थे के साथ कस्बा रामपुर पहुँच रहे हैं। उनके अलग-अलग कैम्प गड़ रहे हैं।

सरकारी डॉक्टरों और नर्सों की टोली अभी-अभी पहुँची है। डाक-बँगले के सभी कमरों में आफिसरों के डेरे हैं।...अफसरों की 'कोर्डिनेशन मीटिंग' बैठी है।

सभी राजनैतिक पार्टी के नेताओं ने अपने प्रतिनिधि का नाम दिया है—विजिलेंस-कमिटी की सदस्यता के लिए। प्रायः सभी पार्टियों में दो गुट हैं—आफिशियल ग्रुप, डिसिडेंट...। हर कैम्प में एक दबा हुआ असन्तोष सुलग रहा है।

...कल मुख्यमंत्री जी 'आसमानी-दौरा' करेंगे।

...केन्द्रीय खाद्यमंत्री भी उड़कर आ रहे हैं।

...नदी-घाटी-योजना के मंत्रीजी ने बयान दिया है।

...और रिलीफ भेजा जा रहा है। चावल-आटा-तेल-कपड़ा-किरासन-तेल-माचिस-साबूदाना-चीनी से भरे दस सरकारी ट्रक रवाना हो चुके हैं।

...कल सारी रात विजिलेंस कमिटी की बैठक चलती रही।

''भाइयो! आज शाम को। म्युनिसिपल मैदान में। आम सभा होगी। जिसमें सरकार की वर्तमान 'रिलीफ नीति' के खिलाफ घोर असन्तोष प्रकट किया जाएगा। रिलीफ कमिटी का मनमाना गठन करके...।''

''भाइयो! कल साढ़े दस बजे दिन को। कामरेड चौबे। स्थानीय रिलीफ-आफिसर के सामने। अनशन करने के लिए...!''

...जा जा जा रे बेईमान तोरा एको न धरम। एको न धरम हाय कछु ना शरम। जा जा जा रे बेईमान तोरा...!

''भाइयो!''

दो दिन से छप्परों, पेड़ों और टीलों पर बैठे पानी से घिरे भूखे-प्यासे और असहाय लोगों ने देखा—नावें आ रही हैं।

अगली नाव पर झंडा है। कांग्रेसी झंडा!

पिछली नाव पर भी। मगर दूसरे रंग का।

...जै हो! महात्मा गांधी की जै!

...ए ए!! इसमें महात्मा गांधी की जय की क्या बात है?

...हड़बड़ाओ मत। नहीं तो डाली टूट जाएगी।

...तीसरी नाव! अरे-रे! वह नाव नहीं। मवेशी की लाश है और उस पर दो गिद्ध बैठे हैं।

...हवाई जहाज! हवाई जहाज!

नावें करीब आती गईं। अगली नाव पर जनसेवक जी स्वयं सवार हैं। उनकी नाव पर 'माइक' फिट है। वे दूर से ही अपनी भूमिका बाँध रहे हैं–''भाइयो, हालाँकि पिछले चुनाव में आप लोगों ने मुझे वोट नहीं दिया। फिर भी आप लोगों के संकट की सूचना पाते ही मैंने मुख्यमंत्री, सिंचाई-मंत्री, खाद्यमंत्री...!''

पिछली नाव पर विरोधी दल के कार्यकर्ता थे। उन्होंने एक स्वर से विरोध किया–''यह अन्याय है। आप सरकारी नाव और सरकारी सहायता का इस्तेमाल गलत तरीके से पार्टी के प्रचार में...।''

जनसेवक जी रिलीफ-कमिटी के सभापति हैं। उन्हें विरोध की परवाह नहीं। वे जारी रखते हैं–''भाइयो, आप लोग हमारे कार्यकर्ताओं को अपनी संख्या नाम-ब-नाम लिखा दें। आप लोग एक ही साथ हड़बड़ाकर नाव पर मत चढ़ें। भाइयो, स्टाक अभी थोड़ा है। नाव की भी कमी है। इसलिए जितना भी है आपस में सलाह करके बाँट-बँटवारा...!''

रिलीफ-कमिटी के सभापति की नाव जलमग्न क्षेत्र में भाषण बोती हुई चली गई। साथ वाली नाव पर बैठे लोग लगातार विरोध करते हुए साथ चले। दोनों नावों से कुछ कार्यकर्ता उतरे–बही-खाता लेकर।

''बड़ी नाव आ रही है!''

''भैया, खाली नाव ही आ रही है या और भी कुछ? बच्चे भूख से बेहोश हैं। मेरी बेटी लबेजान है।''

दो दर्जन नावें शाम तक लोगों को बटोरती रहीं। रात को विजिलेंस-कमिटी की बैठक में रिलीफ-आफिसर ने स्पष्ट शब्दों में कह दिया, ''नावों पर किसी पार्टी का झंडा नहीं लगेगा!...बगैर अँगूठा-टीप लिये या बिना दस्तखत कराए किसी को कोई चीज नहीं दी जाए।...हमें दुख है कि हम बीड़ी नहीं सप्लाई कर सकते।... रिलीफ बाँटते समय किसी पार्टी का प्रचार या निन्दा करना गैरवाजिब है। ऐसा करने वालों को कमिटी का किसी प्रकार का काम नहीं सौंपा जाएगा।''

डॉक्टरों और नर्सों को अभी कोई काम नहीं। वे 'इनडोर' और 'आउटडोर' खेलों में मस्त हैं...गेम बॉल!...टू स्पेड!...की मिस बनर्जी–की होलो ?...नो ट्रम्प!

रेलवे लाइन के ऊँचे बाँध पर–कस्बा रामपुर के हाट पर पेड़ों के नीचे–स्कूलों में बाढ़-पीड़ितों के रहने की व्यवस्था की गई है। जिन गाँवों में पानी नहीं घुसा है, मगर पानी से घिरे हैं, ऐसे गाँवों में भी लोगों के रहने की व्यवस्था की गई

है। उनके लिए रोज राशन लेकर नावें जाती हैं। डॉक्टरों और नर्सों के कई जत्थे गाँवों में सेंटर चलाने के लिए भेजे गए हैं।

पानी धीरे-धीरे घट रहा है!

मुसहर तथा बहरदारों का दम, कैम्प के घेरे में कई दिन से फूल रहा था। इन घुटते हुए लोगों ने पानी घटने की खबर सुनते ही डेरा-डंडा तोड़ दिया। वे पानी के जानवर हैं। पानी-कीचड़ में वे महीनों रह सकते हैं...टीप देते-देते अँगूठे की चमड़ी भी काली हो गई।...भीख माँगकर खाना अच्छा, मगर रिलीफ का हलवा-पूड़ी नहीं छूना। छिः छिः!!...वह 'कुट्-अंक्खा' भोलटियर मेरी सुगनी को फुसला रहा था, जानते हो?...सब चोरों का ठठ्ठ!

''भाइयो, कैम्प से जाने के पहले। अपने इन्चार्ज को। अवश्य सूचित करें। जिन गाँवों से पानी हट गया है वहाँ के लोग अब जा सकते हैं। उनके पुनर्वास के लिए रिलीफ-कमिटी की ओर से बाँस-खड़-सूतली तथा और जरूरी सामान...!''

''भाइयो, आपको मालूम होना चाहिए। कि आपकी सहायता के लिए। आए हुए सामान के वितरण में। घोर धाँधली हो रही है। आप खुद अपनी आवाज बुलन्द करके। मौजूदा कमिटी को...!''

''...भाइयो। भाइयो! सुनिए। दोस्तो!!''

भाइयो-भाइयो पुकारते हुए दोनों घोषणा करने वालों ने एक-दूसरे को झूठा और बेईमान कहना शुरू किया। फिर मारपीट शुरू हुई। पुलिस ने शान्ति स्थापित करने के लिए लाठीचार्ज किया। कई बाढ़-पीड़ित रात-भर हिरासत में रहे।

...राजधानी के प्रमुख अंग्रेजी पत्र ने परदाफाश करते हुए लिखा—'छोटी-छोटी नदियों, खासकर कोसी की पुरानी धाराओं में, छोटे-बड़े बाँध बाँधने में पी. डब्ल्यू. डी. के इंजीनियरों ने अदूरदर्शिता से काम लिया है। यही कारण है कि जिन क्षेत्रों में कभी बाढ़ नहीं आई, वे जलमग्न हैं इस बार। सरकार के अकर्मण्य कर्मचारियों...।'

...दूसरे दैनिक ने इस बाढ़ की जिम्मेदारी पड़ोसी राज्य के अधिकारियों के सिर थोपते हुए लिखा—'पड़ोसी राज्य ने हमारे राज्य की सीमा से सटे हुए क्षेत्र में बराज बाँधकर सारे उत्तर-पूर्वी बिहार की तमाम छोटी नदियों का निकास अवरुद्ध कर दिया। बराज बनाने के पहले यदि हमारे राज्य-अधिकारियों से सलाह-परामर्श किया जाता तो ऐसी बाढ़ नहीं आती।'

स्थानीय, अर्थात् जिला से निकलने वाली साप्ताहिक पत्रिका ने इस बाढ़ को 'मैनमेड' बाढ़ करार देते हुए प्रमाणित किया—'पड़ोसी राज्य नहीं, पड़ोसी राष्ट्र के कर्णधारों ने ही हमें डुबाया है।'

बरदाहा-बाँध टूटने की जिम्मेदारी चूहों पर पड़ी। चूहों ने बाँध में असंख्य 'माँद' खोदकर जर्जर कर दिया था–एक ही साल में।

...पढ़िए पढ़िए–ताजा समाचार! सारे राज्य में हाहाकार! राज्य की मौजूदा सरकार के खिलाफ अविश्वास के प्रस्ताव की तैयारी! मुख्यमंत्री के निवास पर अनशन!

पचास टिन किरासन, दस बोरा आटा और चावल के साथ रिलीफ की नाव पनार नदी की बीच धारा में डूब गई!...लापता हो गई।

जनसेवक जी के विरोधियों ने मुकदमा दायर किया है। करें। जनसेवक जी का काम बन चुका है। सारे इलाके में उनका जय-जयकार हो रहा है।...चुनाव में हारने और चीनी आक्रमण के समय पिछड़ जाने की सारी ग्लानि दूर हो गई है। उन्होंने सूद-सहित वसूल लिया है।... भगवान जरूर है, कहीं-न-कहीं।

...भाइयो!

...ओ मेरे वतन के लोगो! जरा आँख में भर लो पानी...!

आकाश में गिद्धों की टोली भाँवरी ले रही है। सैकड़ों काले-काले पंख–मँडराते हुए बादलों जैसे।

धरती पर मरे हुए पशुओं की लाशें–कंकाल! हरी-भरी फसलों के सड़ते हुए पौधे!

...दुर्गन्ध-दुर्गन्ध-गन्ध!

...कीचड़-केचुएँ-कीड़े–धरती की सड़ी हुई लाश!

सर्वहारा लोगों की टोली, सिर झुकाए बचे-खुचे पशुओं को हाँकते, बाल-बच्चों, मुर्गे-मुर्गियों, बकरे-बकरियों को गाड़ियों, बहँगियों और पीठ पर लादकर अपने-अपने गाँव की ओर जा रही हैं, जहाँ न उनकी मड़ैया साबित है और न खेतों में एक चुटकी फसल। किन्तु उनके पैर तेजी से बढ़ रहे हैं। तीस-बत्तीस दिन के रौरववास के बाद उनके दिलों में अपने बेघर के गाँव और कीचड़ से भरे खेतों के लिए प्यार की बाढ़ आ गई है।...कीचड़ पर उनके पैरों के छाप दूर-दूर तक अंकित हो रहे हैं।

गाँव फिर से बस रहे हैं।

सरकारी रिलीफ, कर्ज और सहायता के बोझ से दबी हुई आत्माओं में फिर देवता आकर बसने लगे। तीस-बत्तीस दिन तक अपनी-अपनी जान के लिए वे आपस में लड़ते रहे, रिलीफ के कार्यकर्ताओं की खुशामद करते रहे। स्वार्थ-सिद्धि के लिए उन्होंने एक-दूसरे की गरदन पर हाथ रखे, दूसरे का हिस्सा हड़पा, चोरी की, झगड़ा किया।...सभी के दिल में शैतान का डेरा था।

आसिन का सूरज रोज धरती को जगाता है। सूखते हुए कीचड़ों पर दूब के अँखुए हरे हुए।

जंगली बतखों की पाँती 'पैंक-पैंक' करती हुई चक्कर मार रही है। चील, काग, गिद्ध—सभी प्यारे लगते हैं। गड्ढों में 'कोका' के फूल हैं या बगुले?... हरसिंगार की डाली फूलों से लद गई। हवा में आगमनी का सुर—माँ आ रही है! भिखारिनी—अन्नपूर्णा माँ!

मिट्टी-कीचड़ की प्रतिमा में प्राण-प्रतिष्ठा का मंत्र फूँककर मिट्टी की सन्तान ने पुकारा—माँ-आँ-आँ! हमें क्षमा करो...!

पूजा के ढोल बजने लगे, सभी ओर।

कारी-कोसी की निर्मल धारा में अष्टमी का चाँद हँसा। शरणार्थी बंगाली मल्लाहों के गीत की एक कड़ी रजनीगन्धा के तुनुक-कोमल डंठलों की तरह टूट-टूटकर बिखर रही है—ओ रे भा-य य य!! तोमारि लागिया-बधुआ-आ-आ-काँदे हाय हाय—उगो पिरित करिया बधुआ मने पस्ताय...!

इलाके का 'पढ़वा पागल' आजकल 'निराला' की एक ही पंक्ति को बार-बार दुहराता है—'मिट्टी का ढेला शकरपाला हुआ।'

अतिथि-सत्कार

भला आदमी मंदाक्रांता गति से बातें कर रहा था, गा-गाकर बोलता हो मानो। मैंने बाधा डालते हुए पूछा था, ''किन्तु प्रधान अतिथि क्यों?''

उनकी मंद मुस्कुराहट जरा भी मंद नहीं हुई और उन्होंने मेरे इस सवाल में छिपे सवाल को समझकर मेरा मुँह बन्द कर दिया। वह बोले, ''जी, सभापतित्व तो हमारी तोच्छ संस्था में...बस हमारे सभापति ही कर सकते हैं। यों तो, हमारी उत्कष्ट अभिलाषा तो थी...।''

मैंने यह पहले ही लक्ष्य कर लिया था कि भले आदमी 'तो' का अति उदार भाव से यत्र-तत्र व्यवहार तो करते ही हैं। एक ऐसा भी 'तो' आता है, जहाँ पहुँचकर श्रीमान एक विनीत मुद्रा बनाकर हाथ मलने लगते हैं।

उनका यह हाथ मलना मुझे पहले अच्छा नहीं लगा। अब उनका यह कर्म भला ही जँचने लगा। बाद में देखा कि श्रीमान विनीत मुद्रा से एक सप्तक आगे तक भी जा सकते हैं। हाथ मलते हुए, खीसें निपोड़कर, पान-सुर्ती-रंजित बत्तीसी दिखलाकर पहाड़ को भी पिघला सकते हैं।

इस बार उन्होंने मुझे जीत लिया। मैंने पूछा, ''तो?''

''तो अभिलाषा तो थी आपके कर-कमलों से अपनी तोच्छ संस्था का उद्‌घाटन करवाया जाए, किन्तु उसके लिए तो पहले से आदमी तय था!''

मैंने टोका, ''आप बार-बार तोच्छ संस्था क्यों कहते हैं?''

''जी, नाम ही तोच्छ संस्था है।'' वह फिर हाथ मलने लगे। इस बार हाथ मलते समय उनका मुखमंडल गम्भीर हो गया। मुझे अचरज में थोड़ी देर तक पड़ा रहने दिया। फिर उन्होंने रहस्योद्‌घाटन किया, ''जी, 'तो' का अर्थ हुआ तोतापुर और 'च्छ' हुआ लच्छी बाबू के नाम का एक मात्राहीन संयुक्ताक्षर। दोनों मिलाकर हुआ तोच्छ। तो...।''

''यह लच्छी बाबू कौन हैं?''

''जी, मैंने तो पहले ही अर्ज किया था कि वह हैं हमारी इस संस्था के एकमात्र संस्थापक, संचालक, सभापति।''

''अरे! और यह तोच्छ संस्था नामकरण भी...?''

''जी हाँ, तो ऐसा नाम भला हमारी तुच्छ बुद्धि में कहाँ से पनपेगा?''

मुझे उत्सुक देखकर वह हर्षित हुए। बोले, ''हमारे लच्छी बाबू उच्च कोटि के कल्चर-जीवी व्यक्ति हैं। सुखी-सम्पन्न तो हैं ही। उनकी रुचि-सम्पन्नता का ही परिपक्व फल है यह तोच्छ संस्था।''

इस संस्था का उच्च और पावन उद्देश्य पूछकर भले आदमी को छोटा करने का जी नहीं हुआ। पूछा, ''आपकी इस संस्था में होता क्या-क्या है?''

''जी, सबकुछ। कुश्ती-दंगल से लेकर संगीत और कवि-दरबार तक। तो, कहा न, हमारे अनुमंडल और प्रमंडल में जितने ग्राम हैं, उसमें सर्वोपरि है हमारा ग्राम—तोतापुर। अखबार में बराबर खबर छपती है।''

इसके बाद विनीत मुद्रा-सह हाथ मलने की प्रक्रिया। मेरी इच्छा इनकी बत्तीसी देखने की तनिक भी नहीं थी, किन्तु मेरे मन में एक प्रश्न बहुत देर से पाँखें फड़फड़ा रहा था। पूछ लिया, ''क्या तोतापुर में तोते बहुत होते हैं?''

''जी, तोते? तोते तो...!''

मैंने उन्हें समझाया, ''प्रधान अतिथि वगैरह का झंझट-बखेड़ा हटाइए। मैं यों ही आऊँगा।''

''जी, यों ही आऊँगा माने? हम तोतापुरी अपने प्रधान अतिथि का सम्मान करना जानते हैं। हालाँकि स्टेशन से हमारा गाँव बीस माइल दूर है, रास्ते में पाँच-पाँच नदियाँ हैं; फिर भी आप देखिएगा तो कहिएगा कि तोतापुर आखिर तोतापुर ही है।''

चलते-चलते अन्तिम अस्त्र का प्रयोग करके देख लिया भले आदमी ने। बोले, ''तो, देहात में और कुछ शुद्ध मिले या न मिले, भोजन आदि की सामग्री आपको 'पियोर विशुद्ध' मिलेगी।''

आँखों के आगे देहाती दूध पर पड़ी हुई मोटी मलाई, रबड़ी, दही और घी की नदी उमड़ने लगी। मैंने वचन दे दिया।

मैंने कहा, ''आप तो देखते ही हैं, मैं यों ही बातें करने में भी तुतलाता हूँ। भाषण-वाषण देने को कहिएगा तो बोली ही बन्द हो जाएगी।''

''तो, उसके लिए आप कोई चिन्ता न करें।''

क्या कहता है यह आदमी? मेरी बोली बन्द हो जाएगी और मैं कोई चिन्ता ही न करूँ!

उन्होंने उठते समय फिर एक मुद्रा बनाई, जिसका यही अर्थ हो सकता है कि बोली बन्द हो जाएगी, तो बोली का इन्तजाम भी है।...सब इन्तजाम है!

बोले, ''तो, आज्ञा दीजिए। अब जरा लाउडस्पीकरवाले के यहाँ जाना है।''

तो, निश्चित तिथि को मैंने चुपचाप तोतापुर के लिए प्रस्थान कर दिया। तोतापुर जाने के लिए सेमलबन स्टेशन का टिकट कटाना पड़ता है। अचरज की बात! तोच्छ संस्था, कल्चर-जीवी लच्छी बाबू, तोतापुर और सेमलबन।

सेमलबन स्टेशन छोटा-सा गँवई स्टेशन है, जहाँ गाड़ी मानो बहुत अनिच्छा से ठहरती है। मेरे हाथ में तो मात्र झोली थी। किन्तु उस लाउडस्पीकरवाले के साथ बहुत-कुछ लटकन-झटकन था। भोंपा उतारकर गाड़ी पर चढ़ा तो फिर उतर नहीं सका। चलती हुई गाड़ी से बड़े-बड़े लकड़ी के बक्सों के साथ कैसे उतरता? उसने तार-स्वर में मुझसे कुछ कहा। समझ गया, भोंपे की निगरानी करने के लिए कह गया और यह कि लौटती गाड़ी से वह वापस आ रहा है।

सेमलबन स्टेशन पर कुछ नहीं दिखलाई पड़ा—न गाड़ी, न घोड़ा, न सायकिल। बार-बार उस व्यक्ति की बातें 'तोकार' के साथ ध्वनित होने लगीं—'तो, अपने प्रधान अतिथि का यथोचित आदर करना हम तोतापुरी जानते हैं।'

स्टेशन पर कोई कुली नहीं। एक व्यक्ति पर जरा सन्देह हुआ और शायद मन-ही-मन पुकारा, 'कुली!'

वह आदमी तमककर खड़ा हो गया। आँखें तरेरकर बोला, ''क्या बोला?''

मैंने तत्परता से परिस्थिति को सँभाल लिया। ''जी, आपसे मिलकर धन्य हो गया। कहिए, आपकी क्या सेवा करूँ?''

वह आदमी भी तुरन्त तैश में आ गया। बोला, ''यहाँ कोई भी कुली का काम नहीं करता, लेकिन ऐसे कहिए तो दस कोस तक अपने माथे पर सामान ढोकर ले जाएँगे यहाँ के लोग। लाइए झोली इधर। और यह ससुर भोंपा भारी ही कितना होगा!''

दस कोस तक ढोकर ले जानेवाला बन्धु मिल गया। धन्य तो पहले ही हुआ। अब पुलकित भी होने लगा रह-रहकर। स्टेशन से कुछ दूर कई झोंपड़े थे। मेरे बन्धु का घर इन झोंपड़ों के उस पार है। घर के नाम पर एक मड़ैया...जोरू-जाता कुछ नहीं। मड़ैया के सामने बाँस का मचान।

भोंपा देखते ही गाँव के सब बच्चे पीछे लगे और अनुनय करने लगे, ''बाजा बजाइए! बजाइए न बाजा, ऐ बाजावाला!''

मैंने उन्हें सच्ची बात बता दी, ''बजनेवाली चीज पीछे ही रह गई है। आएगी, तो बजेगा।'' लेकिन यह सतयुग तो नहीं। बच्चों ने विश्वास ही नहीं किया।

बहरहाल बच्चों का रटना भी जारी रहा और हम लोगों का चलना भी। अचरज हुआ...इन बारह-तेरह झोंपड़ों में ही इतने बच्चे! सबसे आगे भोंपे को कंधे पर लादे मेरा बन्धु, उसके पीछे मैं और मेरे पीछे बच्चों का हजूम। मुझे 'पाइड पाइपर ऑफ हेमलिन' की याद आई। एक सबसे छोटे, नंग-धड़ंग बालक ने तो बाजाप्ता धमकी भी दी, "ऐ बाडावाला...बाडा बडा!"

बच्चों के बाद औरतों की बारी आई। मुझसे नहीं, मेरे बन्धु से ही वे बातें कर रही थीं। लेकिन बातें कर रही थीं मेरे ही बारे में, इस बाजे के सम्बन्ध में। वे अपनी ही बोली में बोल रही थीं। उसका हिन्दी अनुवाद अक्षरशः नहीं लिख सकता। भावार्थ यही था, "अरे धन्नू! इस मूड़ीकाट बाजेवाले को कहाँ से बझा लाया?"

दूसरी ने कहा, "यह सूथनावाला दवा-बूटी भी बेचता है क्या?"

एक बोली, "अरे ई तो बीड़ीवाला है। बाजा बजावेगा, फिर बीड़ी लुटावेगा।"

अब इसके बाद बाजा और बीड़ी दोनों की सम्मिलित माँगों के नारे बुलन्द होने लगे, "बीड़ी लुटाओ...बाजा बजाओ!"

मैं अपने मित्र धन्नू की शरण में था, इसलिए उसने दो-तीन उच्च स्तर की गालियाँ देकर बच्चों को भगाने की चेष्टा की। नतीजा उलटा हुआ। झगड़ा खड़ा हुआ, ऐसा झगड़ा, जिसमें एक साथ दर्जनों औरतें दल बाँधकर भाग ले रही हों, खुले गले से। झगड़े में 'तेरे बाजे को और तेरे बाजेवाले को' लक्ष्य करके कितनी ही फूहड़ गालियाँ बरसाई गईं। बच्चों ने भोंपे पर कंकड़ी फेंककर नारे लगाने शुरू किए—"बीड़ी लुटाओ...बाजा बजाओ!"

लुटाने के लिए तो क्या मेरे पास पीने के लिए भी बीड़ी नहीं थी। धन्नू को बीड़ी के लिए पैसे देते हुए कहा, "धन्नूजी, बीड़ी खरीदकर लुटा दीजिए।"

इसी समय गाँव के पूरब एक भैंसागाड़ी दृष्टिगोचर हुई। सभी की आँखें भैंसागाड़ी की ओर मुड़ीं। गाड़ी करीब आती गई। गाड़ी पर आधे दर्जन से ज्यादा लोग और उससे ज्यादा लाठियाँ दिखलाई पड़ीं। बैठे हुए लोगों में एक परिचित मुखड़े पर दृष्टि पड़ी। मन प्रसन्न हो गया। लेकिन भैंसागाड़ी! सो भी बिना नाथ के!

गाड़ी रुकी। सब उतरे। सभी तोतापुरी ही थे। सभी के ओठ पान से 'लालम लाल'। सभी के हाथ में तेल पीकर लाल हुई लाठियाँ। मैंने मुसकुराते हुए कुछ कहा। किन्तु 'तोच्छ संस्था' के प्रतिनिधि की हैसियत से जो मुझे निमंत्रण देने गए थे, उन्होंने मुझे नमस्कार तक नहीं किया। देखा, उनकी छाती पर स्वागत-उपमंत्री का बिल्ला लटका हुआ है। और सबसे ज्यादा लटका हुआ था उनका मुँह। एक ने स्वागत-उपमंत्री से पूछा, "यही है?"

स्वागत-उपमंत्री ने कहा, ''है तो यही।''

मेरी बुद्धि में कोई बात नहीं समा रही थी। मैंने पूछा, ''क्यों? इसी भैंसागाड़ी पर ही जाना होगा तो?''

स्वागत-उपमंत्री ने कहा, ''कहाँ जाना होगा? अभी तो...।''

कहाँ जाना होगा? क्या कहता है यह भला आदमी! कहाँ गईं इनकी वे विनीत मुद्राएँ...! इनकी बत्तीसी आज कटकटा क्यों रही है? उन्होंने अपने दल के सरगना से कुछ कहा। सरगना आगे बढ़ आया मेरे पास।

मुझसे पूछा, ''आपका नाम?''

मैं हैरान! धन्नू की मड़ैया के पास गाँव-भर के लोग आकर जमा होने लगे...बाजा चुराकर भागनेवाला पकड़ा गया है। चोर...बाजाचोर!

स्वागत-उपमंत्री ने विषण्ण मुद्रा में कहा, ''तो बता दीजिए नाम। नाम छिपाने का क्या मतलब?''

तोतापुरी गाड़ीवान ने ऊँची आवाज में कहा, ''अरे नाम-धाम पूछकर क्या होगा! जब यही आदमी है, तो लगाइए न हाथ। देरी क्यों?''

सभी तोतापुरियों ने लाठी तान लीं। मैंने अपना नाम बताया।

सरगना ने कहा, ''तो वहाँ जो कल से ही प्रधान अतिथि बनकर 'पुजा' रहा है, वह कौन है?''

''माने?'' मेरे मुँह से बरबस निकला।

''जी हाँ, उसका भी वही नाम है जो आपका है। वह कल ही पहुँच चुका है।''

मैंने स्वागत-उपमंत्री की ओर देखा। वह बोले, ''तो कहिए, आपने पहले ही उसी दिन, क्यों न बतला दिया कि आप 'असली आप' नहीं हैं? आप भी साहित्यिक, वह पहुँचा हुआ आदमी भी साहित्यिक। असल-नकल का क्या प्रमाण, क्या पहचान?''

मैंने कहा, ''मैं तुतलाता हूँ।''

''वह भी तुतलाता है।''

तोतापुरी सरगना ने आपस में तोतापुरी बोली में ही बातें कीं, ''गजब का नकल उतारा है। कुरता-पाजामा से बुलबुली-बाबड़ी तक हू-ब-हू उसी की तरह!''

सरगना बोला, ''देखिए साहब, आपने हमारी तोच्छ संस्था के साथ धोखेबाजी की है, गद्दारी की है, हमारे प्रतिनिधि को फुसलाकर गुमराह किया है। चलिए, असली प्रधान अतिथि दस कोस जमीन पर आकर बैठा है मिट्टी लगाकर। वहीं असल-नकल की पहचान होगी।''

सरगना ने मेरा हाथ पकड़कर उठाया। मेरी बोली ही बन्द हो गई। लगा, हाथ उखड़कर अलग हो गया देह से। मैंने कलेजा मजबूत करके कहा, ''मुझे कोई पहचान नहीं करवानी है। मैं वापस जा रहा हूँ।''

सभी तोतापुरियों ने हुँकार भरकर कहा, ''क्या? वापस?''

...तो, वापस भी नहीं जाने देंगे? मेरे तो हाथ के तोते उड़ गए।

सरगना ने कहा, ''मैंने कहा न, वही आदमी असली है। दस कोस आगे बढ़ आया है। देह में मिट्टी लगाकर बैठा है।''

''तो कुश्ती?''

''नहीं तो और क्या? देहाती समझकर ठगने चले थे!''

मेरी कलाई रह-रहकर सरगना की पकड़ में कड़मड़ा रही थी। मैंने कहा, ''कोई जबरदस्ती है! मुझे जाने दीजिए।''

गाँववालों ने कहा, ''भागने न पावे। पकड़े रहो।''

स्वागत-उपमंत्री ने कहा, ''तो मैंने कहा था, हमारा तोतापुर अनुमंडल और प्रमंडल के ग्रामों में सर्वोपरि है। बराबर अखबार में खबर छपती है–तोतापुर के पास दिन-दहाड़े हत्या!''

अन्त में बहुत मुश्किल से समझौता हुआ। लम्बी कहानी है, क्या कीजिएगा किसी के बेपानी होने की कहानी सुनकर। पच्चीस रुपये तेरह आने बतौर हरजाने के अदा करने का हुक्म हुआ। मेरे पास सिर्फ बीस रुपये थे। एक तोतापुरी के पैर में मेरा नया जूता आ गया, वह ले गया। गाँव के सरगना ने हल्ला मचाना शुरू किया, ''वाह, वाह! जिस गाँव में चोर पकड़ा गया, वहाँ के लोगों को कुछ नहीं! नहीं छोड़ेंगे आसामी को...पकड़ रे!'' सरगना ने धन्नू के हाथ से मेरी झोली ले ली।

तोतापुरियों ने जाते-जाते लाठी दिखलाकर चेतावनी दी, ''फिर ऐसा काम मत कीजिएगा।'' धन्नू से कहा, ''स्टेशन तक सकुशल पहुँचा सकोगे, बन्धु?''

धन्नू ने कहा, ''ऐसे कहिए, तो दस कोस तक यों ही पहुँचा दे सकता हूँ। आखिर ससुर भारी ही कितना है!''

उच्चाटन

ठीक वही हुआ, उसी तरह शुरू हुआ, जैसा उसने सोचा था। बरसों से मन में 'गुनी' हुई बात अक्षर-अक्षर फल गई। रात की गाड़ी से वह गाँव लौटा–दो साल के बाद। और 'मरकट-महाजन' बूढ़े मिसर को रात में ही खबर मिल गई। 'किरिन' फूटने के पहले ही वह 'बाभन-बनिया' खड़ाऊँ खटखटाता हुआ आया और उसके दरवाजे पर उकासी करके कफ थूकने लगा।

पहले तो उसको ऐसा लगा कि वह भोर का सपना देख रहा है।...दो साल से, भोर में आनेवाले सपने का 'सिरगनेश' ठीक इसी तरह होता!

कफ से बझी हुई कंठ-नली से एक गिलगिलाती हुई 'गिटकारी-भरी' बोली निकली–''बिलस-वा-वा-वा !...आ य-हँ-क्-थो-ह!''

बेसुध, चित्त होकर सोई हुई उसकी अधनंगी बीवी हड़बड़ाकर उठी और कपड़े सहेजने लगी–''मिसर महाराज?''

...महाराज? नहीं, सपना नहीं। बुढ़वा साला सचमुच ही आया है!

उसे अचरज हुआ...ठीक वैसा ही हो रहा है। ठीक इसी घड़ी की प्रतीक्षा और इससे जीवट बाँधकर जूझने की तैयारी वह पिछले चौबीस महीने से कर रहा था। इसके बावजूद उसका दिल धड़का। हड्डी के अन्दर एक पुराने डर का तार काँप गया। गाल और कनपटी दहकने लगीं–'डरामा' में परदा उठते ही अचानक 'पाट' भूल गया, मानो।

उसने देखा, उसकी बीवी की आँखों में नींद के बदले भय समाया हुआ था। वह आँखों से ही पूछ रही थी–''महाराज को क्या...?''

अपनी बीवी की घबराई हुई सूरत को देखकर वह सँभला। मद्धिम आवाज में बड़बड़ाया–''तेरे महराज की...! तू इस तरह क्या देख रही है? अचम्भा का बच्चा?''

बाहर, मिसर ने खाँसी के पहले वेग को झेल लिया था। इस बार उसकी आवाज में स्वाभाविक 'खनक' थी–''बिलसि-या-या-या!''

उसने आँगन में निकलकर देखा, बूढ़ी माँ एक कोने में दुबक गई है–गठरी-जैसी! डर के मारे हाथ का हुक्का नहीं पी रही...कहीं गुड़गुड़ाहट न सुन लें मिसर महाराज!

सुनहले बटनवाला 'टीसाट' पहनते हुए उसने आँगन से जवाब दिया–''कौन है जी?...इस तरह हल्ला काहे कर रहे हैं साहेब?''

ऐसा नुकीला जवाब सुनकर उसकी माँ-बीबी ही नहीं, बाहर खड़ा बहत्तर साल का बूढ़ा इस गाँव का मालिक मिसर भी अवाक् हो गया–नशा-पानी खाया है क्या?

उसकी बीवी हाथ में छोटी मचिया लेकर दरवाजे की ओर बढ़ी। उसने डाँट दिया–''कहाँ चली मचिया लेकर मटकती हुई उधर? आँच सुलगाकर पानी गरम कर।''

आँगन से बाहर निकलकर उसने बीड़ी का धुआँ फेंका।...नहीं, इतने दिन का रटा हुआ 'पाट' अब वह नहीं भूलेगा। बोला, ''कहिए, क्या बात है?''

मिसर के लिए इतना ही काफी था।...न प्रणाम, न पाँवलागी? मुँह पर बीड़ी का जूठा धुआँ फेंक दिया!

''अरे, तू तो एकदम बदल गया है, बिलसिया!''

...अचरज की बात! मिसर ने ठीक वही बात कही!

उसने अपना 'तैयार-जवाब' दिया, ''बिलसिया-बिलसिया क्या बोलते हैं? मेरा नाम रामबिलास है...रामबिलास सिंघ।''

रामबिलास ने अपनी माँ को पुकारकर कहा, ''माय, जरा एक टोकरी गोबर और एक झाड़ू लेकर इधर आना तो...!''

रामबिलास की बीवी ने अपनी बूढ़ी सास की ओर देखा।...पहले पानी गरम करने को कहा, अब गोबर और झाड़ू माँगता है!

बूढ़ी आँगन से ही बोली, डरती-डरती, ''झाड़ू-गोबर का क्या होगा, बेटा?''

मिसर की आँखें गोल हो गईं। दम फूलने लगा–सशब्द! अपमान, क्रोध और भय के मारे मिसर के गले में फिर खसखसाहट शुरू हुई। खाँसी को रोकने की चेष्टा करते उसका 'थुथना' विकृत हो गया। पेट में कुपित वायु...!

''बहू पूछती है कि गरम पानी का क्या होगा?''

रामबिलास कुढ़ गया–''बस, लगी जिरह-बहस करने। पानी क्या होगा तो झाड़ू क्या होगा? आकर देखो, किस तरह मारे कफ-थूक के दरवाजा 'घिना' गया है।...ए! ए मिसरजी, थूक-थाक जरा उधर खेत में हँ-हँ-हँहँ...!''

मिसर ने सँभालने की कोशिश की, लेकिन उनकी गमछी गन्दी हो गई।

रामबिलास ने घृणा से मुँह-नाक सिकोड़ते हुए कहा, ''ऐसी 'बेसँभाल' खाँसी है तो गाँव-घर में 'चल-फिर' क्यों करते हैं? इस बीमारी को पोसे हुए हैं, इलाज क्यों नहीं करवाते?...फोटो करवाकर देखिए, 'टीबी-उबी' न हो गया हो!''

किन्तु मिसर की इस खाँसी-उकासी ने सारा खेल ही बिगाड़ दिया मानो। जैसा कि रामबिलास ने सोच रखा था रामबिलास के 'टीबी-उबी' वाले संवाद के बाद, मिसर को बोलना था–'चुप साला बेटीचू...टीबी हो तुम्हें और तुम्हारी औलाद को...!'

लेकिन मिसर 'पाट' छोड़कर 'बेपाट' की बात बतियाने लगा। बोला, ''बबुआ! अब क्या इलाज और क्या डागडर, क्या बैद! टीबी हो या दमा। अब तो चलाचली की बेला है।''

...पिछले साल, महेन्द्रपुर मोहल्ला दुर्गापूजा के 'डरामा' में जुगल महतो पनवाड़ी ने इसी तरह खेला चौपट किया था। जल्लाद का 'पाट' लेकर उतरा और तलवार उठाकर मारते समय रटा हुआ 'पाट' ही भूल गया और बेपाट की बात बोलते-बोलते तलवार फेंककर रोने लगा।...मिसर भी रोता है क्या? नहीं, नाक पोंछ रहा है।

मिसर समझ गया... 'राड़' की बाढ़! जब देखो राड़ की बाढ़, मुँह सँभालकर बोली काढ़!

रामबिलास की बूढ़ी माँ हाथ में झाड़ू लेकर बाहर आई–''पाँव लागी महराज!''

...बूढ़ी ने हाथ में झाड़ू लेकर ही पाँवलागी की?

''प्रभु हो! प्रभु हो!! अब तो बिल...रामबिलास बबुआ, इज्जत-आबरू के साथ चले जाएँ, यही मना रहा हूँ। इधर से जा रहा था तो सुना कि रात को बिल... रामबिलास बबुआ लौटा है तो बड़ी खुशी हुई।...वाह! खूब उन्नति किए हो। वाह!!''

अब रामबिलास क्या जवाब दे!...बेपाट की बात!

''हम तो समझे कि आप बकाया रुपये का तकादा करने आए हैं। रात में तो आया ही हूँ। भागा जा रहा हूँ क्या? खैर, जब आ गए हैं तो लेते जाइए अपना बकाया।''

बूढ़ी ने पूछा, ''बहू पूछती है कि पानी गरम हो गया। अब क्या...?''

''हर बात में जिरह! पानी गरम करने को कहा है चा बनाने के लिए।''

मिसर बोला, ''बाकी-बकाया का हिसाब-किताब होता रहेगा। जल्दी क्या है?''

''नहीं...।'' उठकर आते समय भी बिलसिया ने पाँवलागी नहीं की!

रामबिलास अपने नये सूटकेस से चाय-चीनी-प्याली निकालने लगा। बहू बोली, ''अभी तो मिसर महराज मैदा के हलुवा-जैसा नरम हो गए। मैया से पूछो,

किस तरह महीने में दो बार आकर भैंस 'कुरुक' करने की धमकी देते थे दोनों–बाप-पूत मिलकर।''

''तो उस समय बोली क्यों नहीं? मुँह में क्या था, केला?''

रामबिलास को याद आई। मिसर की बेबात की बात सुनकर ही वह 'परन' ठानकर घर से भागा था–शहर, रुपया कमाने!...'साले, रुपया लेकर 'बिहा-गौना' किया। अब बीवी की टाँग पर टाँग चढ़ाकर सोते हो और मेरे रुपये की बात भूल गया? एँ?... ...मैं यदि रुपया नहीं देता तो अभी 'गुलगुला' कैसे खाते रोज़, एँ?'

...साला! कान गरम हो जाता है अब भी, याद करके।

''बेटा! अब क्या बताऊँ? अभी उस दिन मिसर का बड़ा बेटा दूध लेने आया। दूध बिक गया था, सब। कहाँ से देती? तो बर्तन उठाकर जाते समय जीभ ऐंठकर बोला–'जमाना ही उलट गया है। नहीं तो इसी टोले से भैंस के बदले औरत का दूध दूहकर ले गए हैं हमारे सिपाही बरकंदाज'!''

रामबिलास की जीभ जल गई। चाय को फूँकते हुए वह बोला–''तो उस समय बोली क्यों नहीं? मुँह में क्या था, केला?''

...औरत का दूध? साला, कलेजा काट देनेवाली बात!

रामबिलास ने अपनी बीवी से कहा, ''सूटकेस में नई अँगिया है। निकालकर पहन ले।...अंग्रेजी-अँगिया।''

''राम-राम पालवेत!''

सूरज की रोशनी के साथ गाँव में बात फैलती गई।

...बिलसिया घर लौटा है, रात में! ऐ? अब उसको बिलसिया मत कहना कोई! मिसर को 'भोरे-भोरे' बेपानी कर दिया। बोला, 'बिलसिया मत बोलिए, रामबिलास कहिए।'...मिसर की नाक पर दो सौ रुपये का 'पुलिंदा' फेंक दिया।...हाँ, उसके कुरता के पाकिट में 'लैसन्स' है, सरकारी मोहरवाला। पटना में 'रिक्शा-डलेवरी' करता है तो सरकारी मोहरवाला लैसन्स जरूर मिला होगा।...जानते हो? अपनी घरवाली को नाम धरकर बुलाता है–'ए, झुमकी!'

झुमकी–रामबिलास की घरवाली–लाल अँगिया पहनकर पानी भरने गई। औरतों ने उसे घेर लिया। ''देखें जरा अँगरेजी अँगिया; मेमिन लोग पहनती हैं...पेट 'उघारे'। अरे, इस बित्ते-भर अँगिया का दाम पाँच टका? बट्टम नहीं है तो खोलती-पहनती हो कैसे? ऐसा ही 'सकिस्त' रहता है हरदम? साड़ी भी ले आया होगा? रात में कब आया? पहली-पहर रात में ही?''

झुमकी लजाती-हँसती कहती, ''मैं तो डर गई कि रात में नालवाला जूता पहनकर कौन आया रे बाप! मैया डरकर 'कोठाली' के पीछे छिप गई दम

साधकर।...सहर जाकर आदमी की आवाज तक बदल जाती है। मगर, कारी भैंस ने उसकी बोली को ठीक पहचान लिया।...ऊँय-ऊँय करती रस्सी तुड़ाकर आँगन में दौड़ी आई। सिर से पैर तक चाटने लगी मारे दुलार से।...सो, आते ही उलाहना दे दिया मरद ने–तुम लोगों से भली है मेरी यह कारी भैंस।...आदमी से बढ़कर।''

''तब इसके बाद? खाने को क्या दिया 'उत्ती' रात को?''

''क्या बताऊँ दिदिया, लाज की बात। संजोग ऐसा देखो कि घर में न एक चुटकी चावल, न चूड़ा और न भूजा। मुदा, दही जम गया था तब तक।...सो, दही खाते समय ही उलाहना दे दिया–'कारी नहीं होती तो घर आकर रात में उपास ही करना पड़ता'!''

''तब? इसके बाद?''

''चोली रात में ही पहनी?''

''गुल रोगन का तेल भी लाया होगा?''

''तब ? और भी कोई उलाहना दिया?''

''सहर जाकर आदमी की आवाज ही बदली है या...।''

झुमकी मुँह बनाकर मुस्कुराई। पनभरनियाँ हँस पड़ीं, सभी। सभी की आँखों में झुमकी की लाल अँगिया की लाली तैरने लगी। सचमुच, अँगिया पहनकर झुमकी का रूप खुल गया है।

दोपहर का पानी भरने आई तो झुमकी के दोनों कानों में कुंडल लटक रहे थे।...झुमकी का रूप खुलता ही जाता है।

नहाने के समय औरतों और लड़कियों की भीड़ लग गई। सभी ने झुमकी से 'मुनलैट-साबुन' का झाग माँग-माँगकर देह में लगाया।...झुमकी अब रोज साबुन लगाकर नहाएगी? तब तो, एकदम मेमिन-बंगालिन्नी की तरह गोरी हो जाएगी? है कि नहीं?

अबेर में दुकान पर गई–कपाल पर चकमक-बिन्दी लगाकर। राह में ही, बहरी मौसी की गली में शिवधारी खड़ा था। झुमकी को देखकर सिहर गया–''एह! आब जीयब कठिन...अब ? अब मेरा क्या होगा?''

''धेत्त! राह चलते हँसी-दिल्लगी मुझे पसन्द नहीं।''

...हँसी-दिल्लगी पसन्द नहीं? मुँह बनाकर बड़बड़ाती हुई गई? कहीं घर जाकर कह न दे!...सुनते हैं कि शहर से नाम में सिंघ लगवाकर आया है। अच्छा, देखना है, कितने दिन तक यह गुमान? शहर का मलीदा खाया हुआ मरद गाँव में कब तक रहेगा?...इतने दिन का सब 'लिया-दिया, किया-धिया'–सब फुस?

दुकान पर उतने लोगों के बीच भी मोदियाइन ने बात को घुमा-फिराकर

झुमकी से कहा, ''तनि अपनी सास से होशियार रहना। अकेले में बेटा को फुसलाकर बस में करने के लिए इधर-उधर की बात न लगा दे, तुम्हारे खिलाफ! रुपया-पैसा न 'हथिया' ले बूढ़ी कहीं!''

झुमकी सदा की भाँति नई बहुरिया की रीत निभाते हुए घूँघट के अन्दर से ही बोली, ''मौसी, कोई कुछ लगावे-बझावे। ऊपर भगवान तो हैं! टोला-समाज, अड़ोस-पड़ोस के लोग तो हैं! यह भैंस न होती तो न जाने क्या नतीजा होता? दो-दो बरस किस तरह खेपा है सो सभी जानते हैं!''

...झुमकी भी बात को घुमा-फिराकर कहना जानती है। सभी समझ गए, इस बात को शिवधारी की बात पर बैठाई गई है। अर्थात्, शिवधारी नहीं होता तो भैंस की चरवाही कौन करता? रात की चरवाही 'ठट्ठा' नहीं।

झुमकी बोली, ''पिछवाड़े में दो धूर जमीन 'सर्वे' में हुआ है, लेकिन जमीन होने से ही तो नहीं होता है, उसको जोतना-कोड़ना जनाना का काम तो नहीं!...बीस रुपये की गोभी और प्याज-लहसुन दस रुपये का दो साल से हुआ—सो ऐसे ही नहीं।...इस गाँव में कैसे-कैसे 'जमामार लोग' हैं सो किसी से छिपा है? लेने के समय दूध-दही मीठा लगता है और दाम देने के बेर खट्टा! हाट-बाजार में लोगों को 'पिठिया' कर दूध-दही का दाम वसूलते फिरना तो जनाना जात नहीं कर सकती!''

दुकान से लौटते समय झुमकी बहरी मौसी के आँगन में गई। शिवधारी मुँह लटकाए, सुतली का 'ढेरा' घुमा रहा था। झुमकी तनिक बिहँसकर बोली—''मैं तुम पर गुस्साई हूँ। सुबह से सभी लोग आए और तुम भैंस दूहकर बथान पर से ही क्यों भाग आए?...सुबह से तुम्हारे बारे में दस बार पूछ चुका है। नहीं जाओगे तो उसको कैसे मालूम होगा कि तुमने कैसे-कैसे दिन में क्या-क्या किया है? अपने जानते, जितना हो सका, मैंने कहा है।...तुमको डर काहे का लगता है? साँच को आँच क्या?''

झुमकी ने टोकरी से बीड़ी का एक 'मुट्ठा' निकालकर ओसारे पर रख दिया—''यह रही तुम्हारी बीड़ी-सुपारी।...मुँहचोर होकर रहोगे तो वह जो कुछ सुनेगा पतिया लेगा।''

शिवधारी का तन-बदन झनझना उठा। लगा, जान लौट आई।...नहीं, उसकी बुद्धि सचमुच थोड़ी मोटी है। झुमकी भौजी का गुस्सा जायज है!

...झुमकी के कान के कुंडल...लाल अँगिया...चकमक बिन्दी...महमह महक देह की...जानलेवा हँसी!

शिवधारी की देह तप गई...आग लगा गई हो जैसे!

शिवधारी ओसारे पर रखे बीड़ी के मुट्ठे से एक बीड़ी निकालकर सुलगाने लगा। उसका दिल अचानक बुझ गया...सब दिन ललचाती ही रही।...'कहीं भागी जा रही हूँ?'

...अब तो भेंट-मुलाकात भी चोरी-चोरी ही कर सकता है वह।

शिवधारी बहुत देर तक बीड़ी का धुआँ उड़ाता रहा।

रामबिलास के 'मचान' पर सुबह से ही बीड़ी के धुएँ का गुब्बारा उड़ रहा है। रह-रहकर हँसी की लहरें आती हैं। एक-से-एक दिल को गुदगुदानेवाला किस्सा सुना रहा है, रामबिलास—पटनियाँ किस्सा!

...दो साल पहले, चैत महीने की आधी रात में गाँव छोड़कर चुपचाप भागा था रामबिलास—गाँव छोड़कर और मिसर की नौकरी छोड़कर; मिसर का करजा पचाकर।

...दूसरे दिन उसके मचान के पास और आँगन में ऐसी ही भीड़ लगी थी। उसकी माँ रो-रोकर लोगों को सुना रही थी, गौना के बाद से ही उसके लाड़ले बेटे बिलसिया की मति फिर गई। पराये घर की बेटी ने आकर उसके पाले हुए सुग्गे को उड़ा दिया।

झुमकी घूँघट के अन्दर से ही बुढ़िया को कोस रही थी और खूँटे पर बँधी भैंस रह-रहकर बहुत करुण सुर में पुकारती जाती थी—ऊँ-यें-यें-यें-यें-यें-हँ-हँ!!

बूढ़े मिसर के सिपाही रामसिंघासन सिंघ ने कहा था—"हम खूब समझते हैं। लीला पसार रही हैं दोनों! बिलसिया चुपचाप नहीं भागा है। अपनी माँ-बीवी से सलाह करके 'घसका' है, गाँव छोड़कर। भागकर जाएगा कहाँ?...ई 'भैंसिया' तो मालिक के बथान पर जइबे करी, एक-न-एक दिन!"

"वह साला आजकल कहाँ है?...नौकरी छोड़कर चला गया क्या?" रामबिलास के इस सवाल को सुनकर सभी ने एक ही साथ अचरज प्रकट किया—"ओ-ओ-ओ! तुमको नहीं मालूम?"

पटनियाँ किस्सों के मुकाबले में एक 'गँवैया-घरैया' किस्सा सुनाने का मौका मिला है, घोतना को।

"हाँ-हाँ, सुनाओ तुम्हीं, घोतना।"

"रामबिलास भाय! तुमने आज जैसी बहादुरी की है उससे बढ़कर मर्दानगी का काम किया पिछले साल, पछियाली टोली की मुसम्मात की नई पुतोहू ने।...जानते ही हो, सिधवा साला कैसा 'घरढुक्का' था! गाँव में कोई नई बहुरिया आई कि उसकी नींद गई।...बिलार की तरह घर में पैठकर, बिना 'छिंका' को

हिलाए ही दही के ऊपर की मलाई साफ कर देता था। लेकिन सब मलाई निकाला मुसम्मात की पुतोहू ने!...साले को ऐसा 'कसकसाकर' पकड़ा कि ऊपर-नीचे दोनों तरफ की हवा गुम!''

''एँ?''

''पूछो, सभी से।...आखिर अररिया-अस्पताल में औपरेसन करके 'बधिया' किया तब जाकर होस हुआ। सुनते हैं, अस्पताल का डागडर पूछता था कि कहीं चक्की के दो पाट में पड़ गया था क्या सिंघजी ? सो, अस्पताल से निकलने के बाद इस गाँव की ओर मुँह नहीं किया, फिर। साला, एकदम बधिया! आ-आ-हा- हा...!''

''इस औरत को तो सरकारी तगमा मिलना चाहिए। सहर में होती तो अखबार में खबर 'औट' हो जाती, फोटो के साथ...।''

''फोटो कैसे औट होता?...कसकसाकर पकड़े हुए ही! हू-ब-हू?''

फोटो की बात पर रामबिलास को अपनी तसवीर की बात याद आई। पॉकेट से लाइसेंस निकालकर दिखलाया। सभी ने बारी-बारी से हाथ में लेकर फोटोवाला रिक्शा-डलेवरी-लाइसेंस को देखा।...नहीं, रामबिलास झूठ नहीं कहता। लोगों ने झूठमूठ खबर उड़ा दी थी कि 'क्रस्थान होटिल' में बर्तन माँजता है।...लोगों ने नहीं, उस दूबे के बड़े बेटे ने। जनेऊ की कसम खाकर कहता था कि हम अपने 'चसम' से देखा है, उसको।

शिवधारी को देखकर सभी चुप हो गए।...रामबिलास को 'लाटसाट' का किस्सा मालूम हुआ या नहीं?...मालूम हुआ कि जान से खतम कर देगा।...बात छिपेगी थोड़ी!

''क्या रे सिवधरिया! सुबह से कहाँ 'लापत्ता' थे?''

''जरा टिसन चला गया था, भैया!''

जरूर घड़े का पानी फेंककर पानी भरने निकली है अभी रामबिलास की बहू !...शिवधारी की बोली सुनकर आँगन में कैसे रहे?

बहू पानी लेकर वापस आई और घूँघट के अन्दर से ही बोली–''अभी सहजो पीसी कह रही थी, तुम्हारे पिछवाड़े से मुसलमान-टोली की तरह महक क्यों आ रही है? मुर्गी का अंडा पकाया जा रहा है कहीं?''

रामबिलास ने जाने क्या समझा। बोला, ''कल से यहाँ मुर्गा बनेगा, मुर्गा! देखें, कौन साला क्या बोलता है!...साला, यह भी कोई जगह है? आलू की तरकारी में जरा-सा गरम मसाला डलवा दिया तो सारे गाँव में मुर्गी के अंडे की महक फैल गई? बोलो!''

शिवधारी ने कहा, ''इस गाँव की बलिहारी है! बिना पर की चिड़िया उड़ाने वाले बहुत लोग हैं।''

"सहर में सभी अपनी औरत को नाम लेकर बुलाते हैं। मैं अपनी बीबी को हजार नाम लेकर पुकारूँ, किसी साले का क्या?"

रामबिलास ने अपनी बहू को पुकारकर कहा, "ए झुमकी! सिवधरिया आया है। इसके लिए एक कुलफी चा भेज दो।"

आँगन में बहू ने सास से कहा, "माई! सुनते हैं इस मरद की बोली-बानी!"

कमाऊ पूत की मस्ती देखकर, मसाले की गन्ध सूँघकर बूढ़ी प्रसन्न है। कहती है, "बोली-बानी क्या सुनूँगी? आदमी जहाँ रहेगा, चाल वहीं का चलेगा!"

"साला! हम दिन-भर चा पीएँ या रात-भर दारू पीएँ, इससे लोगों का क्या?...सिवधरिया, टिसन की कलाली में पचास दारू असली मिलता है या पानी मिलाया हुआ ! आज दो बोतल चढ़ेगा।"

शिवधरिया दारू का हाल क्या जाने ! वह गाँजा के बारे में कह सकता है।

"ए झुमकी! इधर आ!...तू एक हाथ घूँघट क्यों काढ़ती है?"

झुमकी लजाकर आँगन की ओर भागी।

सबकुछ हुआ। रामबिलास ने पटना में बैठकर जो-जो सपने देखे थे, सभी सच हुए।...मिसर का 'जहरदाँत' उसने उखाड़कर फेंका। गाँव में इस बात को लेकर रामबिलास का जै-जैकार हो रहा है। गाँव के हर घर में उसका नाम दिन में दस बार लिया जा रहा है।—बेटा हो तो ऐसा!... मरद हो तो ऐसा!

उसका मचान गाँव के मालिक मिसर का चौपाल हो गया है, मानो। अब बाँभन-राजपूतटोले के जवान भी आकर बैठते हैं। दिन-भर चाय-बीड़ी, ताश और रात में 'अंग्रेजी ताश'!

उस दिन मिसर का बड़ा बेटा दिन-भर रामबिलास के मचान पर तास खेलता रहा। साँझ हुई तो रामबिलास ने कहा, "अब यहाँ अंग्रेजी ताश का खेल होगा।... खेलिएगा...? एक ही घूँट!"

मिसर का बड़ा बेटा अब रोज साँझ को पाव-भर पी जाता है और दाम पूरे बोतल का देता है।

गाँव के सभी नौजवान रामबिलास के साथ पटना जाना चाहते हैं, इस बार। रामबिलास के मुँह से चटकदार पटनियाँ किस्सा सुनकर गाँव कौन रहना चाहेगा, भला!

"...रजिन्नरनगर? अब क्या बताबें कि कैसा है? लगता है कि सरकारी इंजिनियर इन्दरासन में जाकर फोटो खींच लाया है, हू-ब-हू वैसा ही सहर बसा दिया।...सड़क के दोनों ओर रंग-बिरंग के फूल। और हर फूल की झाड़ी में एक लड़की बैठी हुई...गीत गाती हुई!"

"एह! तब तो सचमुच इन्दरासन की इन्दरसभा...?"

''अजी, जहाँ की जमादारिन...जमादारिन माने पुलिस-जमादार की बहू नहीं, सड़क पर झाड़ू देनेवाली...पटना की जमादारिन को देखोगे तो लगेगी किसी बड़े जमींदार की बहू है।''

''ऐसी खपसूरती?''

''देखने में काली होने से क्या होता है? असल चीज है, देह की गठन।... एक है रजबतिया। हमारे 'रिक्सा-खटाल' के पास ही रहती है। साली, सुबह-सुबह छापेदार साड़ी पहनकर, कन्धे पर झाड़ू-डंडा का झंडा लेकर इस तरह ऐंठती हुई निकलती है जैसे राज जीतने जा रही है, झाड़ू देने नहीं।''

''एह!''

...भला कौन जवान रहना चाहेगा, इस मनहूस गाँव में?

...रामबिलास भैया, इस बार आपके साथ मैं भी जाऊँगा।...मैं भी!...मैं भी!!...मैं भी!!!...यहाँ साल-भर हलवाही करते हैं सिरफ एक सौ आठ रुपये में। वहाँ, एक महीना में दो सौ?...रामबिलास काका, मैं भी!...रामबिलास पाहुन, मुझे मत भूलिएगा। रिक्शा-डलेवरी नहीं तो किसी होटल में रखवा दीजिएगा। साला, हम चिनियाँ-बादाम बेचेंगे।...मामा, आप उस दिन कह रहे थे कि रद्दी कागज-सीसी-बोतल का कारबार भी खूब नफावाला होता है...।

एक शिवधरिया को छोड़कर सभी ने शहर जाने का इरादा पक्का कर लिया है। शिवधरिया ने कभी चर्चा भी नहीं की।

सबकुछ हुआ, लेकिन रामबिलास के मन में एक छोटा-सा काँटा कई दिनों से 'खच-खच' कर गड़ जाता है—समय-असमय। उस रात झुमकी ने वैसा क्यों कहा? क्यों?...'सब ठीक है। मुदा...!'

''क्या मुदा? बोल!''

...झुमकी आँखें मूँदकर हँसती है।

''आँख क्यों मूँद रखी हैं?''

''लालटेन क्यों जलाकर रखे हो? बुझा दो।''

रामबिलास ने अनचाहे लालटेन की रोशनी मद्धिम कर दी। झुमकी बोली, ''नहीं, एकदम बुझा दो।''

...साली! औरत है या चमगादड़?

शिवधारी गाँजा पीता है। बहुत जिद्द करने पर भी उसने किसी दिन दारू का एक घूँट नहीं लिया। चखने के लिए एक बूँद भी नहीं!

सुबह, नींद खुलने के बाद ही रात की बात मन में 'खचखचा' कर गड़ गई—'सबकुछ ठीक है। मुदा...!'

अब चार ही दिन रह गए हैं।...रमाँ-आँ रहा एक दिन अबधि अधारा-आ-आ-आ रम्माँ हो रमाँ-आँ!...रामबिलास के मन में आजकल हमेशा एक विदाई गीत–समदाऊन–गूँजता रहता है...मिली लेहु सखिया, दिवस भेल रतिया कि चित भेल जग से उदा-आ-आ-आ-स!!

गाँव के सभी जानेवाले नौजवान कल स्टेशन-हाट से बाल कटवाकर आए हैं।...रामबिलास बोला था कि शहर में केश के फैशन से ही लोग समझ जाते हैं कि कहाँ का आदमी है।...सभी की देह की बोटी-बोटी में 'उछाह' है, लेकिन रामबिलास के मन में रह-रहकर काँटा गड़ जाता है।

...आज रात में वह झुमकी से फिर पूछेगा।

''झुमकी, अब तो यहाँ चार ही दिन रहना है।''

''हूँ ऊँ ऊँ!''

रामबिलास बहुत देर तक चुप रहा। तब बहू ने पूछा, ''फिर कब आओगे?''

''आने का क्या ठिकाना!''

आज रामबिलास ने दारू नहीं पी है। स्टेशन हाट की पचास-दारू एकदम खाँटी होता है, गाँव के खाँटी दूध की तरह।...एक ही प्याली में नशा सिर पर सन्न से सवार हो जाता है।...आज अंग्रेजी-ताश नहीं होगा, भाई!

रामबिलास की 'निरगुनियाँ-बोली' का कोई जवाब नहीं दिया झुमकी ने, लेकिन है जगी हुई ही।

''झुमकी!''

''हूँ!...आज तुम दारू क्यों नहीं पीए?''

''आज सारी रात जगा रहूँगा।''

...सचमुच, सारी रात जगा रहा रामबिलास। भोर को जब कौआ-मैना बोलने लगा तो झुमकी ने कहा, ''जरा मद्धिम आवाज में बोलो!''

अब तीन दिन 'फक्कत'! चौथे दिन साँझ की गाड़ी से–बरौनी पसिंजर से बीसों जवान रवाना हो जाएँगे, एक शिवधारी को छोड़कर। कई दिन से वह भैंस भी दूहने नहीं आता है। रामबिलास खुद दूहता है।

''झुमकी!''

''क्या है?''

''आज मैंने दारू नहीं, गाँजा पीया है। लगता है, आसमान में उड़ रहा हूँ।''

''सिवधारी अब रात में भैंस नहीं चरावेगा। उसकी बहरी मौसी आकर कह गई है।''

''मारो साले को गोली! कल एक भैंसवार ठीक कर दूँगा।''

''भैंसवार कौन चरावेगा तुम्हारी भैंस?''

''क्यों?''

''सभी गिरस्तों के हलवाहे-चरवाहों को तुम भगाकर सहर ले जा रहे हो।''

''किसने कहा कि मैं भगाकर ले जा रहा हूँ?''

''गाँव के सभी गिरस्त बोलते हैं!''

''सभी गिरस्त नहीं। बोलता होगा, तुम्हारा वह सिवधरिया!''

झुमकी चुप रही। रामबिलास ने घुटने से ठोकर मारते हुए कहा, ''क्यों? ठीक कहता हूँ न?''

''जो कहो तुम।''

''मैं जो कहता हूँ, ठीक कहता हूँ।''

झुमकी ने एक लम्बी साँस ली।

''ठीक कहता हूँ न?''

''हूँ!''

''चौथे दिन से खूब मौज करना।''

''मैं मौज करूँ या दुख से मरूँ, तुमको क्या? मौज करेगी रजबतिया-डोमिनियाँ तुम्हारे साथ।''

''क्या बोली?''

झुमकी चुप रही। रामबिलास ने फिर घुटने से एक ठोकर लगाकर पूछा, ''क्या: बोली?''

''मारना है तो जान से मार दो।''

''साली! जाने के पहले तुमको और तुम्हारे सिवधरिया को खतम करके ही... ।''

रामबिलास के सिर पर कोई भूत सवार है। आज वह दो चिलम गाँजा पीकर आया है।

''चिल्लाओ मत, इस तरह।''

''साली! पटना का बड़ा-से-बड़ा बालिस्टर हमारी बोली को बन्द नहीं कर सकता और तुम कहती हो, चिल्लाओ मत!''

''तो चिल्लाते रहो।''

''आज तो मैंने दारू नहीं पी है। तू उधर मुँह फिराकर क्यों सोई है? इधर पलट, तेरी...!''

''नहीं।''

''सू-सू-सा-ली!''

...आज रामबिलास खून कर देगा। चीर-फाड़कर रख देगा झुमकी को।

"...क्या समझ लिया है?...ऐं ?...रिक्शा-डलेवरी करने से आदमी जनखा हो जाता है?...ऐं?...बोल?...कहती है, सब झूठ है!...मिसर से चौगुने सूद पर करजा लेकर उस सिवधरिया ने तुमसे बिहा किया था?...ऐं? बोल! चौप साली!...खा कसम!...क्या समझ लिया है? सहर में रहने से, दारू पीने से आदमी...चौप साली! हम सब समझते हैं।"

झुमकी बहुत देर तक रोती रही। रामबिलास जब बिछावन छोड़कर उठने लगा तो झुमकी ने उसकी गंजी पकड़ ली।

"क्या है?"

"तुम पटना मत जाओ।"

"क्या बकती है?"

"हाँ, मैं पैर पड़ती हूँ, मत जाओ।"

"हूँ।...सहर नहीं जाऊँगा तो काम कैसे चलेगा?"

"इतने लोगों का काम कैसे चलता है?"

"उँहु!"

"तब मुझे भी साथ लेते चलो।"

"और सिवधरिया?"

झुमकी रोने लगी फूट-फूटकर। सूरज, बाँस-भर ऊपर उग आया। बूढ़ी ने पुकारा–"बहू-ऊऊऊ!"

गाँव के सभी जवान एक ही साथ आसमान से गिरे। रामबिलास आज मिसर के दरबार में कह रहा था कि घर की आधी रोटी भली।...शहर में क्या है? जितनी आमदनी होती है उससे चौगुना लहू खर्च होता है। गाँव आखिर गाँव है।...मिसरजी ने बाकी करजे का एक पाई भी सूद नहीं लिया। शहर में इस तरह कोई सूद छोड़ देता?...पटना कहो या दिल्ली, जो मजा अपने गाँव में है, वह इन्द्रासन में भी नहीं।

...सुना है, मिसर का बड़ा बेटा आँटा-धानी का मिल बैठावेगा। रामबिलास मैनेजरी करेगा उसका!

...सुना है, गाँव के गृहस्थों ने मिलकर चुपचाप रामबिलास को 'घूस' दिया है। सभी के हलवाहे-चरवाहे भागे जा रहे थे न!

...सुना है, रामबिलास पटना में एक डोमिन से फँस गया था, इसलिए अब नहीं जाना चाहता। डोमिन को बच्चा होनेवाला है।

और चौथे दिन सभी ने सुना, शिवधारी गाँव छोड़कर भाग गया।...कल स्टेशन-हाट में दारू पीकर धुत्त था।

उसकी बहरी मौसी कह रही थी कि रामबिलास की बहू साँझ से आकर न जाने क्या फुसुर-फुसुर कह गई और रात में ही शिवधरिया हवा हो गया।

रामबिलास ने कहा, ''झुमकी, सुना वह सिवधरिया साला भाग गया!''

''दो कोड़ी रुपया मेरा लेकर भागा है।''

''तू पहले ही क्यों न बोली? मुँह में क्या केला था?''

''ऐसी नमकहरामी करेगा वह, सो कौन जानता था?''

''तू आदमी को नहीं पहचानती!''

''कभी तो आवेगा मुँहझौंसा! तब पूछूँगी।''

रामबिलास ने झुमकी को खींचकर छाती से लगा लिया। बाँहों में उसके सिर को भरकर बोला, ''मारो साले को गोली! वह साला सहर से बचकर कभी वापस नहीं आवेगा!...साले को दारू खा जायगा! देखना!''

झुमकी हठात उठ बैठी–''भैंस क्यों 'डिकर' रही है इस तरह?''

रामबिलास ने कहा, ''सुबह भैंसा की खोज में जाना होगा। भैंस 'उठ' गई है, लगता है।''

आज झुमकी फिर नई बहुरिया की तरह लजाकर मुस्कुराती है। बिना पीए ही रामबिलास मतवाला हो गया।

''ऐ! जरा दारू चखेगी?...बस, एक घूँट।''

झुमकी हँसने लगी–''नहीं!...नहीं!!...नहीं!! मुझे दारू की बास...उयेक्... ऊँ-हूँ-हूँ-हूँ...!!''

काक चरित

किसनलाल ने सुबह उठकर अपनी दोनों तलहथियों को देखा। फिर इष्ट-नाम का जाप किया।...भजन का प्रोग्राम हो गया? आठ बज गए? सावित्री बाजार चली गई?

वह उठकर बैठ गया और बाएँ हाथ से दाहिने कंधे को छूकर देखा...नहीं, दर्द नहीं। फिर उसने बाँह को टीपकर देखा—नहीं, दर्द नहीं। दो-तीन बार नथुने से लम्बी साँस लेकर परीक्षा की—दोनों 'नकबासे' एकदम 'क्लियर'! आज शाम को 'अधकपाली' दर्द की भी कोई आशंका नहीं, बशर्ते...

नहीं, उसकी शंका निर्मूल थी। वह प्रसन्न होकर कोई गीत गुनगुनाने लगा; सामने मैदान की ओर देखने लगा। प्रातः भ्रमण करनेवाले घर लौट रहे हैं।...लेकिन उस मोटे आदमी का मोटापा इस जीवन में अब कम नहीं होगा। सुबह को गोल मार्केट के गोल पार्क के चारों ओर दुलकी चाल में दौड़ता है। शाम को अँधेरे में मिठाई की दुकान में आधा दर्जन रसगुल्ले और क्रीम चॉप खा आता है। उसके खाने के ढंग को देखकर कोई भी कह सकता है कि उसे मिठाई की मनाही है और वह चुराकर 'कुपथ्य' भोजन कर रहा है; एक रसगुल्ला मुँह में डालता है और चारों ओर देखता है।

किसनलाल को हँसी आई। उस दिन भले आदमी के साथ उसका बेटा भी था। शायद उसके साथ भेजा गया था। भले आदमी ने उसको फुसलाकर एक ओर टरका दिया था। लेकिन ऐन मौके पर पकड़े गए बेचारे। बेटे ने बाप को धमकी दी—''बाबा! की होच्छे? मा के बोले दिबो!''...भले आदमी ने चार 'पनतुआ' घूस देकर बेटे का मुँह बन्द किया था।

पता नहीं, क्या नाम है उनका? किसनलाल को उनसे सहानुभूति है। एक दिन परिचय-पाँत करने के लिए किसनलाल उनको रसगुल्ला खिलाएगा।

सामनेवाले बिजली के खंभे पर एक कौआ न जाने कब से बैठा काँय-काँय

कर रहा था। एक बार उसने बहुत कर्कश स्वर में काँय-य-य-य किया। तब किसनलाल का ध्यान उधर गया।...अरे-रे, यह कौआ साला क्या कर रहा है? मर्करी बार में लगे पतले तार को चोंच से खींच रहा है...रात को अँधेरा छाया रहेगा। कई दिन तक अँधेरा रहेगा। शायद महीनों। फिर, किसी दिन किसी को खयाल होगा तो तार जुड़ेगा और रोशनी होगी।...घर के सामने रात में महीनों अँधेरा छाया रहेगा?...साला कौआ भी तोड़-फोड़ करता है? 'सैबॅटाज' करता है?

किसनलाल ने पहले मुँह से 'हास-हुस्स' करके उसको उड़ाने की चेष्टा की। लेकिन, कौआ उसी तरह काँय-काँय करता रहा और रह-रहकर तार को चोंच से खींचता रहा।...इस बार तोड़ ही देगा।

किसनलाल ने इधर-उधर देखा। आस-पास कोई ढेला-कंकड़ नहीं। वह रसोईघर में घुसा। कोयले का एक टुकड़ा हाथ में लिया। फिर रख दिया।...कोयला दिन-दिन महँगा होता जा रहा है। उसने तरकारी की डाली से एक आलू निकाला। फिर रख दिया।...नहीं, आलू क्यों बरबाद करे? इस छोटे और सूखे प्याज से काम चल जाएगा। 'अँकुराया' हुआ प्याज है। मिट्टी पाकर जड़ जमा लेगा। बेकार नहीं जाएगा।

सूखे और अँकुराये हुए प्याज को कौए की ओर फेंका उसने। अचानक हाथ का दर्द जोर से चिनचिना उठा। कौआ नहीं उड़ा लेकिन। दर्द के मारे उसके मुँह से एक हल्की-सी चीख निकल पड़ी। और तभी सावित्री आ गई।

"क्या है? क्या हुआ?"

"दर्द!"

सावित्री ने मुँह बनाकर मछली की थैली एक ओर रख दी। सावित्री का मुँह बनाना वह समझता है। वह कब किस बात पर कैसा मुँह करती है, किसनलाल को छोड़कर और कौन समझेगा? अभी सावित्री के मुँह बनाने का अर्थ हुआ—यह दर्द तुम्हारी मौत के साथ जाएगा।...इतनी बड़ी बात?

जब से किसनलाल के हाथ में दर्द हुआ है, दुनिया ही उससे निराश हो गई है; सभी उसे कामचोर, बहानेबाज और झूठा समझने लगे हैं। आठ महीने के बाद उसकी पत्नी भी उसके दर्द को भूल गई है। कहती है, तुम्हारा वहम है।...वहम? कोई शौक से महानारायण तेल क्यों मालिश करेगा भला—जिसकी गंध से दुनिया के सभी जीव-जन्तुओं को उबकाई आती हो?

...यह क्या? बोआली मछली ले आई है। बोआली मछली खाने से पुराना दर्द भी उभर जाता है, यह क्या उसकी पत्नी नहीं जानती? अथवा, जान-बूझकर ही ले आई है? उसने झुँझलाकर पूछा, "यह बोआली मछली कौन खाएगा?"

सावित्री चूल्हा सुलगा रही थी। उसने कोई जवाब नहीं दिया। किसनलाल ने

इस बार तीखे स्वर में कहा, "मैं अभी ही कह देता हूँ। खाने के समय फिर मुझे मत कहना। मैं बोआली मछली नहीं खाऊँगा!"

"बोआली मछली में क्या है?"

"यह बादी होता है सो तुम नहीं जानतीं?"

सावित्री ने फिर मुँह बनाया। अर्थात्, तुम्हारे लिए दुनिया की हर चीज बादी है।

"तुम्हारा वहम!"

किसनलाल का मन दुख और ग्लानि से भर गया।... एक उस मोटे आदमी की बीवी है जो रोज उसको बिछावन से उठाकर गोल पार्क के चारों ओर दुलकी चाल में दौड़ने के लिए भेजती है। पति बाहर निकलकर कुछ 'अपथ-कुपथ' न खा ले, इसलिए बेटे को साथ में लगा देती है। और एक उसकी स्त्री है जिसका नाम सावित्री है, पर अपने पति के साथ इस तरह दुर्व्यवहार कर रही है!

न, आज का दिन बुरी तरह कटेगा। दर्द बढ़ रहा है; बढ़ता जा रहा है। दर्द अब उसके कन्धे तक आ गया। उसकी कनपटी गरम हो रही है। दाहिना नथुना बन्द हो गया। दोपहर को ही 'अधकपाली' शुरू हो जाएगी आज!

कौआ साला फिर लौटकर आ गया। शायद वह किसनलाल को चिढ़ाने आया है कि वह अपने मन से उड़कर गया था और अपने ही मन से फिर लौटकर आया है; उसको कोई नहीं उड़ा सकता।...शायद क्यों, यह साला सचमुच उसको चिढ़ाने आया है। किसनलाल की ओर मुँह करके चोंच नचाकर 'काँय-काँय' करता है। सिर्फ काँय-काँय नहीं, काँ-य-य-य!!

क्या यह कौआ ही सारे अशुभ और असगुन का वाहक है?...जिस दिन वह फिसलकर गिरा था उस दिन भी क्या सुबह को यह इसी तरह काँय-काँय कर गया था?...आठ महीने पहले की बात याद नहीं। लेकिन जरूर इसने अशुभ सुर में काँय-काँय किया होगा।

किसनलाल के कानों के आस-पास कौओं की तरह-तरह की बोलियाँ गूँजने लगीं।...कःका-कःका-काँ-आँ-आँ—काँ-याँ-याँ—कुर्रर-का—केंका-केंका!

अभी गुलेल होता या बन्दूक? नहीं, इस साले की जान लिये बगैर किसनलाल के जीवन में कभी सुख-चैन नहीं लौटेगा!...किसी दोस्त के पास हवाई बन्दूक भी नहीं?...चौधरी के पास पिस्तौल है। एक दिन वह चौधरी को चाय पर बुला लाएगा। लेकिन क्या पिस्तौल से कौए को मारा जा सकता है?

किसनलाल रसोईघर में घुसा। सावित्री ने पूछा, "क्या चाहिए?"

उसने कोई जवाब नहीं दिया और कोयले का एक मँझोला-सा टुकड़ा उठा लिया।

''क्या करोगे?''

किसनलाल ने कोई जवाब नहीं दिया। सावित्री उसके पीछे-पीछे बरामदे में आई–''क्या होगा इस कोयले का?''

किसनलाल ने हाथ उठाया।...दर्द!...कौआ तार काटने में मशगूल है। 7उसने कहा, ''देखती नहीं, कौआ क्या कर रहा है! महीने-भर तक अँधेरा छाया रहेगा।''

सावित्री ने देखा। उसे भी अचरज हुआ। सचमुच, कौआ तार को नोच रहा है।...मरेगा नहीं? शॉक नहीं लगता?

सावित्री ने अपनी तीखी आवाज में 'हस्स' किया और कौआ काँ-आ-आ कहकर उड़ गया।

किसनलाल बाँह थामे खड़ा रहा। दर्द अब सारी देह में छा गया है।

सावित्री बोली, ''कौआ भी अजब पंछी होता है।''

किसनलाल ने कहा, ''एक बार सारे गाँव को जलाकार स्वाहा कर दिया था एक कौए ने। चोंच में जलता हुआ लकड़ी का अंगारा ले उड़ा और एक आदमी के फूस के छप्पर पर रख दिया।...सारा गाँव राख हो गया जलकर!''

''अच्छा?''

''एक बार मेरे बाबूजी कचहरी जा रहे थे। घर के बाहर पैर निकाला ही था कि 'काँ-य'...बस, मुकदमा सेशन-सुपुर्द हो गया।''

''अच्छा!''

सावित्री रसोईघर से ही बोली, ''बड़ा मनहूस पंछी होता है यह कौआ भी।''

किसनलाल बोला, ''एक बार रायसाहब के अरबी घोड़े की आँख में चोंच मार दिया। हजार रुपये का घोड़ा बेकार हो गया।...एक बार साहेबगंज में...।''

''नाश्ता कर लो!''

किसनलाल नाश्ता करने लगा।

''एक बार साहेबगंज में मौलवी साहेब के घर पर बैठकर ऐसी बोली बोल गया एक कागा कि कॉलेरा हो गया।...गीत में जो कहा है कि नकबेसर कागा ले भागा, सो झूठ नहीं। जरूर, नकबेसर लेकर भागा होगा साला।''

किसनलाल को लोकगीत की पंक्तियाँ याद आईं।...उड़-उड़ कागा छतिया पर बैठे, छतिया का सब रस ले भागा–नकबेसर...।

''और, मैं जो गिरा था सो जानती हो? उस दिन सुबह को साला अशुभ बोली बोला था।''

''तुम्हारा वहम!''

किसनलाल को गुस्सा चढ़ आया।...दुनिया-भर के लोगों से सावित्री को सहानुभूति है अपने पति के सिवा!

''मैं सच कहता हूँ!''

सावित्री चुप रही। किसनलाल को तब बोआली मछली की याद आई। उसने कहा, ''लेकिन मैं बोआली मछली हरगिज नहीं खाऊँगा।...छूना भी मना है।''

किसनलाल का मन फिर दुख और ग्लानि से भर गया। वह मुँह पोंछकर उठा।...नहीं, आज का दिन ठीक नहीं। आज मौन-व्रत पालन करके भी गृहकलह को वह नहीं टाल सकेगा।...कौआ यों ही नहीं बोलता!

किसनलाल अब समझ गया है, उसके दुर्भाग्य के मूल में कागा और कौआ ही है। उसके सारे दुख-दर्द का कारण...!

''मैं बोआली मछली नहीं खाऊँगा। यह मैं आखिरी बार कह रहा हूँ।''

सावित्री ने कोई सीधा जवाब नहीं दिया। वह अब कलह की भूमिका बाँधने लगी। विवाह के बाद से शुरू करेगी और अन्त इस दर्द पर होगा। इस सिलसिले में वह किसनलाल को ही नहीं, किसनलाल के सभी हितमित्रों को समेटेगी। किसनलाल के चरित्र की व्याख्या करेगी।...हुआ शुरू!

किसनलाल ने तय किया, वह आज दिन-भर शर्मा के घर पर रहेगा। शाम को लौटेगा।...लेकिन वह बोआली मछली हरगिज नहीं खाएगा। जहर खा सकता है वह, मछली नहीं।

कौआ फिर लौट आया!

''कहाँ जा रहे हो?''

किसनलाल ने कोई जवाब नहीं दिया तो सावित्री स्वयं बड़बड़ाने लगी–''जाएगा और कहाँ! शर्मा और सिन्हा जैसे निठल्ले दोस्तों को छोड़कर किसके पास इतना फाजिल समय है।...शतरंज! मैं पूछती हूँ कि शतरंज के राजा और वजीर को मारकर ही दुनिया चलेगी...?''

किसनलाल ने तय किया, आज वह शाम को भी घर नहीं लौटेगा।

सावित्री कह रही थी–''दर्द, दर्द! हाथ का दर्द! सिर का दर्द! जिसके दिल में अपनी बीवी के लिए, अपने घर के लिए दर्द नहीं, उसकी सारी देह में दर्द...!''

किसनलाल को मौन-व्रत भंग करना पड़ा। वह चिल्लाया, ''इस घर में कौन रह सकता है! जहाँ दिन-रात इसी तरह काँय-काँय...!''

''मैं काँय-काँय करती हूँ?''

बिजली के खंभे पर बैठा हुआ कौआ जोर से 'कः-काँ-आँ' कहकर उड़ गया।

किसनलाल की देह झनझना उठी। लगा, एक शब्दभेदी वाण मारकर भाग गया कौआ।

...नहीं। किसी के रोके नहीं रुक सकता। जो होनेवाला है, आज अच्छी तरह होकर रहेगा!

रसोईघर में बर्तन झनझनाने लगे। सावित्री अब बड़बड़ाती नहीं–रो रही है; नाक-आँख पोंछ रही है।

किसनलाल को अब अपनी जिन्दगी भार लगने लगी। उसको अपनी देह पर, अपने नाम पर, अपनी बाँह पर, अपने सबकुछ पर क्रोध हो आया। उसने कहा, "मैं कहता हूँ...।"

–काँ-आँ-आँ-आ!!

दरवाजे पर किसी ने 'असभ्यतापूर्वक' दस्तक दी।

–काँ-आँ-आ-आ!!

दरवाजे की कुंडी जोर से खड़खड़ाई।

किसनलाल सिर तोड़ देगा। जो भी हो। इस तरह किसी भले आदमी के घर की कुंडी खटखटाई जाती है!

–काँ-आँ-आँ!!

"क्या है?"

"एक्सप्रेस डेलिवरी!"

किसनलाल ने गुस्से में 'शानदार-दस्तखत' कर दिया। पिउन सलाम करके चला गया।

पत्र पढ़कर किसनलाल चीख पड़ा–"सावित्री!"

"क्या है?" सावित्री रसोईघर से निकल आई।

किसनलाल का चेहरा लाल हो गया है, उत्तेजना के मारे। उसके होंठ थरथरा रहे हैं।

"क्या है?"

"शुभ समाचार !...खुशखबरी!"

"खुशखबरी?"

"देखो न! पढ़ लो खुद!"

–काँ-आँ-आँ-आँ!!

पत्र पढ़कर सावित्री खिल पड़ी। वह 'ठाकुरजी' की मूर्ति के सामने चिट्ठी रखकर शंख फूँकने लगी।

–काँ-आँ-आँ-आँ!!!

किसनलाल बोला, ''बोआली मछली का चॉप बहुत लाजवाब होता है। सो भी, तुम्हारे हाथ का।''

''नहीं, बोआली मछली से तुम्हारा दर्द बढ़ता है तो मत खाओ।''

''अरे, कहाँ का दर्द...?''

''नहीं बाबा, बादी चीज...।''

''सावित्री, कौआ हमेशा अशुभ ही नहीं 'भाखता' है।... बोआली मछली हमेशा बादी नहीं होती।''

किसनलाल ने मछली की थाली से भूनी हुई मछली का एक टुकड़ा उठाया, बरामदे पर गया और जोर से कौए की ओर फेंकते हुए कहा, ''ले जा! ले-ले! आ...!''

कौआ एक बार 'काँय-य-य' करके उड़ा। फिर धरती पर पड़े हुए मछली के टुकड़े को चोंच में लेकर ताड़ के पेड़ पर जा बैठा।

किसनलाल बोला, ''वह गीत याद है तुमको ?...सोने से चोंच मढ़ा दूँ रे कागा! जरा गाओ न!''

सावित्री हँस पड़ी। किसनलाल जिद्द करने लगा–''डार्लिंग!...सुनो न!... इधर जरा...सच कहता हूँ...सावित्री!...तुम बहुत सुन्दर लग रही हो।''

–काँ-आँ-आँ!!

किसनलाल बरामदे में आया। बोला, ''अभी नहीं। चॉप बनने दो। पूरा चॉप खिलाऊँगा आज तुझे।''

–काँ-आँ-आँ-आँ!!

आजाद परिन्दे

जब बग्गी-गाड़ी के कोचवान को मालूम हुआ कि पीछे पाँवदान पर कोई शैतान लौंडा लटका हुआ है, तो उसने चाबुक फटकारकर एक गाली दी पीछे की ओर–"उतर! हरामी का पिल्ला!"

हरबोलवा हँसकर उतर गया और पासवाली गली में घुसने से पहले उसने एक हवाई गाली फेंकी–"साले! खनगिन का खसम!"

हरबोलवा ने यह गाली दो ही दिन पहले सीखी है। ठेलावाले भुजंगी और भाजीवाले हलमान में कजिया शुरू हुआ। भुजंगी ने हलमान को बहन की गाली दी। हलमान उसकी छाती पर चढ़ बैठा–"बोल साले, खनगिन का खसम...!"

इस गली में बहुत दिन के बाद आया है हरबोलवा। इस गली में एक स्कूल है। छोटी-छोटी लड़कियाँ पढ़ती हैं।...नहीं। स्कूल के चपरासी ने उसी दिन अच्छी तरह पहचान लिया था हरबोलवा को–"साले, तुमको पहचानते हैं। तू ही न, उस दिन मेरी बकरी को पकड़कर दूह रहा था? सब्जी बाग की कसाई-गली में रहता है न साले! यहाँ क्या करने आया है...?"

हरबोलवा ने हिम्मत बाँधकर जवाब दिया, "ए! गाली काहे देते हैं? हम यहाँ गली में खड़े हैं, किसी का कुछ लेते हैं?"

"साले! मुँह लगता है फिर? नाक की हड्डी तोड़ दूँगा, मारे झापड़ के। साला, यहाँ नाली में 'बेबी' लोग, 'तीन-मिनट' करती हैं और तू देखता है? भागो, साले!"

उस दिन, हरबोलवा ने अपने यार फरजन से कहा था, "ए? 'तीन-मिनट' का माने जानता है, फरजनवाँ?"

...फरजन के मामू ने उस दिन फरजन को सजा दी थी–सुबह का नाश्ता बन्द कर दिया था। हरबोलवा उसके लटके हुए मुँह को देखकर समझ गया था। यार को दिलासा देने के लिए उसने कहा था–"अरे, तेरा एक ही दिन नाश्ता बन्द हुआ और इसी से तू हिम्मत हार गया? मेरा तो कभी-कभी

दिन-भर का खाना 'गोल' कर दिया जाता है। ऊपर से मार और गाली अलग।...लो, सुनो! मैं तुमको 'तीन मिनट' का माने बतलाता हूँ।''

फरजनवाँ को दिखलाकर सामने चिपकी हुई एक विज्ञापन की तसवीर पर 'तुर्री' मारकर वह पेशाब करने लगा—''समझे 'तीन-मिनट' का माने ?...हे हे हे हे!''

हरबोलवा ने देखा, स्कूल का फाटक बन्द है। छुट्टी है। उसने इधर-उधर देखा और पास की नाली में—जहाँ उस दिन छौंड़िया सब...। नहीं, दरबान के डर से उसका 'तीन-मिनट' नहीं उतरा।...आज जब इधर आ ही गया है तो एक चक्कर मौसी के घर का लगा लेना ठीक होगा। उसने धीरे-धीरे अपनी नई गाली पर सुर चढ़ाया—एक फिल्मी धुन—खनगिन का खसम, खनगिन का खसम, खनगिन...!

गली से बाहर निकलकर उसने देखा, उसी की उम्र के कुछ लड़के एक गधे की पूँछ में फूटा कनस्तर बाँधने की कोशिश में लगे हुए हैं। मगर गधा है चालाक! पूँछ को इस तरह समेट लिया है कि...।

हरबोलवा ने अपने पॉकेट को टटोलकर देखा—हाँ, तार का 'हुक' है। उसने बिन माँगे ही मदद दी—''अजी, वैसे नहीं होगा। लो यह 'हुक'; इसको रस्सी में बाँधकर दुम में लपेट दो। फिर हुक खोंस दो।''

और, यहीं सुदरसन से उसकी दोस्ती हो गई। गधे के पीछे तालियाँ बजा-बजाकर, कुछ दूर दौड़कर बहुत खुश हो गया हरबोलवा का मिजाज। गधा भागा जा रहा है और कनस्तर ढनढना रहा है। सुदरसन ने कहा, ''ऐन मौके पर तुम आ गए भला।...कहाँ रहते हो? बाप क्या करता है? माँ है? भाई-बहन?''

सुदरसन ने बतलाया, उसकी सौतेली माँ है, लेकिन बहुत दुलार करती है। मगर बाप कसाई है। असल में उसका बाप ही है सौतेला! ''माने, नहीं समझे? मेरा असल बाप जब मर गया, तो इस बाप ने मेरी माँ को फुसलाकर एक दिन अपने घर बुलाया और दरवाजा बन्द करके सिंदूर दे दिया माँग में—जबरदस्ती। माँ रोने लगी। मगर रोने से क्या है? सिंदूर दे दिया एक बार तो...। आखिर, मेरी माँ इसी शर्त पर राजी हुई कि सुदरसन को अपने बेटे की तरह रखोगे तो मैं तेरी बीवी, नहीं तो...।''

''ए! सुदरसनवाँ! तेरा बाप आ रहा है, इधर ही।''

''आने दे।''

हरबोलवा बोला, ''मैं जाता हूँ। मुझे मौसी के घर जाना है।''

सुदरसन ने कहा, ''ठहरो यार!''

''क्यों बे सूअर? बारह बज गए और तू सड़क पर 'खचड़इ' करता है?''

सुदरसन ने कहा, "आज छुट्टी है दुकान में।"

सुदरसन के 'कठबाप' ने कड़ककर कहा, "छुट्टी है तो घर क्यों नहीं गया अभी तक?...साले, एक दिन तेरी पीठ की चमड़ी फिर सेंकनी होगी। जा, घर जा!"

सुदरसन का कठबाप जब मोड़ के पार चला गया तो सुदरसन ने अपने चेहरे पर हाथ फेरकर मुँह बनाया। मानो चेहरे पर लगी हुई गालियों को पोंछकर फेंक दिया। फिर बोला, "तू कहाँ जा रहा है?"

"मौसी के घर।"

"कहाँ रहती है तेरी मौसी?"

"पगलखनवा के पास।"

हरबोलवा ने पूछा, "और तुम्हारा घर किधर है? किस दुकान में काम करते हो?"

सुदरसन ने हाथ से एक ओर दिखलाते हुए कहा, "यहीं, गली में। पीर साहेब का मजार देखा है? उसी के पास। चलो यार! देखें तुम्हारी मौसी का घर। चलो।"

"तुम? तुम मेरी मौसी के घर क्यों जाओगे?"

हरबोलवा नहीं चाहता था कि सुदरसन, जिससे उसकी जान-पहचान नहीं कभी की, ऐसे लड़के को अपनी मौसी के घर ले चले। मगर, सुदरसनवा तो जोंक की तरह चिपक गया है।

कारपोरेशन के सामने, पानी का बंबा बिगड़ा हुआ देखकर दोनों प्रसन्न हुए। पानी का फव्वारा!

"नहाएगा?"

"और तुम?"

सुदरसन ने पैंट खोलकर बंबे के फव्वारे से अपनी देह को ढँक लिया मानो। हरबोलवा किन्तु आगे-पीछे की बात सोचने लगा। फिर अपने पाकेट से साबुन का एक टुकड़ा निकालकर जमीन पर फेंकते हुए बोला, "जरा पाजामा साफ कर लें।"

दोनों बहुत देर तक फव्वारे में नंगे नहाते रहे। बीच-बीच में टोंटी में उँगली डालकर पिचकारी छोड़ते।

लेकिन मुहल्ले के लड़कों को तब तक सूचना मिल गई थी। वे एक-दूसरे को नाम लेकर पुकारते हुए दौड़े—धर-धर-धर सालों को...!

हरबोलवा डरा। मगर सुदरसनवा लापरवाही से कुल्ला करता रहा।

मुहल्ले के लड़कों का 'मेट', एक भालू-जैसा लड़का, आगे बढ़कर बोला, "कहाँ रहता है बे? यहाँ लँगटा होकर नहाने आया है, खचड़े?"

हरबोलवा ने अपने अधसूखे पाजामे को ही जल्दी-जल्दी पहन लिया। सुदरसन हँसा। और सुदरसन की हँसी ठीक जगह पर जाकर लगी। मेट ने अपनी टोली को सावधान किया—''यह साला बड़ा चालू मालूम होता है। होशियार रहना!''

सुदरसन ने कहा, ''तुम्हारा नाम डफाली है न?''

आश्चर्य! सुदरसन के मुँह से अपना नाम सुनकर डफाली के सिर के 'कदमकुट्टी बाल' खड़े हो गए। उसकी आँखें गोल हो गईं। बोला, ''तुम...तुम कहाँ रहते हो? तुम कौन...तुमने मेरा नाम कैसे जाना?''

सुदरसन बोला, ''तुम्हारी माँ तुमको साथ लेकर एक दिन हकीम साहेब के दवाखाने में गई थी न?''

डफाली का मुँह खुल गया। वह बोला, ''हाँ!''

सुदरसन हँसता रहा, पूर्ववत। डफाली ने अपनी टोली के सदस्यों से कहा, ''अरे, यह जान-पहचान का है रे!''

डफाली अपनी टोली के साथ गली में गायब हो गया। तब सुदरसन बोला, ''जानते हो, इतना बड़ा हो गया है और बिछावन में पेशाब करता है!''

हरबोलवा भी हँसने लगा, ''इसीलिए भागा ससुर।''

किन्तु आज हरबोलवा की मौसी उसको देखकर जरा भी खुश नहीं हुई। सुदरसन को देख बोली, ''और ई कौन है?...दिदिया तुमको पीटती है, सो ठीक ही करती है। दुनिया-भर के लुच्चे-लफंगों के साथ इधर-उधर मटरगस्ती करता फिरेगा तो एक दिन जेल जाएगा। जा, घर जा!''

हरबोलवा की समझ में नहीं आया कुछ। आज मौसी इस तरह अचानक बिगड़ क्यों गई?

सुदरसनवा ने रास्ते में पूछा, ''यार, वह झोंपड़ी के अन्दर कौन बैठा था? वही तुम्हारा मौसा है?''

''मौसा? नहीं तो। मौसा तो बरौनी में रहते हैं।''

''तब वह लाल कमीजवाला कौन था?''

''किधर?''

''अरे, मैंने झाँककर देखा था। इसीलिए तुम्हारी मौसी धड़फड़ाकर झोंपड़ी के बाहर आई थी और तुमको डाँटने लगी थी।''

''ओ!''

हरबोलवा चुप रहा। सुदरसन बोला, ''एक बात कहूँ, बुरा तो नहीं मानेगा?...तेरी मौसी छिनाल है।''

''धेत्त!''

"धेत्त क्या?...मैंने झाँककर देखा तो...।"

सुदरसनवा की हँसी पर हरबोलवा का चेहरा ठीक डफाली की तरह हो गया। मानो वह भी बिछावन में पेशाब करता हो! और यह बात सुदरसन को मालूम हो गई।

लौटती बार कारपोरेशन के सामनेवाले बंबे के पास वे कुछ देर तक रुके रहे।

हरबोलवा ने पूछा, "तुम किस चीज की दुकान में काम करते हो?"

"दफतरी की दुकान में।...साला, सँड़ी हुई बासी लेई की गंध के मारे तुम्हारा दिमाग फट जाएगा!...करेगा काम?"

"कितना मिलता है?"

"मोट पन्द्रह रुपये।"

"बस?"

"तो कागज पर लेई लगाने का और कितना मिलेगा—एक सौ? बोल, काम करेगा?"

मखनियाँ कुआँ के नुक्कड़ पर कुछ हो गया है। दोनों ने दुलकी चाल पकड़ी। लेकिन जब वे पहुँचे, खेला खत्म हो चुका था। स्कूटर-रिक्शा एक्सिडेंट में दो आदमी घायल हुए थे और दोनों अस्पताल जा चुके थे! दोनों को पछतावा हुआ।

हरबोलवा ने उलटकर देखा, सुदरसन एक बीड़ी की दुकान पर रुक गया है। बीड़ी सुलगाकर वह तेजी से हरबोलवा के पास आया—"बीड़ी पीएगा?"

"बीड़ी नहीं पीता।"

हरबोलवा जब अपने मुहल्ले की ओर जाने लगा तो सुदरसन का दिल अचानक बुझ गया। उसने हरबोलवा को पुकारा—"ए! सुनो!"

हरबोलवा रुका—"क्या है?"

सुदरसन बोला, "तुम्हारे घर चलूँ तुम्हारे साथ?"

"नहीं। बेकार, मेरी माँ तुमको भी गाली देगी।"

"तू काम करेगा?"

"बाबू से पूछूँगा?... ...मुझे देरी हो रही है, चलता हूँ।"

"ठहरो जरा, यार!...सच...लगता है तुमसे बहुत दिनों की जान-पहचान है।"

हरबोलवा हँसा।...शायद, उसकी हँसी ने सुदरसन को मोह लिया है। उसने पूछा, "तुम लकड़ी के कोयले से मंजन करते हो?"

"हाँ।"

"मैं भी करूँगा।"

हरबोलवा चलने लगा तो सुदरसन ने उसके दोनों हाथों को पकड़कर हँसते हुए कहा, "कहा-सुना माफ करना, भाई!"

सुदरसन की आँखों में न जाने क्या देखा कि हठात हरबोलवा का दिल उमड़ आया। वह रुक गया। उसने उदास सुदरसन से पूछा, ''क्या हुआ?''

''साला आज बहुत मार पड़ेगी।''

''मुझे?''

''साला, जब तक मूँछ नहीं जमेगी, तब तक बालिग नहीं हो सकते और जब तक नाबालिग रहोगे, इसी तरह रोज लत्तम-जुत्तम! साला घर जाने का जी नहीं करता।...कहीं भाग चलने का मन करता है।''

बाकरगंज मसजिद के पास दोनों बहुत देर तक उदास खड़े रहे—नीम की छाया में।

''जब तक बालिग नहीं हो जाते, रोज लत्तम-जुत्तम सहना होगा। साला!...सुनो, एक काम करेगा? सलीमा में 'टनटन भाजा' बेचेगा सुनाई?''

''सलीमा में टनटन भाजा?''

सुदरसन ने बतलाया—'लौन-सलीमा' के पास एक टनटन भाजा कम्पनी है। उसमें उसके कई दोस्त काम करते हैं। खूब मौज का काम है, यार! मगर जमानतदार ही नहीं मिलता कोई। और, बाप साला काहे चाहेगा कि उसका बेटा टनटन भाजा बेचकर पैसा जमा करे?

सुदरसन ने बतलाया, ''बीस रुपये महीना! एकदम आजादी का काम और फोकट में सलीमा देखो, सो ऊपर से।''

सुदरसन ने अपने बाप से कहा था। मगर सुदरसन के बाप ने कहा, ''टनटन भाजा कम्पनी का मालिक एक सौ रुपया पेशगी देगा? दफतरी ने दो सौ रुपया एडवांस दिया है।''

सुदरसन ने हरबोलवा के कंधे पर हाथ रखकर बहुत प्यार-भरे सुर में पूछा, ''बोल ना यार, टनटन भाजा कम्पनी में काम करेगा?''

''मगर जमानतदार?''

''उसका इन्तजाम हो जाएगा।''

''कहाँ?''

''हमारे मुहल्ले में एक अमजद मिस्तरी है। मगर भारी खचड़ा है।''

सुदरसन ने थूक फेंकते हुए कहा, ''यार, एक बार कोई जमानत हो जाए। एक बार टनटन भाजा कम्पनी की नौकरी मिल जाए, फिर कौन बाप ले जाता है पकड़कर घर और कौन साला मारता है?...मगर अमजद मिस्तरी साला भारी खचड़ा है।''

''खचड़ा है तो जमानत कैसे...?''

सुदरसन हँसा–''खचड़ा है इसीलिए तो जमानतदार होगा।''

बाकरगंज मुहल्ले के पास ही कहीं शादी के ढोल बजने लगे। दोनों ने एक लम्बी साँस ली।

हरबोलवा ने कहा, ''इस साल खूब लगन हैं। तुम्हारे मुहल्ले में कोई शादी नहीं? हमारी गली में एक ही रात में पाँच...।''

सुदरसन हँसा–''मारो यार गोली! शादी! जब तक मूँछ-दाढ़ी नहीं उगता साला, नाबालिग ही रहेंगे हम लोग।...चलो, अमजद मिस्तरी के घर चलें।''

हरबोलवा को हठात लगा, सुदरसन ही उसका सबकुछ है। सुदरसन के सिवा इस दुनिया में अपना कोई नहीं। उसका दुख समझनेवाला यह सुदरसन...।

सुदरसन के हाथों को हरबोलवा ने पकड़ लिया–''मुझे डर लगता है लेकिन...।''

''काहे का डर?''

''बाप...।''

''अरे, एक बार कम्पनी में घुसने तो दे, तब देखना है बापों को।...ए देख, इधर...इसमें तेल लगावेगा आकर तुम्हारा और हमारा बाप-माँ, मौसा-मौसी–सब। समझे?''

हरबोलवा ने हँसकर सुदरसन के गले में हाथ डाल दिया–''तो मिल जाएगी नौकरी?''

''अमजद मिस्तरी को तेल लगाना होगा।''

''लगाएँगे! कम्पनी की नौकरी के लिए जो करना होगा करेंगे। अब लौटकर घर नहीं जाना है।...थूक है घर को!''

''पक्का?''

''पक्का!''

जड़ाऊ मुखड़ा

बटुक बाबू ने मन-ही-मन तय कर लिया—ऑपरेशन करवाना ही होगा। और, इसी जाड़े में।

बटुक बाबू पिछले एक सप्ताह से मानसिक अशान्ति भोग रहे थे, चुपचाप! जब-जब उनकी इकलौती बेटी बुला सामने आती, बटुक बाबू का चेहरा उतर जाता। बुला की ओर आँखें उठाकर देख नहीं सकते। उनकी ऐसी गम्भीर और उदास मुद्रा को देखकर बुला डर से कुछ नहीं बोलती। बाप के जी के बारे में माँ से भी कुछ पूछने की हिम्मत नहीं होती।

पत्नी ने कई बार पूछा तो कोई खुलासा जवाब नहीं दे सके बटुक बाबू।

कल रात बुला अपनी माँ के साथ मच्छरदानी के अन्दर सो रही थी। बटुक बाबू धीरे-से उठे। हाथ में छोटा टॉर्च लिया। फिर कुछ सोचकर रख दिया। टेबिल-लैम्प का स्विच दबाया। दबे-पाँव पलँग के पास गए। और सोई हुई बुला के चेहरे को गौर से देखने लगे; कुछ देखकर सिहर पड़े। पत्नी शायद सबकुछ देख रही थी। धीमी आवाज में बोली, ''यह क्या?''

बटुक बाबू हड़बड़ाकर उठे। इशारे से कुछ कहा और टेबिल-लैम्प ऑफ करके बैठक में गए। इशारा समझकर पत्नी उनके पीछे-पीछे गई।

बटुक बाबू ने हाथ के इशारे से ही पत्नी को अपने पास बैठने को कहा। पत्नी धीरे-से सोने के कमरे का दरवाजा बन्द कर आई। बटुक बाबू ने फुसफुसाकर कहा, ''बुला के चेहरे पर...'मस्से' पर एक रोयाँ उग आया है। तुमने देखा है?''

पत्नी ने लम्बी साँस ली। जी हलका हुआ। बोली, ''हाँ ! देखा है।... तो क्या हुआ?''

''तो क्या हुआ?'' बटुक बाबू को अचरज हुआ। माँ होकर भी इन बातों की ओर ध्यान नहीं देती। बोले, ''मैं आज ही नकुल को चिट्ठी लिख देता हूँ। इसी छुट्टी में पटना चलकर ऑपरेशन...।''

'ऑपरेशन' का नाम सुनकर पत्नी सिहर पड़ी–"हुँहुँ...!"

"क्या, हुँहुँ?"

"ऑपरेशन-उपरेशन करके कहीं और भी चेहरा खराब...।"

"प्लास्टिक-सर्जरी के जमाने में भी तुम ऐसी बातें करती हो?"

पिछले सोलह साल से जब-जब बटुक बाबू ने ऑपरेशन करवाने का प्रस्ताव किया, पत्नी ने समर्थन नहीं किया। और राई-भर का 'मस्सा' बढ़ते-बढ़ते अब गोलमिर्च के बराबर हो गया है; उसमें एक केश भी उग आया है।...अब भी कहती है कि ऑपरेशन नहीं!

बटुक बाबू ने नाक सिकोड़कर कहा, "कितना भद्दा लगता है यह रोयाँ!... तितली के सूँड की तरह।...परम सुन्दर चेहरे पर यह गोलमिर्च-जैसा मस्सा और उसमें...छिः-छिः!"

पत्नी को ऑपरेशन के बदले अपने बड़े भैया की बात याद आई–"तुम लोग इतमीनान से बैठे हो, क्यों? लड़की बड़ी हो रही है। 'भोलेनाथ' (अर्थात बटुक बाबू) से कहो, 'सुपात्र' पर नजर रखें।"

पत्नी ने पूछा, "भगवानपुर से फिर कोई चिट्ठी नहीं आई?"

बटुक बाबू नाराज हो गए–"भगवानपुर से क्या चिट्ठी आएगी?...दुनिया में सुन्दर लड़कियों की कमी है जो तुम्हारी...ऐसी लड़की को वे पसन्द करेंगे, जिसके गाल पर गोलमिर्च-जैसा...?"

पत्नी हँस पड़ी। बटुक बाबू चिढ़ गए–"तुम हँसती हो?"

"तो अभी इतनी रात में रोकर क्या होगा?"

"मुझे नींद नहीं आएगी।"

पत्नी समझ गई, बात हँसी में टलनेवाली नहीं। अतः वह भी गम्भीर हो गई। दोनों बहुत देर तक विचार-विमर्श करते रहे। बात तय हो गई–इसी छुट्टी में यानी पन्द्रह दिन के अन्दर ही चलकर ऑपरेशन करवा दिया जाए!

दूसरे दिन से बटुक बाबू से ज्यादा परेशान उनकी पत्नी दीखने लगी। वह जब-जब बुला के चेहरे को गौर से देखती, बुला अवाक् हो जाती। उसके गाल पर जड़े हुए काले मस्से का रोयाँ थर-थर काँपने लगता। बुला की माँ को लगता, तितली का सूँड बढ़ता आ रहा है...आ रहा है! वह सिहर उठती।

पटना से बटुक बाबू के छोटे भाई प्रोफेसर नकुल बाबू की चिट्ठी आई और पति-पत्नी ने पटना चलने का प्रोग्राम बना लिया। पास-पड़ोस के लोग जान गए। लेकिन ऑपरेशन करवाने की बात उन्होंने किसी से नहीं बताई। ...क्या जरूरत?

सत्रह साल पहले बुला का जन्म हुआ। उसके बाद फिर कोई संतान नहीं हुई। बटुक बाबू के छोटे भाई प्रोफेसर नकुल ने कई बार अपने भाई और भाभी को समझाकर कहा–"मामूली ऑपरेशन डी. एन. सी. करवा लेने से ही फिर... ।"

किन्तु वे कभी तैयार नहीं हुए। हँसकर उड़ा देते–"क्या जरूरत है?...बुला ही हमारी बेटी, बुला ही बेटा!"

बुला पिछले साल स्थानीय कॉलेज में दाखिल हुई है। विज्ञान पढ़ती है। बटुक बाबू को जीवन में अब तक कभी सिर-दर्द नहीं हुआ। मौसमी सर्दी-बुखार के अलावा पत्नी भी बीमार नहीं पड़ी। इसलिए बुला का स्वास्थ्य भी सुन्दर है। मुफस्सिल के कस्बे में जन्मी और पली बुला अपने कॉलेज की 'कबड्डी-टीम' की कैप्टन है।

बटुक बाबू इतिहास के शिक्षक हैं। किन्तु स्वभाव से पूरे दर्शनशास्त्र-विभाग के व्यक्ति हैं। इसलिए कभी-कभी गृहिणी से मनमुटाव भी हो जाता है।... पाँच साल पहले, इसी तरह बुला को लेकर उन्होंने एक 'समस्या' खड़ी कर ली थी–अपने दिमाग में। अपनी स्त्री से बार-बार कहते–"माँ होकर भी तुम इन बातों की ओर ध्यान नहीं देतीं !...वह डर के मारे सूखकर काँटा हो गई है। समझती है, कोई रोग हो गया है।...उसको सिखाना होगा...सेनिटरी-टॉवेल और स्पंज का इस्तेमाल कैसे...तुम माँ होकर भी इन बातों पर... ।"

बटुक बाबू को साहित्य और संगीत में तनिक भी रुचि नहीं। उपन्यास और कहानियों से उतना ही चिढ़ते हैं जितना सिनेमा और थियेटर से। इसलिए चाहते थे कि उनकी पत्नी और पुत्री न कभी उपन्यास-कहानी पढ़ें और न सिनेमा-थियेटर देखें। किन्तु पत्नी महीने में दो-तीन बार सिनेमा देख आती है। बुला उपन्यास-कहानी पढ़े बिना रह नहीं सकती। बाप से तर्क करने लगी–"बाबा ! तुम सभी को एक ही लाठी से हाँकते हो... ।" अन्त में मालूम हुआ कि बटुक बाबू उपन्यास-कहानी के विरुद्ध नहीं, 'प्रेम-विवाह' यानी 'लव मैरेज' के खिलाफ हैं...?

बुला हँसते-हँसते लोट-पोट हो गई थी।

बुला कभी पटना नहीं गई। लेकिन काकी और चचेरे भाई-बहनों के मुँह से बहुत बार पटना के मुहल्ले और सड़कों के बारे में सुन चुकी है।...बाँकीपुर स्टेशन पर पहुँचकर उसे लगा–यहाँ वह पहले भी आ चुकी है।

पटना आकर बुला को मालूम हुआ कि सैर-सपाटे के लिए नहीं, उसके 'मस्से' के ऑपरेशन के लिए पटना आना हुआ है। चचेरी बहन मीरा ने बताया।

बुला काकी के ड्रेसिंग-टेबिल के आईने में अपने गाल के बड़े मस्से को देखती रहती है।...सभी उसके चेहरे की ओर देखते हैं। चेहरे को नहीं, मस्से को। मस्से

में उगे हुए 'लोम' को। उसकी अपनी ही आँखें हमेशा अपने गाल पर केन्द्रित रहने लगीं।

प्रोफेसर नकुल ने प्लास्टिक-सर्जन डॉक्टर चोपड़ा से बातें कर ली थीं। इसलिए दूसरे ही दिन से सिलसिला शुरू हुआ। डॉक्टर चोपड़ा आए। मस्से को देखा। उँगली से छूकर देखा। अपने सहायक युवक डॉक्टर को कुछ नोट करवाया और चले गए।

बटुक बाबू और उनकी पत्नी ने डॉक्टर चोपड़ा के सहायक युवक से एक ही साथ पूछा—''आप कंपाउंडर हैं?...स्टूडेंट?''

जवाब दिया हँसकर नकुल बाबू की बड़ी बेटी मीरा ने, ''कंपाउंडर-स्टूडेंट नहीं। डॉक्टर उमेश हैं। 'स्टेट्स' से आए हैं।''

''किस 'स्टेट' से?'' बटुक बाबू ने पूछा। फिर तुरन्त समझकर बोले, ''ओ! स्टेट्स...माने...अमेरिका से!''

डॉक्टर उमेश बोले, ''खून की जाँच...।''

''खून की जाँच?'' बटुक बाबू अचरज में पड़े, ''छोटे-से मस्से के ऑपरेशन के लिए भी खून की जाँच?''

पत्नी बोली, ''मस्सा कोई रोग तो नहीं।''

डॉक्टर ने बताया, ''एक ही किस्म की परीक्षा नहीं। आज डब्ल्यू.आर. के लिए खून देना होगा। कल आकर एस. आर. और टोटल डेफरेंसियल।''

बटुक बाबू ने पूछा, ''यह डब्ल्यू. आर. क्या है?''

''वाशरमैंस रिएक्शन।''

पत्नी बोली, ''इसमें धोबी की क्या बात...?''

डॉक्टर ने समझाया, ''खून में गरमी-सिफलिस वगैरह के बीजाणु हैं या नहीं...?''

डॉक्टर उमेश अपनी बात पूरी नहीं कर सके। बटुक बाबू ने घोर प्रतिवाद के स्वर में कहा, ''आप कैसी बात करते हैं! सिफलिस-गरमी?''

डॉक्टर उमेश ने बताया कि बेकार बहस करने को उनके पास समय नहीं। बिना इस 'जाँच' के कोई ऑपरेशन नहीं हो सकता।

किन्तु बात सुलझने के बदले उलझती गई। बटुक बाबू को लगा, डॉक्टर उमेश ने उनके पूर्व-पुरखों को ही नहीं, उनकी पत्नी के दादे-परदादे तक को भद्दी गालियाँ दे दी हैं।...जरा भी 'शील-स्वभाव' नहीं। मुँह में जो आया, बोलता गया।

डॉक्टर उमेश ने बताया कि देर करने से पैथोलॉजी डिपार्टमेंट बन्द हो जाएगा। फिर आज खून नहीं लिया जा सकेगा। बटुक बाबू अपनी स्त्री और पुत्री के साथ डॉक्टर उमेश की गाड़ी में जा बैठे। रास्ते-भर वह मन-ही-मन कटते रहे। और जब मेडिकल-कॉलेज के पैथोलॉजी डिपार्टमेंट में पहुँचे तो उनको लगा, उनकी देह में दुनिया-भर के बुरे-छुतैले रोगों के कीटाणु कुलबुला रहे हैं। बेंचों पर बैठे हुए और बरामदे में आस-पास खड़े लोगों से अपनी देह बचाकर वे एक किनारे नाक पर रूमाल डालकर खड़े रहे। पत्नी को मिचली आने लगी। किन्तु डॉक्टर ने जब बुला का नाम लेकर पुकारा, तो वह निडर होकर आगे बढ़ गई। बटुक बाबू और उनकी पत्नी को डॉक्टर ने अन्दर नहीं जाने दिया–''ओनली पेशेन्ट...!''

डॉक्टर उमेश ने पूछा, ''डर तो नहीं लगता?''

बुला बोली, ''जी नहीं।''

सुई डॉक्टर उमेश ने नहीं, दूसरे डॉक्टर ने गड़ाई। बहुत देर तक उन्हें नस ही नहीं मिली। थोड़ा रक्तपात हुआ। डॉक्टर उमेश पास खड़े थे और बुला को भरोसा दे रहे थे।

बुला डॉक्टर उमेश के साथ बाहर निकली। उन्होंने देखा, सीढ़ियों के नीचे बटुक बाबू सिर थामकर बैठे हैं और पत्नी अखबार से उनके सिर पर हवा कर रही है।... बटुक बाबू ने खिड़की से झाँककर देखा था–बुला के 'लहूलुहान' बाँह से टप-टप कर चूता हुआ खून। बस, चक्कर आ गया।

डॉक्टर उमेश ने बताया कि एस. आर. के लिए अब यहाँ आने की जरूरत नहीं होगी। घर पर ही खून ले लिया जाएगा। रास्ते में बटुक बाबू के मुँह से एक बार फिर निकला, ''एक छोटे-से मस्से को काटने के लिए इतना हंगामा!''

डॉक्टर ने कहा, ''फर्ज कीजिए, मस्सा काटने के बाद खून बन्द नहीं हो। तब?''

''ऐसा भी होता है?'' बटुक बाबू की आँखें गोल हो गईं।

''हाँ। इसीलिए इतनी परीक्षा और जाँच।''

बुला की माँ ने पूछा, ''तब तो मामूली नहीं, खतरनाक ऑपरेशन है यह?''

''है तो मामूली ही। लेकिन खतरा तो है। फर्ज कीजिए, घाव बिगड़ जाए तो 'ग्राफ्टिंग' करना होगा...।''

''ग्राफ्टिंग क्या?''

''जिन्दा चमड़ी की चिप्पी।''

''जिन्दा चमड़ी?''

''हाँ, हिप यानी चूतड़ यानी पुट्ठे की चमड़ी तराशकर...।''

''किसकी? किसके पुट्ठे की?''

''रोगी के।''

इस बार ऐसा लगा कि पति-पत्नी दोनों एक ही साथ बेहोश हो जाएँगे। लेकिन बुला चुपचाप बैठी मुस्कुराती रही।

डेरे पर पहुँचकर बटुक बाबू ने नकुल बाबू से सारा किस्सा बताया। नकुल बाबू हँसे। बोले, ''भैया, आप लोग नाहक क्यों परेशान होते हैं! कल से जहाँ कहीं भी जाना होगा, बुला के साथ मीरा जाएगी।''

डॉक्टर उमेश सुबह आकर बुला का खून ले गए और बुला को दस बजे डॉक्टर चोपड़ा के क्लिनिक में बुलाया।

बुला के साथ मीरा गई।

बटुक बाबू ने अपनी स्त्री से कहा, ''लगता है, मामूली ऑपरेशन नहीं, लेकिन कोई चारा भी नहीं।''

पत्नी को अब भी मिचली आ रही है। इशारे से बोली, ''अब भगवान जो करें!''

बुला और मीरा दो घंटे के बाद लौटीं। पति-पत्नी 'धड़फड़ा'कर उठे। मानो, खोई हुई लड़की मिल गई।

डॉक्टर उमेश साँझ को बुरी खबर ले आए–''डब्ल्यू. आर. के लिए फिर खून देना होगा।...सन्देहजनक है।''

सुबह बुला-मीरा फिर गईं। और चार घंटे के बाद लौटीं। मीरा बोली, ''हम लोग अस्पताल के मैदान में लगी प्रदर्शनी देख आए। डॉक्टर उमेश का पाँच रुपया खर्चा करवा दिया...'क्वालिटी' की आइसक्रीम...।''

बटुक बाबू ने पूछा, ''अब तो खून नहीं देना होगा?''

बटुक बाबू को रह-रहकर डॉक्टर उमेश की बातें याद आती हैं–'फर्ज कीजिए, खून बन्द नहीं हो।–ग्राफ्टिंग, चूतड़ की जिन्दा चमड़ी तराशकर...।'

तीन-चार दिन तक यही सिलसिला रहा। बुला और मीरा रिक्शा में बैठकर क्लिनिक जातीं। बटुक बाबू अपनी पत्नी के साथ लक्ष्मीनारायण मंदिर, कालीबाड़ी और पटनदेवी के मंदिर की ओर जाते।

सातवें दिन नकुल बाबू ने संवाद दिया, ''डॉक्टर उमेश कह रहे थे कि ऑपरेशन नहीं हो सकेगा।''

''क्यों?'' पति-पत्नी ने एक ही साथ पूछा।

नकुल बाबू मुस्कुराकर बोले, ''पता नहीं क्यों? क्यों मीरा, क्या बात है? बात क्या है? बुला कहाँ है?''

मीरा हँसती हुई और बुला तनिक लजाती हुई आई।

नकुल बाबू ने पूछा, ''क्या बात हुई, मीरा? डॉक्टर उमेश क्या कह रहे थे?''

''दीदी से पूछ रहे थे कि मस्से को क्यों कटवाना चाहती है?''

बटुक बाबू बोले, ''यह डॉक्टर उमेश थोड़ा पागल है...।''

नकुल ने कहा, ''भैया! डॉक्टर उमेश पर पटना मेडिकल कॉलेज को गर्व है... गौरव हैं डॉक्टर उमेश!''

मीरा कहती गई, ''दीदी बोली कि माँ और बाबूजी चाहते हैं। तब डॉक्टर साहब ने कहा–वे क्यों कटवाना चाहते हैं? मस्सा तो आपके चेहरे पर है; आप नहीं चाहें तो...। दीदी कुछ नहीं बोली। तब डॉक्टर साहब ने पूछा–आपको बुरा लगता है यह मस्सा? दीदी कुछ भी नहीं बोली। तो डॉक्टर साहब बोले–इसको काटने के बाद आपका चेहरा बदसूरत भी हो जा सकता है, किसी की नजर में। फिर बोले कि जैसे यह आपके गले में जो जड़ाऊ हार है, इसका पत्थर निकाल दिया जाए तो कैसा लगेगा?''

बटुक बाबू का चेहरा लाल हो गया–''नकुल, यह डॉक्टर तुम्हारे पटना मेडिकल कॉलेज का गौरव हो या जो कुछ भी हो, मगर यह आदमी अच्छा नहीं। इतनी और ऐसी-ऐसी बातें पूछने की क्या जरूरत?''

नकुल बाबू की स्त्री ने बटुक बाबू की पत्नी को हँसकर अन्दर बुलाया–''दीदी? जरा अन्दर आइए...।''

मीरा बोली, ''डॉक्टर उमेश की माँ आई हैं।''

बटुक बाबू की समझ में कोई बात नहीं आई।

अन्दर न जाने क्या हुआ कि मीरा की बंगालिन सहेलियों ने मिलकर शंख फूँकना शुरू किया। एक साथ कई शंख बज उठे।

नकुल बाबू का अष्टवर्षीय पुत्र गोपाल दौड़ता हुआ आया–''बुला दीदी को डॉक्टर उमेश की माँ ने गोदी में बैठाकर चुम्मा ले लिया...।''

एक साथ कई शंख बज रहे थे। नकुल बाबू हँस-हँसकर अपने बड़े भाई बटुक बाबू को समझा रहे थे। और बटुक एकदम नहीं समझ पा रहे थे कि डॉक्टर उमेश के नहीं चाहने पर ऑपरेशन क्यों नहीं होगा?

ना जाने केहि वेष में...

उस दिन अखबार में अपने दैनिक राशिफल में देखा—आदि से अन्त तक हर जगह 'शुभ' और 'लाभ' ही लिखा हुआ था। यात्रा : शुभ, अमृतयोग धनागम, राज्य-सम्मान तथा मित्र-लाभ!

पता नहीं, चार दिन के बाद राशिफल में कौन-सा 'फल' हो, इसलिए जहाँ चार दिन के बाद जाना है, वहाँ आज ही चल देना लाभदायक समझा और बोरिया-बिस्तर लपेटकर निकल पड़ा।

ट्रेन में बैठते ही राशिफल के सभी लुभावने फल मेरी आँखों के आगे आकर लटक गए—यात्रा शुभ, धनागम, राज्य-सम्मान तथा मित्र-लाभ। रह-रहकर मन में गुदगुदी लगने लगी। लगा, पॉकेट में पड़े दुबले-पतले पर्स में पैसे खुद-ब-खुद दुगने हो रहे हैं। सामने बैठे खादीधारी सज्जन किसी मिनिस्टर के निकट सम्बन्धी-से लगने लगे और हर स्टेशन पर कम्पार्टमेंट में हड़बड़ाकर घुसते हुए व्यक्तियों के चेहरों पर मित्रता के लक्षण दीखने लगे। किन्तु, डेढ़ घंटे तक कुछ नहीं हुआ, यानी कोई 'लाभ' नहीं हुआ; कुछ भी नहीं फला। मन को भरोसा दिया—अभी तो दस-ग्यारह घंटे बाकी हैं। जब 'योग' इतना जोरदार है तो कभी-न-कभी, कहीं-न-कहीं, कोई-न-कोई फल अवश्य फलेगा।

कुछ ही देर बाद गाड़ी कटिहार-जंक्शन स्टेशन पर पहुँची, जहाँ चारों ओर की गाड़ियाँ आती हैं, जाती हैं। धड़कते हुए दिल से हर तरफ निगाह दौड़ाने लगा। दोनों ओर की खिड़कियों को खोल दिया, ताकि 'धन' या 'सम्मान' या 'मित्र' के आगमन में कोई बाधा न पहुँचे। पर दस-पन्द्रह मिनट यों ही यानी निष्फल ही निकल गए। जब गाड़ी खुलने का समय हुआ तो जी छोटा होने लगा। इतने में खिड़की से झाँकता हुआ एक अपरिचित मुखड़ा मुझे देखते ही प्रफुल्लित हो उठा। पान से लबालब भरे मुँह से 'अहा' शब्द पान की पीक के साथ अनायास ही छलक पड़ा। और चलती हुई गाड़ी में दौड़कर फुर्ती से वे चढ़ गए। डब्बे में घुसते ही

दोनों भुजाओं को पसारकर बोले, ''अहो भाग्य! कहिए! कुशल-क्षेम ठीक है न! अहा...धन्य है!''

टाट की झोली को ऊपरवाले बर्थ पर रखकर वे मेरे पास आकर बैठ गए, और पुनः-पुनः अपने-आप पुलकित होने लगे—''प्रसन्न तो हैं न? कहिए, इधर नया क्या-क्या लिखा?...कल ही आपके बारे में...कल क्यों, आज ही सुबह 'कचनारजी' से आपके बारे में घंटों बातें हो रही थीं। और संयोग देखिए कि आपके दर्शन... हें-हें...'जाको जा पर सत्य सनेहू, सो तेहि मिलहि न कछु संदेहू'...पान खाते हैं न?'' कहकर उन्होंने अपनी झोली उतारी।

यों उनकी झोली पर एक प्रसिद्ध आयुर्वेद-भवन प्राइवेट लिमिटेड की बलवर्द्धक औषधि का नाम 'ट्रेडमार्क' सहित अंकित था, किन्तु अन्दर रंगीन लुंगी, सफेद पाजामा और गंदे तौलिये में लिपटा पान का डब्बा था। यों उनका पान का डब्बा भी 'एफार मेंटल' का डब्बा था और जर्दे की डब्बी विटामिन 'बी' की गोलियों की शीशी थी। वह पान लगाने लगे और मैं उन्हें और उनके 'कचनारजी' को याद करने की असफल चेष्टा करता रहा...नहीं, इससे पहले न कभी इनके दर्शन हुए और न कभी कचनारजी का नाम सुना।...मुझे राशिफल की याद आई—ना जाने केहि वेष में नारायण अर्थात मित्र-लाभ हो जाए। इसलिए चुप रहा।

मुझे पान देते हुए वे बोले, ''कचनारजी कह रहे थे कि आपने कोई महाकाव्य लिखना शुरू किया है। क्या नाम है?...अँय? शुरू नहीं किया?... देखिए, देर मत कीजिए।''

वह मुँह में पान डालकर, जर्दा फाँककर और चूना चाटकर जुगाली करने लगे तो मुझे फिर थोड़ा-सा अवसर मिला। मैंने लक्ष्य किया, कम्पार्टमेंट के अन्य यात्रियों पर भी उनके आगमन और संभाषण की तीव्र प्रतिक्रिया हुई है। बंगालिन 'मायजी' और उनके 'कत्ता' उनकी ओर बार-बार एक साथ देखते हैं और उनकी बेटी रह-रहकर हँस पड़ती है। ऊपर के बर्थ पर लेटे हुए सज्जन लगातार सिगरेट फूँकने लगे हैं। सामने बैठे मौलवी साहब की आँखें गोल हो गई हैं।

वह खिड़की से बाहर पीक थूकने लगे तो मैंने समझ लिया, अब फिर कचनारजी की कोई बात उन्हें याद होगी। उन्होंने मुझसे पूछा, ''जानते हैं?'' और उत्तर की प्रतीक्षा में ओठों पर लाल मुस्कुराहट बिछाकर मेरी ओर देखने लगे।

मैं कुछ भी नहीं समझ सका कि मैं क्या जानता और क्या नहीं जानता हूँ। मुँह से निकला, ''जी नहीं।''

बोले, ''कचनारजी ने एक 'लघू उपनियाँस' लिखा है। जानिएगा कैसे? कल ही, नहीं-नहीं, तीन दिन पहले लिखकर समाप्त किया है—दो ही रातों में। नाम क्या

रखा है, जानते हैं?...हें-हें, सुनिएगा? नाम रखा है 'अबोली'...हें-हें, है न बढ़िया नाम?''

मैंने गरदन हिलाकर छोटा-सा 'हूँ' कहा कि वे तड़प उठे–''आपको पसन्द आया नाम? सचमुच? रहिए, मैं आज ही उनको लिख देता हूँ। और 'उपनियाँस' की 'प्लौटिंग' जानते हैं? एकदम अनूठी! समझ लीजिए कि एक ऐसी लड़की है जो कुछ बोलती नहीं, एक शब्द भी नहीं, फिर भी सबकुछ बोलती है। मगर...ठहरिए, मैं इतमीनान से आपको कहानी की 'प्लौटिंग' और 'कम्पलेक्स' सुनाऊँगा। जरा अगले स्टेशन पर एक आदमी को देखना है।''

मैंने साहस बटोरकर कहा, ''आप कहाँ तक चल रहे हैं?''

बोले, ''जाना तो था भागलपुर, मगर अब आप मिल गए तो पटना ही चला चलूँगा। ऐसा मौका बार-बार थोड़ो हाथ आता है किसी के? यह तो नदी-नाव का संयोग समझिए...।''

बात को अधूरी रख वह मौलवी साहब की किसी परीशानी को दूर करने लगे। मौलवी साहब जानना चाहते थे कि यह गाड़ी मुजफ्फरपुर होकर जाएगी या नहीं?

''नहीं, आपको बरौनी उतरना पड़ेगा।'' इतना कहने के बाद उन्होंने बड़ी चतुराई से जान लिया कि किस यात्री को कहाँ जाना है और कहाँ से आ रहे हैं। फिर रेलवे स्टेशन पर सूचना देनेवाले लाउडस्पीकर की तरह यानी उसी तर्ज पर बजने लगे–''मूंगेर जानेवाले यात्रियों को मानसी स्टेशन पर उतरना पड़ेगा। जो लोग समस्तीपुर जा रहे हैं उन्हें मेल से जाना चाहिए। छपरा स्टेशन पर गाड़ी पन्द्रह मिनट रुकती है। यह गाड़ी कल ठीक दो बजे बनारस कैंट स्टेशन पर पहुँच जाएगी।''

इस व्यक्ति की 'घुलन-शक्ति' को देखकर मैं दंग रह गया। ऐसे ही आदमी को शायद 'टमाटर-टाइप' का व्यक्ति कहते हैं–आलू, मटर, सेम, गोभी, मछली, मांस जिसमें जी चाहे मिला दीजिए, रंग और स्वाद दोनों चोखा। मैं जानता था कि 'सूचना'-समाप्ति के बाद इन्हें फिर कचनारजी तथा उनकी 'अबोली' की याद आएगी और तब इतमीनान से मुझे कहानी की 'प्लौटिंग...।

अगला स्टेशन आया और वे खिड़की से गरदन निकालकर 'एक आदमी' को ढूँढ़ने लगे। गाड़ी खुली तो बोले, ''नहीं आया। अभागा है। सोचा था, मिल जाएगा तो आपसे मिला दूँगा। चलिए...।''

वे बर्थ पर अब 'अर्धासन' लगाकर, यानी एक पैर को मोड़कर, दूसरे को लटका कर, बैठ गए। फिर धोती को घुटने तक सरकाकर जाँघ पर इस तरह उँगलियाँ फेरने लगे मानो सितार के तार मिला रहे हों। मैंने समझ लिया, अब इनको इतमीनान हो गया। किन्तु उनकी इस हरकत को देखकर बंगालिन मायजी

ने अपनी पुत्री से कुछ कहा और मुँह फेरकर बैठ गई। मायजी के 'कत्ता' ने, भद्र या अभद्र, सभ्य या 'ओसोब्बो' किसी शब्द का उच्चारण करके मुँह को संकुचित किया। ऊपर बर्थ पर लेटे सज्जन ने सिगरेट सुलगाते हुए कहा, ''टेर्रिबल !'' तब उनको हठात किसी बात की याद आई। सामने बैठे हुए मौलवी साहब ने पूछा, ''आप लोग इन्हें नहीं पहचानते? इनसे परिचय नहीं?''

'इन्हें' कहकर उन्होंने मेरी ओर इशारा किया। मौलवी साहब ने तस्बीह पर उँगलियाँ फेरते हुए नकारात्मक ढंग से गरदन हिलाई तो इन्होंने बंगाली बाबू से यही सवाल किया। और हर बार एक ही जवाब सुनकर उनके चेहरे पर अचरज की रोशनी और कंठनली में ताज्जुब-भरी आवाज बढ़ती गई। जब ऊपर बर्थ वाले सज्जन ने भी 'नहीं' कह दिया तो उनके मुँह से एक चीख-सी निकल पड़ी–''हद है, हद है!''

मैं उन्हें कचनारजी की 'अबोली' की याद दिलाकर अपनी ओर मुखातिब करना चाहता था। किन्तु उनके सिर पर तो अचरज और दुख का पहाड़ गिर चुका था। बोले, ''हद है ! यानी आप लोगों को यह भी नहीं मालूम कि आपके साथ कितना बड़ा कवि यात्रा कर रहा है? धन्य हैं आप लोग और धन्य है हमारा यह भारत देश!''

इस बार उन्होंने मेरी ओर देखा तो मुझे मौका मिला। मैंने कहा, ''आप क्यों नाहक इस तरह परीशान...।''

''नाहक परीशान?'' उन्होंने कहा, ''अरे, इतने बड़े कवि के साथ लोग बगैर जान-पहचान के मुफ्त में सफर करें और...।''

बंगालिन मायजी के 'कत्ता' महाशय ने कुढ़कर कहा, ''आपका बड़ा-कोबी को जामा पर एक नेमप्लेट लिखकर टाँगाय लेने को बोलिए ना?''

किन्तु मौलवी साहब ने शराफत से पूछा, ''इनकी तारीफ?''

''अजी साहब! तारीफ तो इनकी कविता सुनने के बाद आप खुद कीजिएगा। पहचान लीजिए...देख लीजिए ए साहब...आप ही हैं प्रसिद्ध कवि श्री निर्झरणीजी, 'परिपालनैं' के लेखक...।''

यहाँ पर मैंने अपने तथा अपनी किताब के बिगड़े हुए नामों को सुधारने की चेष्टा की–''जी, निर्झरणी नहीं, मेरा नाम निर्झर है और किताब का नाम है, परिप्लावन...।''

उन्होंने मुझे बीच में ही काटते हुए कहा, ''एक ही बात है। आप कृपया चुप रहिए।... तो सुनिए साहब! इनकी कविता सुनिएगा तो आपका हृदय विगलित हो जाएगा। इनकी किताब पढ़िएगा तो आपका कलेजा मुँह में आ जाएगा। समझे?''

बंगालिन मायजी बोली, ''तबे थाक बाबा। काज नेई एरकम कोबिता सुने।''

किन्तु डेली-पैसेन्जरी करनेवाले यात्री, दो-चार स्टेशन तक खड़े-खड़े सफर करने वाले नौजवानों ने फरमाइश शुरू कर दी–''तो हो जाय एकाध कविता।...हम अपना हृदय विगलित करवाने को सहर्ष तैयार हैं।''

ऊपरवाले बर्थ पर सोये हुए सज्जन दक्षिण भारतीय थे। अतः उन्होंने मुझसे मेरी किताब के नाम का मतलब अंग्रेजी में पूछा। और यहीं बात एक झटके के साथ दूसरी ओर मुड़ गई। मेरे मेहरबान ने घनघोर विरोध के स्वर में कहा, ''आप भी साहब खूब हैं! यह अपमान...!''

मैं कुछ कहूँ, इसके पहले ही कम्पार्टमेंट में भाषा और प्रांत और जाति और सभ्यता तथा संस्कृति के नाम पर एक 'खंडयुद्ध' की तैयारी शुरू हो गई। यदि बंगालिन मायजी बीच में नहीं पड़तीं तो अंततः किसी का सिर 'अखंड' नहीं बचता। उन्होंने अपने 'कत्ता' महोदय को समझाया–''मिछे-मिछे झगड़ा कोरे की लाभ? तुमी चुप थाको।'' फिर मेरे मित्र से बोली, ''बाबा, जेतना भाषा है...सोब भालो भाषा है। आसल चीज है–भालोबासा। लेड़ाई-झगड़ा करने से...।''

मेरे मित्र महोदय शायद 'भालोबासा' का मतलब समझते थे, इसलिए तुरत ठंडा हो गए। अब उनकी बोली बदल गई–''माताजी! हामी भालोबासा का माने खूब भालो बूझी। बांगला-भाषा मधु से भी जास्ती मिस्टी आछे, किन्तु...।''

किन्तु गाड़ी एक दूसरे जंक्शन-स्टेशन पर आकर लगी और बंगालिन मायजी अपने 'कत्ता' और पुत्री के साथ उतर गईं–''ए कम्पार्टमेंटे थाका निरापद नेई।''

डब्बे में नये यात्री आए और मेरे मित्र ने उन्हें मेरी ओर दिखलाकर पूछा–''आप पहचानते हैं?...नहीं?...पहचान लीजिए, आप ही हैं...।''

मैंने उन्हें बुलाकर नाराज होते हुए कहा, ''आपने यह क्या शुरू किया है?''

उन्होंने हाथ जोड़कर नम्रतापूर्वक कहा, ''मैं अपना कर्तव्य-पालन कर रहा हूँ। आपकी नहीं, अपने साहित्य की सेवा कर रहा हूँ। आप कृपया चुप रहें। अच्छा, भोजन कीजिएगा तो? यहाँ भोजन बढ़िया देता है।''

मैं मना करता रहा। वह लपककर गए और दो थाल का ऑर्डर दे आए। भोजन करते समय उन्हें फिर कचनारजी की याद आई। मुँह का कौर चबाते हुए बोले, ''कचनारजी कह रहे थे कि 'परिपालन' का यदि अंग्रेजी में 'टंसलेसन' हो जाए तो तुरत 'नौभेल पुरस्कार' मिल सकता है। तो क्यों नहीं करवा लेते हैं? अब तो 'स्वदेसी नौभेल प्राइज' भी मिलने लगा है, लोगों को!''

जब बैरा बिल लेकर आया, वह पान लाने के लिए प्लेटफार्म पर चले गए थे। थोड़ी देर के बाद साथ में एक कंडक्टर गार्ड और पैसेंजर साहब को लेकर

लौटे और दरवाजे के पास से ही मेरी ओर उँगली दिखलाकर कहने लगे, ''देखिए, कोई कह सकता है कि यही 'परिपालन' के प्रसिद्ध कवि श्री निर्झरणीजी हैं! ऐसे ही लोगों को देखकर किसी शायर ने कहा होगा कि 'इस सादगी पर कौन ना मर जाय ए खुदा...।' है कि नहीं?''

हालाँकि, साँझ के साढ़े सात ही बजे थे, किन्तु इनसे पिंड छुड़ाने का मुझे एक ही उपाय सूझा। मैं लम्बी तान सो गया। अब वे कम्पार्टमेंट के हर व्यक्ति को जोर से खाँसने और हँसने और बोलने से मना करने लगे—''सिः सिः! जोर से मत बोलिए। जानते नहीं, यह कौन सोए हैं? नहीं 'मालूम'? अजी, यही हैं...।''

मेरे जी में अब बार-बार एक विचार जोर पकड़ने लगा कि उठकर उन्हें अंग्रेजी में अच्छी तरह डाँटकर झगड़ा मोल ले लूँ। किन्तु तुरन्त खयाल हुआ कि तब चुप रहने के बदले वह हर स्टेशन पर 'मुर्दाबाद-जिन्दाबाद' के नारे लगाकर भीड़ जमा करने लगेंगे।

आखिर, गलत परिचय और झूठी तारीफ करते-करते जब वह थक गए, तो ऊपरवाले बर्थ पर जाकर सोने की तैयारी करने लगे। मौलवी साहब ने अपने लड़के को हिदायत दी—''म्याँ, जूते सिरहाने में रखकर सोओ।''

जब मेरे मित्र की नाक बजने लगी तो मैं उठ बैठा। बंगालिन मायजी से मुझे एक प्रेरणा मिली थी। तय किया कि बरौनी जंक्शन स्टेशन पर चुपके से उतर जाऊँगा। फिर सुबह किसी गाड़ी से पटना...। गाड़ी बरौनी पहुँची। (उन दिनों राजेन्द्र पुल नहीं बना था।) मैं चुपचाप अपना बिस्तर और बैग लेकर गाड़ी से उतर पड़ा। उतरते समय मेरा कलेजा धड़क रहा था कि यदि इनकी नींद टूट गई तो फिर खैर नहीं। जब गाड़ी चल पड़ी तो मेरी अवस्था सहज हुई। वेटिंग-रूम के एक कोने में बिस्तर बिछाकर लेटा तो महसूस किया कि अब जाकर दिल और दिमाग सही-सही काम कर रहे हैं।

कोई मधुर-मनोहर-सा सपना देख रहा था कि किसी ने झकझोरकर मुझे जगा दिया। आँखें खोलकर देखा : सुबह की सुनहली धूप के साथ ताम्बूल-रंजित दंत-पंक्तियों से छनकर आती हुई मेरे मित्र की मुस्कुराहट चारों ओर बिछी हुई है। मैं आँखें मलने लगा, शायद सपना हो। मगर फिर आँखों को खोलकर देखा—नहीं, सपना नहीं। यह वही अपना...।

वे ठठाकर हँस पड़े—''हें-हें! आप भी खूब हैं! बरौनी को सोनपुर समझकर उतर गए? है न? उधर सोनपुर में मेरी आँख खुली तो मद्रासी ने कहा—आपका ग्रेट-पोयट तो उधर में ही उतर गया। सो लौटती गाड़ी से आ गया कि आपको कहीं कोई कष्ट न हो।''

मैं हड़बड़ाकर उठा। बिस्तर समेटकर बगल में दबाया और वेटिंग-रूम के बाहर भागा। सामने खड़ी गाड़ी सीटी देकर खुल चुकी थी। जो डब्बा सामने मिला, उसी में सवार हो गया। किन्तु मेरे मित्र चलती गाड़ी पर सवार होने में मुझसे ज्यादा माहिर थे। वे बोले, ''मगर यह गाड़ी तो उधर ही जा रही है, जिधर से हम आए हैं।''

मैंने कुढ़कर कहा, ''जी हाँ, उधर ही जाना है।''

''क्या? पटना नहीं जाइएगा ? हें-हें...मैं समझ गया। कवियों के मूड का क्या ठिकाना, जब जिधर जी चाहा, चल दिए। है न ?''

मैंने कहा, ''जी हाँ। मगर आप तो महाकवि मा़लूम पड़ते हैं!''

वह दाँत निपोड़कर बोले–''आखिर एक दिन और एक रात के बाद ही सही, आपने मुझे सही-सही पहचाना तो। हें-हें...यदि महाकाव्य लिखनेवाले को महाकवि कहते हैं तो...मैंने हाल ही में एक महाकाव्य लिखकर समाप्त किया है।''

मैं अवाक् होकर उनकी ओर देखने लगा तो वे तनिक दुख और नाराजगी जाहिर करते हुए रुआँसी आवाज में बोले, ''मैं कल से ही आपकी प्रशंसा करता रहा, सभी अपरिचितों को आपका परिचय देता रहा। किन्तु आपने एक बार भी मुझसे मेरा परिचय तक नहीं पूछा!''

टाट की झोली से उन्होंने एक मोटी कापी निकाली–''यह रहा मेरा महाकाव्य। यों इसे कचनारजी को समर्पित करना चाहता था, किन्तु वह तो 'उपनियाँस-लेखक' हैं, सो भी लघु-उपनियाँस-लेखक...अब आप मिल गए हैं। तो यह आपके ही कर-कमलों में सादर...।''

मैंने कापी अर्थात उनके महाकाव्य को हाथ में लेकर देखा। मोटे अक्षरों में लिखा हुआ था–गुनगुनायन... एक बेतुकांत महाकाव्य...रचीता...श्री भैंरो प्रसाद 'भौंरा'।

उन्होंने मेरे हाथ से कापी लेकर मौखिक भूमिका शुरू की–''यों देखने में तो यह बेतुकांत छन्द में बद्ध रचना-सी लगती है...एक सर्वथा नवीन प्रयोग, कि हर शब्द पर यानी हर अक्षर पर अनुस्वार लगाया गया है। किन्तु काव्य और छन्द गुनगुनाने के लिए इससे बढ़िया टटका प्रयोग क्या हो सकता है? सुनिए–

''हँर कलीं में सों रहाँ हैं भौरें का मँधुर गाँन–
आँज मैं जँगा रहाँ हूँ सुँप्त ताँन गुँप्त गाँन
गुनगुनगुन मँधुर-मँधुर
अँमर मेरें गींत सुनों
सँमर कों हों जाँओं तैंयार देंश कें जँवान।''

मैंने देखा, महाकवि 'भौंरा' के मित्रों का दायरा काफी लम्बा-चौड़ा है। टिकट-कलक्टर से लेकर डाइनिंग कार के बैरे-बावर्ची तक उनकी कविता के प्रेमी हैं। अगला स्टेशन आते-आते एक 'रनिंग-कवि-गोष्ठी' जम गई और रास्ते-भर उनके 'गुनगुनायन' का सानुनाषिक-पाठ श्रवण करता हुआ जहाँ से चला था, वहीं वापस आ गया।

लेकिन यह कैसे कहूँ कि इस यात्रा में मुझे कुछ लाभ नहीं हुआ?

प्रजा-सत्ता

''नहीं, अब लाज-लिहाज और डर के मारे चुपचाप नहीं रहा जा सकता।''

अजीब बात! आदमी की उम्र बढ़ती है तो सुनते हैं, काम-वासना धीरे-धीरे घटती ही जाती है। यहाँ उलटी बात देख रहा हूँ...बढ़ती ही जाती है!

''अभी छत पर कौन जा रही है? विमला? छोटकी को ले जा रही होगी ऊपर, टट्टी करवाने। ऊपर नहीं जा सकी। सीढ़ी पर ही...।''

पूछता हूँ, ''छोटकी का पेट फिर गड़बड़ाया क्या?''

विमला के सिर में दर्द है, शायद। या नींद से माती हुई है? या माँ ने मारा है ? फिर पूछता हूँ–''कौन है? विमली! बोलती क्यों नहीं?''

छोटकी का 'लीवर' फिर खराब हुआ। दुर्गन्ध से ही जान गया। विमला ने फिर कोई जवाब नहीं दिया। छोटकी को डाँटने लगी–''और खाओ ठूँसकर तिलकुट!''

विमला माँ की बेटी है। निर्मला, अमला, सरला, कमला और यह छोटकी (पता नहीं, क्या नाम रखा है!) सभी बाप की बेटियाँ हैं।...पाँचू बाबू बंगाली ठीक ही कहते हैं–''अरे रामप्यारे ! तुम्हारा बाप तो बंगाली को भी मात कर दिया। ओरे बाबा–छै-छै ठो लेड़की!''

ऐसी बातें जब कोई कहता है तो उस पर गुस्सा नहीं आता। इन पर–बूढ़े-बूढ़ी पर–जी कुढ़ जाता है।...आदमी को खुद समझना चाहिए।

बाबूजी दारू पीते हैं। नशे में आदमी जानवर हो जाता है। लेकिन माँ!... हाँ, माँ भी 'ड्रिंक' करती है। दोनों जानवर!...घर में चार-चार जवान बेटियाँ हैं। एक आठ साल की कमला और एक दो साल की छोटकी। तिस पर पता नहीं फिर... आदमी को खुद सोचना चाहिए। कौन समझाए किसको!

कल परिवार-नियोजनवाला एक बड़ा पोस्टर लाकर घर की दीवार पर चिपका दूँगा। खजांचीबाग सेन्टर में 'लूप' लगाने का खास इन्तजाम किया गया है। उस

रास्ते से गुजरते समय रोज देखता हूँ, देहात से आई हुई औरतों की भीड़ लगी रहती है। और इन्हें जरूरत ही नहीं...।

जब से मेरी स्त्री–नवादावाली–मरी है, माँ को एक मौका मिल गया है। डॉक्टरों और नर्सों के नाम से ही चिढ़ती है। पड़ोसियों को सुना-सुनाकर कहेगी– 'मैं पहले से ही मना कर रही थी कि लेडी डाक्टर और अस्पताल के चक्कर में मत पड़ो, बबुआ! मगर बबुआ ने नहीं माना। हम क्या बोलते? जिसका आदमी, उसकी मरजी। बस, तुरत रिक्सा मँगवाकर दोनों प्राणी तैयार। वहाँ डाक्टरनी बोली–पेट चीरकर बच्चे को निकालना होगा। आपरेसन का रुपया लगेगा। खून लगेगा...।'

...विमला फिर कहाँ आ रही है?

''भैया, दियासलाई दो।''

''क्या होगी दियासलाई?''

''छोटकी के लिए दूध बनेगा।''

''छोटकी का पेट चल रहा है और दूध पिएगी?''

''माँ कहती है...।''

विमला को मेरी स्त्री बहुत 'मानती' थी। मेरी स्त्री से दो-तीन साल छोटी होगी विमला। यदि ससुराल में बसती होती तो अब तक माँ बन चुकी होती। लेकिन बाबूजी और माँ के चलते ही विमला को ससुराल का सुख नसीब नहीं हुआ और न होगा। बिना कुछ समझे-बूझे या पूछताछ किए (शायद नशे में ही) बिहारशरीफ के एक 'फोकट दलाल' साहूकार के 'नामर्द' लड़के को एक सौ एक रुपये तिलक दे आये। सात दिन बाद ही शादी हुई और जब शादी हो गई तो मालूम हुआ कि विमला के घरवाले को...।

विमला दियासलाई लेकर चली गई तो मुझे 'मिल्क सप्लाई' के उस लौंडे की याद आई जो कान में 'इतर' का फाहा खोंसकर आता है। बोतल देते और लेते समय विमला को देखकर मुस्कुराता है। मैंने कई दिन 'मार्क' किया है। जिस दिन विमला के बदले निर्मला या अमला होती है, उसका चेहरा उतर जाता है। इधर-उधर देखता है...लेकिन, विमला को क्या कहूँ! माँ हमेशा विमला को ही दूध लेने के लिए नीचे भेजती है। कहेगी, 'विमला! कल 'संकरात' है। माधो से कहना, कल एक बोतल दूध फाजिल चाहिए।'...माधो दो बोतल फाजिल दे जाता है।

इसी दूध को लेकर नवादावाली से यानी मेरी स्त्री से पहली बार माँ ने झगड़ा किया था। जिस दिन मेरी बहू घर में आई, माँ एकदम बदल गई।...याद है, पहली बार का झगड़ा। रात में दुकान से लौटा तो देखा, दहलीज

के सामने जमीन पर दूध की बोतल लुढ़की पड़ी है–दूध फैला हुआ। बिल्ली चाट रही है।...नवादावाली घर के अन्दर सिसकियाँ लेकर रो रही थी। बाबूजी बड़बड़ा रहे थे–''अभी आये हुए तीन महीने भी नहीं हुए और अभी से घर फोड़ने की तैयारी !''

माँ कह रही थी–''यह आज आई है दूध पिलाने ! इतने दिन तक रामप्यारे पानी पीकर रहता था! जिसने छाती का दूध पिलाकर इतना बड़ा किया, वह अपने बेटे को दूध में पानी मिलाकर देती है ! आज पराये की बेटी आई है मेरे पेट के बेटे को दूध पिलाने...!''

इसके बाद माँ ने कहा था, ''कल से अलग दूध का बोतल ही नहीं, मक्खन की टिकिया लेकर खिलाओ। घरवाले को जोर होगा तो जोर-जोर से कमर चलायेगा...।''

माँ को जरा भी लाज नहीं आई ! मैं लाज और गुस्से से थर-थर काँपने लगा था।...मैंने ही नवादावाली से कहा था कि आजकल दूध एकदम फीका 'पनसाह' लगता है। मैं माँ से भी कहना चाहता था कि सचमुच इधर दूध अच्छा नहीं आ रहा है। लेकिन, किसी से कुछ कहने के पहले मैं अपनी सिसकती हुई स्त्री को लात और घूँसे से मारने लगा। वह चिल्ला-चिल्लाकर रोने लगी। विमला दौड़ी आई। मैंने जोर से दरवाजा बन्द कर लिया और फिर पिटाई शुरू की। मारते समय मेरे मुँह से उसकी माँ और बहन के नाम की भद्दी-भद्दी गालियाँ अपने-आप निकलने लगीं...।

सारा मुहल्ला जग गया। औरतें पूछने लगीं और माँ दो बजे रात तक रो-गाकर किस्सा सुनाती रही।

नवादावाली चौकी के नीचे बैठी बहुत रात तक हिचकियाँ लेकर रोती रही। जब चारों ओर सन्नाटा छा गया, मैं उसे मनाने लगा। वह मेरा हाथ झटककर बैठी रही। मैं उसकी पीठ पर हाथ फेरकर सहलाने लगा। वह मेरी गोदी में मुँह छिपाकर रोने लगी। मैंने उसके आँसू से भीगे और मार से लाल हो गए गालों को चूमा। जहाँ-जहाँ मारा था उन जगहों को चूमता रहा।...माँ की बात रह-रहकर कानों के पास गूँजने लगी–'जोर-जोर से कमर चलायेगा! आज आई है दूध पिलाने!'

नवादावाली मान गई थी। उसने देह ढीली कर दी। मैंने उसके कान में धीरे-से कहा था, ''मैं अलग दुकान करूँगा।''

''मुझे नवादा भेज दो।''

''नहीं। तुमको मैं अपनी आँखों से एक पल के लिए भी ओझल नहीं होने दूँगा। कभी नहीं...कभी नहीं...।''

उस रात की बात कभी नहीं भूल सकूँगा। गौने के बाद वह पहली रात थी जब स्त्री का वैसा सुख मुझे मिला। हर रात की तरह नवादावाली पैरों के बजनेवाले

कड़े-छड़े उतारना चाहती थी। मैंने ऐसा करने का मौका ही नहीं दिया। वह चौकी से नीचे उतरना चाहती थी।...घर में कई खाट-पलँग हैं। लेकिन हमें यह चरमरानेवाली चौकी ही दी गई थी (शायद जान-बूझकर ही), इसलिए हमें समय पर नीचे उतरना पड़ता। उस रात मैंने उसको चौकी से नहीं उतरने दिया। जान-बूझकर ही!...मैं किसी से डरता नहीं!...लाज की क्या बात? जब बूढ़े-बूढ़ी को लाज नहीं, तब हम तो जवान-जहान हैं।...पैरों के कड़े-छड़े ही नहीं, हाथ की चूड़ियाँ भी बजती हैं। उसके रोम-रोम से सुख-दर्द-भरी सिसकियाँ निकलने लगीं।...मैंने पहली बार जाना कि मेरी देह में इतनी ताकत है! लाज और डर का मारा आदमी कभी सुख पाएगा?

दूसरे दिन सुबह को मैंने मार्क किया, माँ का चेहरा लटका हुआ था।...हारी हुई बिल्ली की तरह माँ ने खम्भा नोंचना शुरू किया था। विमला से लेकर कमला तक की पिटाई करने के बाद बड़बड़ाने लगी। अपनी बेटियों को गालियाँ देने लगी—"जान से मार डालूँगी, गले पर लात चढ़ाकर, एक-एक को।...हरजाई सब! क्या समझ लिया है? अब इस घर में कौन रहेगा? यहाँ तो अब 'कलब' का खेला होने लगा। न लाज, न लिहाज है। हे भगवान, ऐसा न कभी देखा, न कभी सुना!... मुहल्लेवाले थू-थू करते हैं।"

बाबूजी हारे हुए सिपाही की तरह बैठकर दातौन कर रहे थे। जीभी से जीभ को साफ करते समय जोर-जोर से 'उकासी' करते हुए बोले—"ठीक तो है। अब पैसा खर्च करके सिनेमा क्यों देखने जाएगी; घर बैठे ही 'डानस' देखो...।"

माँ महीने में तीन-चार बार सिनेमा देखती है। पान और सिनेमा की आदत बहुत पुरानी है। रोज पचास बीड़े पान खाती है। बाबूजी मछली के बिना एक कौर मुँह में नहीं डाल सकते। कहते हैं, मछली खानेवालों के बच्चे ज्यादा होते हैं। बच्चों में भी, लड़कियाँ! सात बहनों में एक बहन जन्मते ही—सौरघर में ही—मर गई। छह बहनों में विमला और निर्मला की शादी हुई है।...निर्मला का गौना नहीं हुआ है। लेकिन उसका दूल्हा जब आता है, निर्मला के साथ सोता है। मुझे यह जरा भी पसन्द नहीं। मगर माँ चाहती है। और खुद निर्मला को कमरे में ठेल आती है।...निर्मला के दूल्हा से माँ 'मुँहामुँही' बतियाती ही नहीं, हँसी-दिल्लगी भी करती है। साथ में सिनेमा जाती है। कहेगी—'लजाने की क्या बात? जैसा बेटा रामप्यारे, वैसा ही रामबिलास!'

हुँ! वैसा ही रामबिलास! बिलसवा साला इतना बड़ा हरामजादा है कि एक दिन विमला को 'मोलेस्ट' कर दिया। विमला रोने लगी तो माँ ने हँसकर कहा, "हँसी-दिल्लगी में भी रोती है?"...हँसी-दिल्लगी नहीं, रामबिलास मुँगेर के बड़े साहूकार का बेटा है। बीड़ी कम्पनी और गल्ले की आढ़त है। उसके दो छोटे भाई

हैं। और माँ को विश्वास है कि उसके भाइयों से अमला और सरला की बात पक्की हो जाएगी–रामबिलास चाहे तो...।

इसलिए रामबिलास जो चाहता है, करता है। बाबूजी भी चुप लगा जाते हैं। मैं भी कुछ नहीं बोलता। सुना है, नई गाड़ी खरीद रहा है। खरीदेगा नहीं भला? अनाज का व्यापारी है। कंकड़-पत्थर के पैसे हैं। माँ अभी से रामबिलास की गाड़ी पर चढ़कर बनारस-प्रयाग जाने का प्रोग्राम बना रही है।

माँ जब बनारस या कोई 'तीरथ' करने की बात करती है, मुझे 'बिल्ली चली हज' वाली कहावत याद आती है।...बेचारी नवादावाली ! सोनपुर मेला देखने की लालसा मन में लेकर ही चली गई!

मैं जानता हूँ, माँ जब तीरथ पर जाएगी–विमला को भी ले जाएगी! नहीं तो छोटकी की 'आयागिरी' कौन करेगी? दिन-रात पिपहीबाजा की तरह रोती रहती है और पेट-मुँह हमेशा चालू...!

और विमला यदि गई माँ के संग, वह साला बिलसवा 'तीरथ' में कहीं-न-कहीं विमला को–माने 'क्रिमिनली-एसाल्ट' करेगा!...इसके बाद कहीं कुछ हो गया तो मरूँगा मैं। बूढ़े-बूढ़ी को क्या है? न लाज–न धरम !...मिल्क-सप्लाई का छोकरा साला गुंडा है। यदि इसी तरह हर 'संकरात' और एकादशी और पूर्णिमा को एक बोतल फाजिल दूध वह देता रहा तो किसी दिन विमला को लेकर भाग भी जा सकता है।...सिर्फ दूध ही नहीं, आजकल माँ के लिए एक दिन बाद एक 'ढोली' मगही पान भी ले आता है, हरामी!

अभी कौन जगा? किस कमरे का दरवाजा खुला? सीढ़ी से ऊपर कौन आया? नीचेवाली बेवा बंगालिन ऊपर क्यों आई? यह औरत भी एक ही 'छटी' हुई है; अपने को पूरब बंगाल की कहती है। बड़ी चालू! सिंदूर लगाकर सधवा हो जाती है और अपने बीमार पति के लिए चंदा उगाहती फिरती है। फिर दूसरी बार चंदा करने निकलती है सिंदूर पोंछकर–पति के मरने पर! तीसरी बार लड़की की शादी कराने के लिए...दो बेटियाँ हैं। बड़ी की दो बार शादी करा चुकी है। दोनों बार एक सप्ताह स्वामी के साथ रहकर भाग आई उसकी लड़की। लेकिन दोनों बार मुकदमा जीत गई। पिछले साल से हम लोगों के नीचेवाले कमरे में रहती है। माँ से दो बार लड़ चुकी है। मुझसे छिपकर बात करती है। जब बाबूजी दुकान पर नहीं रहते हैं, वह अपनी बेटी के साथ पहुँच जाती है।...कह रही है, बड़ी को रख लो, माने शादी कर लो। छोटी लड़की ने मुझे उस दिन 'जमाय बाबू' कहकर पुकारा तो उसकी माँ और बड़ी बहन हँस पड़ीं।...उसकी माँ कह रही थी–'दू-दू बार शादी हुआ तो क्या! लड़की किसी के साथ सोई ही नहीं...!'

यह कहाँ आई थी इतनी रात को? किसके साथ गप करके– फिसफिसाकर– चली जा रही है? धीरे-से सीढ़ी पर इसे जाकर पकड़ूँ। कह दूँ–तुम्हारी बेटी से अभी शादी करेगा हम? नहीं, चुपचाप रहना ही ठीक होगा। लो, साली सीढ़ी पर फिसलकर लुढ़क गई शायद। बंगला में कोई गाली दी उसने! किसको?

लेकिन ससुरी आई थी कहाँ? अब कौन जा रही है सीढ़ी पर से नीचे? टोकूँ? नहीं, चुप रहना ही अच्छा है। आज माँ ने जरूर 'ड्रिन्क' किया है। जिस दिन माँ सिर 'टीपने' के लिए बाबूजी के कमरे में शाम से बन्द रहती है, सभी जानती हैं, यहाँ तक कि छोटकी भी जानती है कि उस दिन माँ पर कोई प्रेतनी आकर सवार हो जाती है। बाबूजी चार बजे भोर तक के लिए एकदम बेहोश हो जाते हैं। माँ जब तक जगी रहती है, घर में कुहराम मचा रहता है। लड़कियाँ हर बात में मार खाती हैं। छोटकी (पता नहीं, क्या नाम रखा है उसका!) रात-भर रोती रहती है। विमला उसे 'आ-हा, ओ-हो, आ रे तोता, आ रे मैना' गा-गाकर सुनाती खुद सो जाती है। जरा भी आँख लगी कि छोटकी समझ जाती है और जोर से चीखने लगती है। इस पर भी विमला नहीं जगी तो माँ लात से मारकर जगाती है। कभी-कभी छोटकी के साथ विमला की 'रुलाई' भी सुनाई पड़ती है...।

सीढ़ी की रोशनी जली। किसके गले की आवाज?...लो, यह साला नाम लेते ही पहुँच गया–बिलसवा! इसीलिए, आज माँ की नींद खुली है! अभी कोई मर भी जाता तो माँ नहीं उठनेवाली थी। तो नीचे की बंगालिन 'जमाई बाबू' के आने की सूचना ही देने आई थी? मैंने समझा कि 'घर-भाड़ा' के बारे में कुछ कहने के लिए आई है।...पिछले छह महीने का किराया मैंने कबूल लिया है कि मैं पा गया।...छोटकी ने अब छत फोड़नेवाली आवाज में रोना शुरू किया। विमला उसको लेकर बाहर निकली। विमला को मना कर दूँ–रामबिलास से बोलना-बतियाना मत! अभी पीकर 'डाउन' होगा। नहीं, चुप ही अच्छा...!

नहीं, अब चुप रहना ठीक नहीं; अब कुछ करना होगा। बाबूजी की नाक जोर से बज रही थी। जी करता है, जाकर नाक में 'सुड़सुड़ी' लगा दूँ। लेकिन कुछ करो, अभी आँख नहीं खोलेंगे। मुझे आज कुछ करना ही होगा। मैं माँ के साथ विमला को नहीं जाने दूँगा।...मिल्क-सप्लाई से दूध लेना बन्द कर दूँगा। बाबूजी से कल साफ-साफ कह दूँगा–अब बरदाश्त नहीं कर सकता !

मैंने तभी पुकारकर कहा, "विमला! पाहुन को बगलवाले कमरे की चाबी दे दो। और तुम लोग अपने कमरे में जाओ!" बिलसिया साला न जाने क्या-क्या बेबात की बात बोल रहा था। चुप हो गया।

बाहर निकलकर देखा, माँ बाल खोले प्रेतनी की तरह खड़ी चुपचाप देख रही थी और रामबिलास विमला को छू-छूकर दिल्लगी कर रहा था।

मैंने कड़े स्वर में माँ से कहा, ''तुम यहाँ इस तरह खड़ी क्या कर रही हो?''

माँ ने सिर पर कपड़ा लिया और कमरे में चली गई, तुरन्त, डरती हुई! मुझे अच्छा लगा माँ का इस तरह डरना। विमला ने जल्दी-जल्दी दरवाजा बन्द किया। बाहर की रोशनी बुझा दी गई। मुझे यह भी अच्छा लगा। किन्तु इसके बावजूद हुँकारकर कहा, ''मुझे यह सब बेहयाई एकदम पसन्द नहीं!''

विमला ने रोती हुई छोटकी को डराया–''चुप ? भैया मारेंगे!'' छोटकी तुरन्त चुप हो गई। माँ ने कहा, ''मेरे पास आयेगी छोटकी?'' छोटकी पिपही की तरह रोती हुई बोली, ''हाँ-आँ।'' माँ ने उसे अपने पास बुला लिया। माँ के पास जाते ही 'टन-टन' कर बतियाने लगी छोटकी। मैंने आज जाना कि छोटकी बोलना भी जानती है! बहुत मीठी बोली है छोटकी की! माँ ने पूछा–''तुम्हारे भैया का नाम क्या, छोटकी?'' उसने तुतलाकर मेरा नाम भी ठीक ही बताया। मुझे बहुत अच्छा लगा।

छोटकी से बोलती-बतियाती माँ सो गई, शायद। छोटकी भी सो गई। खिड़की से झाँककर देखा, मद्धिम रोशनी में...माँ चित्त सोई है। उसकी छाती पर छोटकी सो गई है, दूध पीती हुई!...गौर से देखा, छोटकी की ललाट मेरी ही तरह है और उसका चेहरा मुझसे मिलता-जुलता है।...मैं भी इसी तरह माँ की छाती पर सोया होऊँगा कभी।...कितनी अच्छी है मेरी माँ!

कल माँ को सिनेमा दिखाने ले जाऊँगा। सिनेमा ही नहीं, 'तीरथ' मैं ही ले जाऊँगा। माने, बिलसवा के साथ नहीं जाने दूँगा। नहीं, नहीं, हरगिज नहीं!

सभी सो गये? अब मेरा मन बार-बार सीढ़ियों से उतरकर उस कमरे के दरवाजे पर 'ठक-ठक' करना चाहता है जिसमें दो-दो मर्दों को धोखा देकर भाग आई जवान लड़की सोई हुई है...!

मैं सीढ़ियों से नीचे उतर रहा हूँ–चोर की तरह नहीं, एकदम निडर होकर। सिगरेट सुलगाया। खखासकर गला साफ किया।...मैं चाहता हूँ कि माँ, बाबूजी, विमला, सभी जानें कि मैं नीचे के उस कमरे में जा रहा हूँ...।

आत्म-साक्षी

भात की हाँड़ी से उबले हुए आलुओं को निकालकर छील रहा था गनपत, कि बाहर किसी ने खखासकर अपने आने की सूचना दी–सूचना नहीं, चेतावनी। उसने पूछा, ''कौन है?''

''कौन हैं अन्दर? गनपतजी?...इधर ऑफिस में अँधेरा क्यों है? लालटेन दे जाइए इधर।''

गनपत को अचरज हुआ। कॉमरेड बलरामजी कब आए पटना से? और कॉमरेड लोग अभी रैली से लौटे नहीं। बलरामजी कब और कैसे लौट आए?

उसने आलू की टोकरी को थाली से ढँक दिया, और लालटेन लेकर बाहर आया।

''लाल सलाम, साथी! कहिए रैली का कुशल-समाचार!''

बलराम का लटका हुआ मुँह देखकर गनपत का हुलसा हुआ मन अचानक बैठ गया। बलराम की विकृत मुख-मुद्रा को देखकर उसका जी धड़का।... लक्षण अच्छे नहीं।

''ऑफिस खोलिए जरा।''

गनपत ने मन-ही-मन कहा, 'जरा क्यों! पूरा ही खोल देता हूँ। मुँह-नाक इस तरह सिकोड़कर क्यों बतियाते हैं?'...पटना एक बार पहुँचते ही साथियों को न जाने क्या हो जाता है!

उसने ऑफिस नामक झोंपड़ी का दरवाजा खोल दिया। कई दिन से बन्द कमरे से एक गुमी हुई गंध निकली। लालटेन की रोशनी दो-तीन बार भुकभुकाकर काँपने लगी।

बलरामजी ने अपने मुँह को और भी बिगाड़कर कहा, ''लालटेन में तेल है या पानी? एक चिमनी क्यों नहीं खरीद लेते?''

गनपत को भात की याद आई। ठंडा भात वह नहीं खा सकता। खाते ही

'बाय' उखड़ जाता है। उसने रसोईघर की ढिबरी जलाते हुए कहा, "तेल और चिमनी की बात पूछते हैं कॉमरेड, तो पहले हमको भोजन कर लेने दीजिए, तब जवाब देंगे।...आप चाह-चू पीजिए तो बोलिए, पानी चढ़ा दें। चूल्हे में आग है। पुड़िया में थोड़ी पत्ती और कागजी नींबू भी है।"

चूल्हे पर अलमूनियम की काली देगची चढ़ाकर गनपत ने जलावन को धधकाया, और आलू निकालकर छीलने लगा।...आलू का भुर्ता और गरम-गरम भात! गनपत के लिए इससे बढ़कर लोभनीय पदार्थ इस संसार में और कुछ नहीं। कुसमी कहती है कभी-कभी, 'भुता खौका मरद!' और गनपत हँसकर जवाब देता है, 'भतार-खौकी!' बलरामजी ने 'खखास'कर चेतावनी दी थी उस समय। यदि अन्दर कुसमी होती उस समय, तो गनपत का चेहरा लाल हो जाता, और वह जोर-जोर से बेवजह कुसमी को डाँटने लगता–'काम करने का मन नहीं है तो छोड़ दो। जैसे तुम्हारा बेटा कामचोर, वैसी ही तुम।' कुसमी हँसती हुई, घूँघट के नीचे से जवाब देती...।

भुर्ता बनाते समय गनपत को आज के अखबार में पढ़ी हुई बात याद आई– 'हमारे जवानों ने दुश्मनों के टैंकों का भुर्ता बना डाला...।'

तेल, प्याज, मिर्च और धनिया की कतरी हुई पत्ती को भुर्ता में मिलाकर उसने गोला तैयार किया। पीतल की चमचमाती हुई थाली में भात डालते समय भाप की महक उसके तन-मन में समा जाती है। भात की यह ललचानेवाली गंध उसे सबसे पहले सन् तीस में लगी थी–स्वयंसेवक शिविर में। तब से आज तक न जाने कितने आश्रम, शिविर, रैली, सम्मेलन और जेलों के सामूहिक भोजनालयों में गनपत ने पत्तल जूठा किया है, मगर ऐसी गंध क्या हर जगह और हर रोज मिलती है?

तृप्तिपूर्वक पेट-भर भोजन कर लेने के बाद गनपत ने जूठी थाली और जूठे चौके को माँज-धोकर पवित्र किया। सुबह कुसमी आकर चिकनी मिट्टी से लीप-पोत देगी। उसने पुकारकर कहा, "शोभित लाल! भात ले जा रे!"

काठ के बक्स से प्याली निकालकर बलरामजी के लिए नींबूवाली चाय तैयार की गनपत ने। फिर भुने हुए सौंफ की बुकनी मुँह में डालकर, हाथ में चाय की प्याली लेकर वह ऑफिस-घर में आया। सौंफ की बुकनी के अलावा किसी किस्म की लत नहीं है गनपत को। न बीड़ी-सिगरेट पीता है, न पान-तम्बाकू खाता है।

चाय की पहली चुस्की लेते ही बलरामजी का बिगड़ा हुआ मुखड़ा सुधर गया। चमड़े के थैले में कागज-पत्तर डालते हुए बलरामजी ने पूछा, "आप खुद क्यों खाना बनाते हैं? शोभित की माँ क्या करती है?"

गनपत कूट-भरी बोली का मतलब समझता है। अर्थात् तीन रुपये महीना

शोभित को और पाँच रुपये माहवार उसकी माँ कुसमी को किस काम के लिए दिए जाते हैं?

बलरामजी ने दूसरा सवाल किया, "तब?...इधर कुछ चन्दा-फन्दा वसूल हुआ है, या...?"

गनपत ने डकार लेते हुए कहा, "वही तो कह रहा था, कॉमरेड...!"

बलराम ने टोक दिया, "देखिए, आप इस तरह बात-बात में कॉमरेड जोड़कर क्यों बोलते हैं?"

"कॉमरेड को कॉमरेड न कहें तो क्या कहें? और यह कुछ नई बात तो नहीं। सन् तीस से ही जब से 'पाटी' का प्लेज लिया, तभी से कॉमरेड...।"

"तब की बात छोड़िए। आजकल कोई नहीं बोलता।...आपकी बोली सुनकर लोग हँसते हैं, इसी के चलते।"

"इसमें हँसने की क्या बात है?"

"खैर, बहस छोड़िए? आपसे बहस में कौन पार पाएगा? हाँ, तो क्या कह रहे थे आप चन्दा के बारे में?"

"कहना क्या है? पिछले छै महीने से साहू की दुकान का बकाया बढ़ते-बढ़ते ढाई सौ पर पहुँच गया है। जिला रैली के समय टीसन के मारवाड़ी का पचास रुपया बकाया अब तक चुकता नहीं हुआ। पाट के समय चन्दा की उम्मीद थी। मगर भुखमरी के समय कौन माँगता है, और कौन देता है चन्दा? अब धान का समय आया है तो सभी कॉमरेड साथी महीना-भर से 'फिड़ाड़' हैं...।"

बलराम चौंका—"फिरार? कौन है फिरार?"

गनपत मुस्कुराकर बोला, "फिड़ाड़ माने वह फिड़ाड़ नहीं। माने अभी सभी कॉमरेड क्षेत्र से बाहर हैं।"

बलरामजी गंभीर हो गए। उठते हुए बोले, "गनपतजी, आप ठीक कहते हैं। लगता है, सभी अब फिरार हो जाएँगे।"

"मतलब?"

"मतलब आप समझकर क्या कीजिएगा। वह सब 'हाई लेवेल' और 'सिद्धांत की लड़ाई' की बात आप क्या समझिएगा?"

गनपत और कुछ समझे या नहीं, आदमी के मन की बात को पढ़ना जानता है। बलरामजी की बात में उसको एक खास किस्म की 'झाँस' लगी।...आलू के भुर्ते में खराब तेल की गंध?

हाई लेवेल ! बलराम अंग्रेजी पढ़ा-लिखा नहीं है तो क्या? सैकड़ों अंग्रेजी के शब्दों का मतलब वह समझता है। बोलता है—केपिटलिस्ट, बुर्जुआ,

प्रोलेतारियत, कुलक, रिएक्शनरी, गांधियाइट, पीस, पार्टी-लिटरेचर, और भी अनेक शब्द।

बलरामजी ही नहीं, सभी 'नये कॉमरेड' गनपत को तीन कौड़ी का आदमी भी नहीं समझते हैं। अभी साथी जियाउद्दीन या शैलेन्दरजी अथवा गोपालजी होते तो क्या किसी रैली से या मीटिंग से लौटकर इसी तरह मुँह लटकाकर, भौंह चढ़ाकर बातें करके घर चले जाते—बीवी के पास सटकर सोने? ऑफिस सेक्रेटरी बलरामजी का जब से गौना हुआ है, सूरज डूबने के पहले ही ऑफिस बन्द करके घर भाग जाते हैं।

इधर कई वर्षों से गनपत को लगता है कि हर तरफ एक मनहूसियत घनी होकर छा रही है। कहीं किसी के मन में किसी बात के लिए उत्साह नहीं। आखिर यह रोग गनपत की 'पाटी' को भी लग गया? इस बार जिला कान्फ्रेंस में वह जी खोलकर इस सवाल को पेश करेगा।

वह जानता है कि सवाल पेश करने के लिए वह ज्यों ही उठेगा, नवतुरिया कॉमरेड लोग आपस में फुसफुसाकर मुस्कुराने लगेंगे, कपट-खाँसी खाँसेंगे, और कोई-कोई चिल्लाकर कहेंगे, 'कॉमरेड गनपत! यह सवाल कलचरल प्रोग्राम के समय स्टेज पर पेश कीजिएगा।'

"हूँ! स्टेज पर! स्टेज...।"

उँगलियों पर जोड़ने की जरूरत नहीं। गनपत का सबकुछ जोड़ा हुआ है। पैंतीस साल पहले वह सबसे पहले आर्यसमाजी सभा-मंच पर खँजड़ी बजाकर 'अछूतोद्धारवाला गीत' गाने के लिए खड़ा हुआ था।

उस सभा की याद आते ही परबतिया की याद आ जाती है, जिसके हाथ का पानी पीने से जाति मारी जाए, प्रेम में पड़कर गनपत ने 'नीच कुल' की उसी परबतिया के मुँह का 'चुम्मा' लिया था। 'सत्त' किया था—सबकुछ छूट जाए, परबतिया को वह कभी नहीं छोड़ेगा। जाति-समाज के अलावा घर के लोगों ने गनपत को तरह-तरह की यातनाएँ दीं। गनपत ने हारकर आर्यसमाज के मंत्री के पास अरजी दी। लेकिन तब तक परबतिया का बाप परिवारसहित गाँव छोड़कर भाग गया था।

गनपत फिर लौटकर घर नहीं गया, गाँव नहीं गया। माँ-बाप, भाई-बहन, कुटुम्ब-परिवार, गाँव-समाज—सबसे 'नेह-छोह' तोड़कर 'देश' और 'दस' के काम में लग गया। जहाँ कहीं भी सभा होती, गनपत सबसे पहले हाथ में खँजड़ी लेकर गीत शुरू कर देता—'हिन्दुओ! दिल में सोचो-विचारो जरा—अपने भाई से नफरत...।'

और सन् तीस में इसी गीत को गाने के अपराध में वह पकड़ा गया, जेल गया, सजा भोगी। उसी बार जेल में ही सरमाजी की कृपा से वह कॉमरेड हो गया...।

सरमाजी ने उसकी 'टिक्की' को दाढ़ी बनानेवाली 'पत्ती' से कतर दिया था, और जनेऊ को उतारकर पैजामा में फँसा दिया था। और बोले थे, "आज से तुम कॉमरेड गनपत। सिंघ-उंघ कुछ भी नहीं। सिर्फ कॉमरेड...।"

याद है, बावनदास और चुन्नीदास ने मिलकर गनपत को कितना 'धिक्कारा' था! मगर वह टस-से-मस नहीं हुआ। उसने बावनदास को चिढ़ाने के लिए सरमाजी से सीखा हुआ सवाल पेश कर दिया था–"बावनदासजी, चर्खा चलाने और बकरी का दूध पीने से सुराज कैसे मिलेगा, समझा दीजिए जरा।"

जेल से निकलने के बाद सारे जिले में गनपत ही अकेला 'पाटी कॉमरेड' रहा कई वर्षों तक। एक ही साल में बिहार प्रांत के कई 'किसान फ्रंट' और मजदूर-मोर्चों पर पहुँचकर गनपत ने मेहनतकशों की लड़ाई में साथ दिया, नारा लगाया, धरना दिया, खँजड़ी बजाकर गीत गाए, अछूतोद्धार के बदले सरमाजी का सिखाया हुआ 'अंतर्राष्ट्रीय-गीत' गाया–'उग रहा है आफताब लाल-लाल आफताब...जाग रे किसान भाई, जाग! जाग रे मजदूर भाई, जाग...!'

वैष्णव माँ-बाप का बेटा गनपत! जन्म से ही वैष्णव था। जिसको कहते हैं 'गर्भदास'। सो सरमाजी ने जब परीक्षा ली तो वह खरा उतरा।...मुर्गी का अंडा नहीं, बिना किसी घृणा और संकोच के वह 'मुर्गमुसल्लम' खा गया था। सरमाजी बोले थे, "शाबाश कॉमरेड! तुम जन्मजात इन्कलाबी हो!"

स्कूल-कॉलेज के फेलियर लौंडे-लहेंगड़े क्या समझेंगे कि कॉमरेडशिप किसको कहते हैं!...डेहरी ऑफिस में सात साथियों के बीच बस दो पाजामे, तीन हाफ-पैंट और एक ही धोती। और उसी में सभी साथी मजे में काम चला लेते थे। सप्ताह-भर सत्तू घोलकर पीते थे, प्रेम से मिल-जुलकर।...अब तो हर रैली के समय पत्तल पर ही 'इन्कलाब' छेड़ देते हैं साथी लोग–"यह क्या बात है? खाने के समय कोई खाए पुआ-पूड़ी, कोई भूजा फाँके? अन्याय है! जुल्म है!"

आज किसी साथी से सभा का ऐलान करने को कहिए, बिना जीप और लाउडस्पीकर के। तुरत तमककर जवाब देगा, "हम क्या 'भोलंटियर' हैं?" अपनी पार्टी की सभा का ऐलान करने में इन्हें लाज आती है। पार्टी का झंडा कंधे पर लेकर चलने में इज्जत चली जाती है। गनपत ने अकेले ढोल बजाकर मुनादी और ऐलान किया है–"भाइयो! देश की गरीबी को दूर करने के लिए, पूँजीवाद का खात्मा करके किसानों और मजदूरों का राज कायम करने के लिए, आज चार बजे दिन में...!"

और गनपत नहीं होता तो उस गाँव में यह 'शहीद किसान आश्रम' कभी खुलता भी? तीन-तीन नामी जुल्मी और जालिम जमींदारों के इस खूनियाँ इलाके में किसी पार्टी का 'वर्कर' कभी खाँसी करने के लिए भी नहीं आता था—डर के मारे। दिन-दहाड़े मारकर लाश को गायब कर देनेवाले तीनों जमींदारों की आठ-सौ एकड़ जमीन पर 'बकाश्त-संघर्ष' छेड़ने का प्रस्ताव पास करके 'पाटी' चुपचाप महीनों बैठी रही। न किसी बहादुर कॉमरेड का कदम कभी आगे बढ़ा, और न कोई क्रांतिकारी किसान आगे आया। तब गनपत ने ही बीड़ा उठाया था।...जमींदार के सिपाहियों ने अपनी समझ में उसको मारकर फेंक दिया था। मगर गनपत मरते-मरते जी गया था। होश में आते ही वह अस्पताल में नारे लगाने लगा था—'बकाश्त आन्दोलन जिन्दाबाद! बिसनपुर के किसान जिन्दाबाद!' यदि गनपत उस दिन घायल होकर अस्पताल नहीं पहुँचता तो मामला 'बकाश्त बोर्ड' में कभी नहीं जाता।...आठ सौ एकड़ जमीन मुफ्त में जीतने के बाद बिसनपुर के किसानों ने दो एकड़ जमीन मिल-जुलकर आश्रम खोलने के लिए दिया—सो भी बहुत कहने-सुनने और 'धिक्कारने' पर।

आश्रम जब से खुला है, जिले-भर के कॉमरेड शुरू अगहन में ही बोरे-बोरियाँ लेकर पहुँच जाते हैं—धान वसूली के लिए। किसी को बहिन की शादी में मदद चाहिए, किसी को 'घर-खर्च' के लिए। गनपत को एक ही साथ अपने इलाके की लाज और पाटी-कॉमरेडों की इज्जत रखनी पड़ती है।

जिले-भर में बस यही एक क्षेत्र है, जहाँ से पार्टी का उम्मीदवार विधान सभा के लिए विजयी हुआ—सिर्फ इसी आश्रम की महिमा से।

लालटेन भुकभुकाकर बुझ गई। गनपत के मन में अचानक 'निरगुन' की एक कड़ी गूँज गई—तेरो जनम अकारथ जाय मूरख...!

गनपत ने सपने में देखा—चोर 'पाटी' ऑफिस का बक्सा उठाकर भागा जा रहा है। उसने जोर से पुकारने की चेष्टा की—चो—ओ—ओ—ओ! चो—चो—चो...!

गनपत का सपना झूठ नहीं, सच साबित हुआ।

सुबह कॉमरेड चंद्रिकाजी ने आकर महाअशुभ समाचार सुनाया—"पार्टी दो टुकड़ों में बँट गई।"

गनपत को लगा, कॉमरेड चंद्रिका के मुँह से निकली हुई बात ने वज्रपात कर दिया। कागजात, चंदा-बही, रसीद वाउचर, मोहर—सबकुछ गायब। गनपत ने कहा, "कल पहली पहर रात में कॉमरेड बलराम आए थे...।"

गनपत की बात पूरी भी नहीं हो पाई थी कि कॉमरेड चंद्रिका ने उसके गाल पर कसकर तमाचा जड़ दिया। वह तिलमिलाकर कुछ कहना चाहता था, मगर

कॉमरेड चंद्रिका चिल्लाने लगा–"आखिर आपको यहाँ किस काम के लिए रखा गया है? चंदा वसूल कर पेट पालने के लिए सिर्फ ! आप जानते नहीं थे कि बलराम डिसिडेन्ट, माने बागी मेम्बरों के साथ है? ऐं?"

"नहीं जानता था," गनपत ने सीधा और सही जवाब दिया, "कौन बागी है, और कौन दागी, यह मुझे क्या मालूम?"

"आप गद्दार हैं," चंद्रिका ने उँगली उठाकर पिस्तौल का निशाना लेने के लहजे में कहा, "आपने पार्टी के साथ गद्दारी की है। आप मक्कार हैं!"

एक-से-एक तेज और नुकीली गाली गनपत की देह में धँसती जा रही है। आस-पास गाँव-भर के लोग–औरत-मर्द–जमा हो गए हैं।...गद्दार, मक्कार! फटकार!

कॉमरेड चंद्रिका ने चलते समय चेतावनी दी, "इसका नतीजा बाद में जो कुछ भी हो, मैं अभी आपको बरखास्त करता हूँ। चले जाइए...!"

कॉमरेड चंद्रिका के जाते ही कॉमरेड बलराम अपने नये साथियों के साथ आया। गनपत की डबडबाई हुई आँखें झरने लगीं।

बलराम ने कहा, "कॉमरेड गनपत, रोइए मत। बहादुरी से इन डिक्टेटरशाहों का मुकाबला करना होगा। पेटी-बुर्जुआ के बच्चों ने पार्टी को अपनी जमींदारी समझ लिया था।"

गनपत ने भर्राई हुई आवाज में कहा, "कॉमरेड बलरामजी, आपने ऐसा काम क्यों किया? यदि जानता कि आप पाटी आफिस से सामान लेने आए हैं, तो हरगिज...।"

बलराम के बदले में इस बार बोला अकालू महतो का अधपगला बेटा सुधीर महतो, "गनपतजी, आप डूबकर पानी पीते हैं, और समझते हैं कि बात छिपी हुई है। पार्टी ऑफिस दिन-रात बेवा मुसम्मात के साथ इश्कबाजी करने के लिए नहीं बना है।"

गनपत अब बेपानी हो गया। आम जनता के बीच उसकी इज्जत उतर गई। उसको नंगा कर दिया सुधीर महतो ने। वह गद्दार है, मक्कार है, बदचलन है। अब क्या रह गया है देखने-सुनने को!

बलराम ने जाते समय लाल रंग के पर्चों का एक बंडल देकर कहा, "आज हा़ट में, स्टेशन पर, हर जगह यह पर्चा बँट जाना चाहिए। समझे?"

गनपत अपनी झोंपड़ी के अन्दर चला गया और बिछावन पर कटे हुए पेड़ की तरह गिर पड़ा। उसकी देह के रोम-रोम में गालियाँ गड़ रही थीं। उसने लाल पर्चे को टटोलकर पढ़ना शुरू किया। पार्टी के कई बड़े लीडरों ने जनता को

सावधान किया है–‘किसान-मजदूरों के नाम पर, पूँजीपतियों की थैली से पार्टी चलानेवाले धोखेबाजों से होशियार...!’

इससे आगे एक शब्द भी नहीं पढ़ सका वह। गाली-गलौज, कीचड़-गोबर!...सब गुड़-गोबर!

गनपत के पेट में पित्त का प्रकोप शुरू हुआ। अब ‘बाय’ भी जोर मारेगा। हाँ, मिचली आने लगी।

कौन असली, कौन नकली? कॉमरेड चोरघड़े या कॉमरेड जादव? पिछले साल प्रांतीय किसान सभा का सभापतित्व करने आए थे चोरघड़ेजी। स्वागत- भाषण में जादवजी ने उनकी कितनी तारीफ की थी!...सब झूठ! और चोरघड़ेजी ने बिहार की पार्टी को देशद्रोहियों का दल कह दिया है इस पर्चे में।

गनपत ने तय किया कि वह पटना जाएगा, दिल्ली जाएगा। हर जगह के बड़े और छोटे साथियों से मिलकर बातें करेगा, रोएगा, कलपेगा, जनता की दुर्दशा की कहानियाँ सुनाएगा। खँजड़ी बजाकर गीत गाएगा–भैया, झगड़ न जाहु कचहरिया...!

जादवजी और चोरघड़े केंद्रीय पाटी ऑफिस के सामने लड़ रहे हैं। तलवार लेकर एक-दूसरे पर हमला करते हैं, और गनपत उन दोनों के बीच जाकर खड़ा हो जाता है–‘सान्ति, सान्ति!’ मगर दोनों की तलवार गनपत की गरदन पर।

गनपत की आँखों के आगे पन्द्रह साल पहले देखे हुए किसी नाटक का दृश्य उपस्थित हुआ, फिर बिला गया। उसकी देह रह-रहकर सिहरने लगी। मलेरिया बुखार चढ़ने के पहले ऐसी ही सिहरन और कँपकँपी देह को झिंझोड़ जाती है।

गनपत ने कम्बल ओढ़ लिया, कै किया, सौंफ की बुकनी मुँह में डालकर लेट गया। सिहरन के बाद तेज बुखार के साथ ‘बाय’। वह बकने लगा। चालीस साल के बाद–देश से मलेरिया उन्मूलन के बाद गनपत पहली बार बीमार पड़ा है। इस बीच कभी सिर-दर्द भी नहीं हुआ। उसके मुँह से पहली बार करुण पुकार निकली–
“मैया–गे-ए-ए-ए ! पारबती–ई-ई-ई!”

उसने देखा, सरमाजी आए हैं, हाथ में लाल-लाल सेब और नारंगी लेकर। फल का रस निकालकर गनपत से कहते हैं–‘पी लो, कॉमरेड! कलेजा ठंडा हो जाएगा।’ गनपत एक घूँट पीता है। उसका गला जलने लगता है। कड़वा जहर!

परबतिया आई। पैताने में बैठकर पाँव सहलाने लगी। मगर गनपत के बड़े भाई और बाबूजी हाथ में भाला लेकर आए, और आँखें तरेरने लगे।

रेशम मजदूर यूनियन भागलपुर की हड़ताल! गनपत खँजड़ी बजाकर जुलूस के आगे गा रहा है–‘दुनिया के मजदूरो, एक हो...!’

पुलिस आँसू-गैस छोड़ती है। घुड़सवार सिपाही घोड़े को दौड़ाता, हड़तालियों को चाबुक से पटापट पीटता, रौंदता, धूल उड़ाता हुआ चला जाता है।

गनपत जेल के एक गंदे सेल में पड़ा हुआ है। सिर पर पट्टी बँधी हुई है। परबतिया–परबतिया–परबतिया पारो–ओ–ओ...!

सात दिन सताने के बाद 'सतैया बुखार' उतर गया। अस्पताल के डॉक्टर साहब ने जी-जान से इलाज किया। कुसमी कह रही थी–''दो-दो 'जकशैन' एक साथ देते थे डागडर बाबू।'' और इसी डॉक्टर के खिलाफ गनपत ने, बलराम के कहने पर, पर्चा छपाकर बँटवाया था–बिसनपुर अस्पताल के जुल्मी डॉक्टर को जल्दी बरखास्त करो!

सिर्फ सात दिन का बुखार नहीं, गनपत को लगता है, पैंतीस साल से चढ़ा हुआ ज्वर आज उतरा है। इतने दिनों तक एक 'अंध सुरंग' में वह चल रहा था–बेमतलब, बेकार, अकारथ।

कुसमी गरम दूध में धान का लावा डालकर ले आई। ''डागडर साहब बोले हैं कि पथ्य में माँगुर मछली चाहिए। शोभित को भेज दिया है। साँझ होते-होते एकाध सेर मछली जरूर ले आवेगा।''

फिर कुसमी बोली, ''सात दिन में गाँव का बच्चा-बच्चा आकर देख गया, कुसल पूछ गया। मगर कोई 'साथी कामरेट' झाँकी मारकर देखने के लिए भी नहीं आया। कल बलराम बाबू आकर कह गए हैं कि 'गनपत को अपने घर ले जाओ। पाटी आफिस खाली कर दो। उसको बरखास्त कर दिया गया है।' ''

परिवार, जाति, धर्म, समाज, सरकार और हर अन्याय, अत्याचार से हमेशा लड़नेवाला लड़ाकू गनपत आज अखाड़े में हारे हुए पहलवान की तरह पड़ा हुआ है। सभी उसकी पीठ पर एक लात लगाकर, गाली देकर चले जाते हैं।...पैंतीस साल तक साधु-संन्यासियों की तरह लंगोटबन्द रहकर, जीभ-मुँह और मन में लगाम लगाकर, उसने पब्लिक का काम किया। किसी का एक तिनका न चुराया, न पार्टी का एक पैसा गोलमाल किया। माँ-बाप, भाई-बहन, गाँव-समाज और परबतिया से भी बढ़कर पार्टी और पार्टी के झंडे को प्यार किया। सब बे-का-र...!

गनपत को लगता है कि चाँद-सूरज में भी दरार पड़ गई है। दुनिया की हर चीज आज दो भागों में बँटी हुई-सी लगती है। हर आदमी के दो टुकड़े, दो मुखड़े और दरका हुआ दिल।

जिन बातों को आज तक पूँजीपतियों और साम्राज्यवादियों और जंगबाजों की बात समझकर अनसुनी कर देता था, आज वे ही बातें बार-बार याद आती हैं–

गनपत, तुम्हारे लीडर लोग, यानी तुम्हारी पार्टी, जाति और धर्म को अफीम कहती है। मगर तुम्हारे लीडर लोग अपने बच्चे-बच्चियों की शादी किसी दूसरी जाति में क्यों नहीं करते? लड़के की शादी में कॉमरेड रामलगन सरमा ने पचीस हजार रुपये तिलक में गिनवा लिया। तुम्हारे लीडरों के बच्चे दार्जिलिंग और देहरादून में पढ़ते हैं। तुम्हारे सेक्रेटरी की बीवी कांग्रेसी-मिनिस्टर होने के लिए जाति की गुटबन्दी करती है। तुम्हारे तूफानजी ने मिल-मालिक से मिलकर मजदूरों की गरदन पर छुरी...!

गनपत के सामने एक-से-एक बड़े कॉमरेड की तसवीर उभरती है—चोरघड़ेजी, जादबजी, गोपालजी, सिनहा साहेब, ठाकुरजी, तूफानजी। सभी तसवीरों के मुँह से बस एक ही बात निकली है—"हम गलत रास्ते पर थे...।"

एक अंध-सुरंग से बाहर निकलकर गनपत बेदम पड़ा हुआ है। उसके पीले मुखड़े पर उसकी खिचड़ी मूँछ लटकी हुई हैं।...पैंतीस साल तक वह गलत रास्ते पर गलत दिशा की ओर चलता रहा। न जाने उसने कितनी गलतियाँ कीं! न जाने कितने लोगों को गुमराह किया!

यदि परबतिया का पेट गिराया न जाता तो उसकी संतान पैंतीस साल की होती। यदि बेटा होता तो बलराम की उम्र का होता अब।

परबतिया को उसने धोखा दिया। पहली गलती, जिसका फल वह आज तक भोग रहा है।

कुसमी पिछले पाँच साल से गनपत से प्रेम-भाव का बरताव करती है। गनपत सबकुछ समझकर भी कुछ नहीं समझने का भाव दिखलाता है। मगर बेवा कुसमी सतीनारी की तरह टुकुर-टुकुर उसका मुँह देखती रहती है। तिस पर अकालू महतो का पियक्कड़ बेटा ताना मार गया—बेवा मुसम्मात के साथ इश्कबाजी...!

कुसमी भरथा नाई को बुला लाई। हजामत बनाते समय कुसमी ने कहा, "मूँछ भी छाँट दो। दूध-बार्ली पीते समय 'लस्टम-पस्टम' हो जाती है...।"

आलू का भुर्ता और गरम भात खाकर मुँह का कसैलापन दूर हुआ। सौंफ की बुकनी मुँह में डालकर, उसने आईने में अपना मुखड़ा देखा।...आश्चर्य! उसका मुँह ठीक उस मरियल घोड़े की तरह लम्बा हो गया है, जिसके (पैंतीस साल पहले) अगले दोनों पैरों को 'छान' कर कसाई मालिक ने छोड़ दिया था। जमीन पर लेटा हुआ, 'हुकुर-हुकुर' करके साँस लेता हुआ, टाँगों को झटकारता! कौओं ने जिसकी देह में न जाने कितने घाव कर दिए थे। पर परबतिया हँसिया लेकर दौड़ी गई थी। पैरों के बंधन कट जाने के बाद, 'मरतुहार' घोड़ा बैठ गया था, सिर झुकाकर। फिर धीरे-धीरे धरती को सूँघने लगा था...।

गनपत ने धीरे-धीरे अपने पैर फैलाए।

बाहर कॉमरेड चंद्रिका की आवाज सुनाई पड़ी। एक लाल पगड़ीवाले सिपाही ने झाँककर अँगनाई की ओर देखा और बोला, ''चपरासी साहेब त ऽ होने चटाई पर पैर पसारके पसरल बाड़न।''

थाने के दारोगा और सिपाही को देखकर गनपत की खाली, खोखली काया में कुछ भरने लगा। उसकी शिराओं में झनझनाहट शुरू हो गई। उसने एक बार कॉमरेड चंद्रिका की ओर देखा। दारोगा साहेब ने कहा, ''देखो जी गनपत, तुम आश्रम के चपरासी हो न?''

''तुम-ताम मत बोलिए। मैं चपरासी नहीं किसी का।''

दारोगा ने चंद्रिका की ओर देखा।

चंद्रिकाजी बोले, ''देखो गनपत, दारोगा साहब आश्रम पर दफा 144 लगाने आए हैं। तुम...!''

गनपत अब अच्छी तरह सँभल चुका था। उसने स्वस्थ और निडर स्वर में जवाब दिया–''यहाँ आश्रम कहाँ है? यह मेरा घर है। मेरी जमीन है। यह सार्वजनिक सम्पत्ति नहीं, किसी पाटी-बन्दी का अखाड़ा नहीं।''

पुलिस का सिपाही अँगनाई की ओर झाँककर कुछ देख रहा था। गनपत ने कड़ककर कहा, ''ए सिपाहीजी, उधर 'जनाना हबेली' में क्या ताक-झाँक कर रहे हैं? नौकरी भारी हुई है क्या?''

दारोगा ने पूछा, ''तुम...तुम्हारे...आपके पास कोई सबूत है?''

''सबूत? कैसा सबूत! कागजी या जुबानी! गवाही?...शोभित की माँ, मेरी झोली इधर दे जाना।''

शोभित की माँ, यानी कुसमी घूँघट काढ़कर, बाहर आई। गनपत झोली से अपना 'पोथी-पत्तर' निकालने लगा–'मार्क्सवाद की मोटी बातें', 'किसानों और मजदूरों के गीत', 'जालिम जमींदरवा...' गीत, बैजवाड़ा का मशहूर प्रस्ताव, तैलंगाना की लाल भवानी, शहीद फिल्म के गाने, 'देश के दुश्मन', गनतंत्र... यह लीजिए कागजी सबूत। और जुबानी गवाही? गाँव के बच्चे-बच्चे से पूछ लीजिए।''

दारोगा साहब ने दस्तावेज के मुड़े हुए पन्नों को सीधा करके शुरू से अन्त तक पढ़ा। फिर मुस्कुराकर, चंद्रिकाजी की ओर देखने लगे, ''यह तो ठीक ही कहता...कहते हैं। जमीन-जायदाद सब इन्हीं के नाम से रजिस्टरी हुआ है।''

चंद्रिकाजी अब चिल्लाने लगे–''बेइमान कहीं का! 'पब्लिक प्रापर्टी' को हड़पना चाहता है? देखना है कि तुम...!''

गनपत उठकर खड़ा हो गया। ''पब्लिक का नाम मत लो चंद्रिका, पब्लिक अन्धी नहीं, सबकुछ देखती है, समझती है। अपने 'स्वारथ' के लिए पाटी को टुकड़े-टुकड़े करनेवाले...!''

कुसमी अन्दर से ही बोली, ''इन लोगों के मुँह लगने की क्या जरूरत? डागडर साहब ने मना किया है न!...'लड़ि मरे बरदा, और बैठा खाय तुरंग'।''

किन्तु गनपत ने तब तक नारा बुलंद कर दिया था–''इनकिलाब, जिन्दाबाद!... फूटपरस्तो, मुर्दाबाद!...पाटी के दुश्मन, सफेदपोश!''

एकत्रित भीड़ में तुरन्त उत्तेजना की लहर दौड़ गई। लोगों ने गनपत के साथ नारा लगाना शुरू किया तो दारोगा साहब जल्दी से बाहर चले गए। उन्होंने चंद्रिका से अंग्रेजी में कुछ कहा।

सिपाही ने घबराकर कहा, ''हुजूर, यह पाटीवालों का घरेलू झगड़ा है। अब यहाँ ठहरिएगा तो मामला बिगड़ जाएगा।''

दारोगा और चंद्रिका के जाने के बाद एकत्रित लोगों ने जय-जयकार किया, 'बोलिए एक बार प्रेम से–गनपतजी की जै! किसानों के नेता–गनपतजी! मजदूरों के नेता–गनपतजी! गनपतजी जिन्दाबाद! जो हमसे टकराएगा, चूर-चूर हो जाएगा!'

पैंतीस साल में पहली बार अपनी 'जय' और 'जिन्दाबाद' के नारे सुनकर गनपत का दिल उमड़ आया।

कोलाहल और कलरव के बीच किसी ने भाषण देना शुरू कर दिया– ''भाइयो, इस बार ग्राम-पंचायत के चुनाव में, मुखिया के चुनाव में, इन लम्बे कुरते और पाजामेवाले फोकटिया बाबुओं के छक्के छुड़ा दो।...आज रात यहाँ खूब धूम से 'किसान कीर्तन' होना चाहिए।''

जब सभी चले गए, और एकांत हुआ, तो गनपत ने झोंपड़ी के अन्दर से आवाज दी–''शोभित की माँ!...जरा इधर आना।''

कुसमी अन्दर गई। गनपत का चेहरा देखकर वह डरी–फिर बुखार आ गया क्या? उसने गनपत के कपाल पर हाथ धरा। गनपत ने कुसमी की कलाई पकड़ ली। उसके ओंठ थरथराए। उसने कुसमी के चेहरे को अपने मुँह के पास खींच लिया। काँपती हुई आवाज में बोला, ''कुसुम...लेकिन यह पाप है, अन्याय है। पब्लिक की सम्पत्ति, पाटी की जमीन...आश्रम में...यह पाप–यह घोर पाप है...!''

कुसमी को भुने हुए सौंफ की गंध बहुत भली लगी। वह मान-भरे स्वर में बोली, ''कैसा पाप? चंद्रिका बाबू ने पाटी के चंदे से पुरैनियाँ में पुख्ता घर बनवा लिया। रामलगन बाबू ने जमींदारों से घूस लेकर गरीब रैयतों के मुकदमों को खराब कर दिया। सो...।''

''कुसुम, लोग कुछ भी करें। मुझसे यह पाप-कर्म नहीं होगा। तुम मुझे...तुम मुझे जिलाना चाहती हो तो अपनी झोंपड़ी में ले चलो।''

कुसमी ने कुछ क्षण गनपत की डबडबाई हुई आँखों और तमतमाए हुए चेहरे को देखा। फिर बोली, ''और...यह आश्रम?''

''मैं जमीन वापस दे दूँगा लोगों को। दस जन की दी हुई चीज 'धर्मदा' होती है। इसे अकेला भोगनेवाला कभी सुख-चैन से नहीं रह सकता।...और अब मुझसे पब्लिक का काम नहीं हो सकेगा। जब पार्टी ही टूट गई...!''

वह बच्चों की तरह हिचकियाँ लेकर रोने लगा।

कुसमी अपने गंदे आँचल से गनपत के आँसू पोंछती हुई बोली–''रोइए मत।''

गनपत ने कुसमी को छाती से चिपका लिया।...आह! पैंतीस साल के बाद औरत की छाती की गरमी उसकी देह में पहली बार आँधी की तरह समा गई। उसने कुसमी के काले-काले ओठों को चूमने के लिए मुँह बढ़ाया, किन्तु रुक गया।

''नहीं कुसुम, यहाँ नहीं...। यहाँ नहीं...चलो अपने घर। यहाँ एक क्षण भी रहने का मुझे अधिकार नहीं।''

कुसमी उठ खड़ी हुई। गनपत का हाथ पकड़कर उठाते हुए बोली, ''चलो।''

''माँ! मैया! देख, कितनी मछली ले आया हूँ!''

शोभित ने बाँस की टोकरी सामने रख दी। काली-काली माँगुर मछलियाँ छलमलाने लगीं।

कुसमी बोली, ''मछली का सगुन सुभ होता है।''

गनपत हँसा।

कुसमी ने अपने इकलौते जवान बेटे से कहा, ''बबुआ, तुम काका को सहारा देकर ले चलो। मैं बिछावन समेटकर ले आती हूँ।''

शोभित ने अपनी माँ का मुँह देखते हुए कहा, ''कहाँ?''

गनपत बोला, ''जहाँ तुम्हारा जी चाहे, बेटा!''

गनपत ने एक बार उलटकर देखा। पार्टी का झंडा बदरंग होकर भी फड़फड़ा रहा है, हवा में। उसे लगा कि वह खुद पार्टी का झंडा है, जिसे शोभित कंधे पर ढोकर ले जा रहा है...।

नैना जोगिन

रतनी ने मुझे देखा तो घुटने से ऊपर खोंसी हुई साड़ी की 'कोंची' को जल्दी से नीचे गिरा लिया। सदा साइरेन की तरह गूँजनेवाली उसकी आवाज कंठनली में ही अटक गई। साड़ी की कोंची नीचे गिराने की हड़बड़ी में उसका 'आँचर' भी उड़ गया।

उस सँकरी पगडंडी पर, जिसके दोनों ओर झरबेरी के काँटेदार बाड़े लगे हों, अपनी 'भलमनसाहत' दिखलाने के लिए गरदन झुकाकर, आँख मूँद लेने के अलावा बस एक ही उपाय था। मैंने वही किया। अर्थात् पलट गया। मेरे 'पीठ पीछे' रतनी ने अपने उघड़े हुए 'तन-बदन' को ढँक लिया और उसके कंठ में अटकी हुई एक उग्र-अश्लील गाली पटाके की तरह फूट पड़ी।

मैं लौटकर अपने दरवाजे पर आ गया और बैठकर रतनी की गालियाँ सुनने लगा।

नहीं, वह मुझे गाली नहीं दे रही थी। जिसकी बकरियों ने उसके 'पाट' का सत्यानाश किया है, उन बकरीवालियों को गालियाँ दे रही है वह। सारा गाँव, गाँव के बूढ़े-बच्चे-जवान, औरत-मर्द उसकी गालियाँ सुन रहे हैं। लेकिन...लेकिन क्यों, शायद सच ही, उनके सुनने और मेरे सुनने में फर्क है। मैं 'सचेतन रूपेण' अर्थात् जिस तरह रेडियो से प्रसारित महत्त्वपूर्ण वार्ताएँ सुनता हूँ, इन गालियों को सुन रहा हूँ। कान में उँगली डालने के ठीक विपरीत...एक-एक गाली को कान में डाल रहा हूँ। उसकी एक-एक गाली नंगी, अश्लील तसवीर बनाती है–'ब्लू फिल्म' के दृश्य।

...उदाहरण? उदाहरण देकर 'थाना-पुलिस-अदालत-फौजदारी' को न्योतना नहीं चाहता।

रमेसर की माँ ने टोका शायद!

गाँव-भर की बकरीवालियों को सार्वजनिक गालियाँ दागने के बाद रतनी ने

रमेसर की माँ के 'प्रजास्थान' को लक्ष्य करके एक महास्थूल गाली दी। रमेसर की माँ ने टोका—"पहले खेत में चलकर देखो। एक भी पत्ती जो कहीं चरी हो... ।"

रतनी अब तक इसी टोक की प्रतीक्षा में थी, शायद। अब उसकी बोली लयबद्ध हो गई। वह प्रत्येक शब्द पर विशेष बल देकर, हाथ और उँगलियों से भाव बतलाकर कहने लगी कि वह पाट के खेत में जाकर क्या देखेगी, अपना...? (भले घर की लड़की होती तो कहती 'अपना सिर', किन्तु रतनी सिर के बदले में अपने अन्य हिस्से का नाम लेती है!)

इसके बाद बहुत देर तक रतनी की बातें सुनता रहा।...लेकिन उन्हें लिख नहीं सकता। वारंट का डर है।

किन्तु, रतनी के बारे में अब कुछ नहीं लिखा गया तो जीवन में कभी नहीं लिखा जाएगा। क्योंकि रतनी की गालियों में मर्माहत और अपमानित करने के अलावा उत्तेजित करने की तीव्र शक्ति है—यह मैं हलफ लेकर कह सकता हूँ।

रतनी का नाम 'नैना जोगिन' मैंने ही दिया था, एक दिन। तब वह सात-आठ साल की रही होगी।...नैना जोगिन? देहात में झाड़-फूँक करनेवाले ओझा गुणियों के हर 'मंतर' के अन्तिम आखर में बन्धन लगाते हुए कहा जाता है—दुहाए इस्सर महादेव गौरा पारबती, नैना जोगिन...इत्यादि। लगता है, कोई नैना जोगिन नाम की भैरवी ने इन मंत्रों को सिद्ध किया था।

...सात साल की उम्र में ही रतनी ने गाँव के एक धनी, प्रतिष्ठित, वृद्ध को 'फिल चक्कर' में डाल दिया था। उसकी बेवा माँ, वृद्ध की हवेली की नौकरानी थी। पंचायत में सात साल की रतनी ने अपना बयान जिस बुलन्दी और विस्तार से दिया था, कोई जन्मजात नैना जोगिन ही दे सकती थी! अब तो उसकी जामुन की तरह कजराई आँखें भी उसके नाम को सार्थक करती हैं, किन्तु सात साल की उम्र में ही इलाके में कहर मचानेवाली लड़की से आँख मिलाने की ताकत गाँव के किसी बहके हुए नौजवान में भी नहीं हुई कभी। उसको देखते ही आँखों के सामने पंचायत, थाना, पुलिस, फौजदारी, अदालत, जेल नाचने लगते।

...रतनी की माँ सरकारी वकील को भी कानून सिखा आई है।...बहस कर आई है सेशन-कोर्ट में!

सो, पिछले ग्यारह वर्षों में रतनी की माँ ने मुँह के जोर से ही पन्द्रह एकड़ जमीन 'अरजा' है। पिछवाड़े में लीची के पेड़ हैं, दरवाजे पर नींबू। सूद पर रुपये लगाती है। 'दस पैसा' हाथ में हैं और घर में अनाज भी। इसलिए अब गाँव की जमींदारिन भी है वही। गाँव के पुराने जमींदार और मालिक जब किसी रैयत पर

नाराज होते तो इसी तरह गुस्सा उतारते थे। यानी उसकी बकरी, गाय वगैरह को परती जमीन पर से ही हाँककर दरवाजे पर ले आते थे और गालियाँ देते, मार-पीट करते और अँगूठे का निशान लेकर ही खुश होते थे।

रमेसर की माँ कल हाट जाते समय लीची की टोकरी नहीं ले गई ढोकर, इसलिए रतनी और रतनी की माँ ने आज इस झगड़े का 'सिरजन' किया है–जान-बूझकर।

रमेसर का बाप मेरा हलवाहा है। रमेसर हमारी भैंसों का रखवाला यानी भैंसवार है। रमेसर की माँ हमारे घर बर्तन-बासन माँजती है, धान कूटती है। इसलिए रतनी अब अपनी गालियों का मुख धीरे-धीरे हमारी ओर करने लगी–"तू किसका डर दिंखलाती है? सहर से आए भतार का? रोज मांस- मछली और 'ब्रंडिल' पीकर तेरे (प्रजास्थानम्) तेल बढ़ गया है! एँ...?"

मुझे अचानक रमेसर की माँ की गंदी–हल्दी-प्याज-लहसन पसीना-मैल की सम्मिलित गंध भरी साड़ी की महक लगी। लगा, अब रतनी मुझे बेपर्द करेगी। नंगा करेगी। खुद अपने को उसने पिछले एक घंटे में साठ बार नंगा किया है अर्थात् जब-जब उसने गाली का रुख हमारी ओर किया, हर बार यह कहना नहीं भूली कि रमेसर की माँ जिसका डर दिखलाती है वह 'व्यक्ति' (मुनसा!) रतनी का 'अथि' भी नहीं उखाड़ सकता!...ऐसे-ऐसे 'मद्दकी मुनसा' को वह अपने 'अथि' में दाहिने-बाएँ बाँध रखेगी।...बगुला-पंखी धोती-कुरता और घड़ी-छड़ी-जूतावाले शहरी छैलकिनयाँ लोग ऊपर से लकदक और भीतर फोक होते हैं।...सफाचट मोंछ मुँडाए मुछमुंडा लोगों की सूरत देखकर भूलनेवाली बेटी नहीं रतनी!...रतनी की माँ को इसका गुमान है कि बड़े-बड़े वकील-मुख्तार के बेटों को देखकर भी उसकी बेटी की 'अथि' अर्थात् जीभ नहीं पनियायी कभी। डकार भी नहीं किया।

रतनी अपने आँगन से निकल आई थी। रमेसर की माँ ने कोई जवाब नहीं दिया होगा शायद। अब रतनी और रतनी की माँ दोनों मिलकर नाचने लगीं। उसका घर हमारे दरवाजे से दस रस्सी दूर है, लेकिन सामने है। मैं रतनी और रतनी की माँ का नाच देखने को बाध्य था। रतनी की काव्य-प्रतिभा ने मुझे अचम्भे में डाल दिया। उसकी टटकी और तुरत रची हुई पंक्तियों में वह सबकुछ था जो कविता में होता है–बिम्ब, प्रतीक, व्यंग्य तथा गंध! बतौर बानगी–अटना का साहब और पटना की मेम, रात खाए मुरगी और सुबह करे नेम, तेरा झुमका और नथिया और साबुन महकौवा–तू पान में जरदा खाए नखलौवा...।

रतनी और रतनी की माँ की यह काव्य-नाटिका समाप्त हुई तो मैंने दरवाजे

पर बैठे गाँव के दो-तीन नौजवानों की ओर देखा। मेरा चेहरा तमतमाया हुआ था, किन्तु वे निर्विकार और निर्मल मुद्रा में थे। परिवार तथा 'पट्टीदार' के 'मर्द पुरुषों' की ओर देखा, वे पान चबा रहे थे, हुक्का गुड़गुड़ा रहे थे। लगता था, इन लोगों ने रतनी की गालियाँ सुनीं ही नहीं। मैंने जब भोजन के समय बात चलाई तो परिवार के एक व्यक्ति ने (जिन्हें शहर के नाम से ही जड़ैया बुखार धर दबाता है) हँसकर कहा, "शहर से आने के बाद आप कुछ दिन तक ऐसी असभ्यता ही करेंगे, यह हमें मालूम है। इन छोटे लोगों की गाली पर इस तरह ध्यान कोई भलामानुस नहीं देता। इस तरह गालियों के अर्थ को प्याज के छिलके की तरह उतार-उतारकर समझने का क्या मतलब! शहर में क्या औरतें गाली नहीं देतीं?"

अजब इन्साफ है—गाली सुनकर समझना अन्याय है! असभ्यता है! मन में मैल है मेरे?

अश्लील और घिनौने मुकदमे के कारण रतनी की बदनामी बचपन से ही फैलती गई। जवान हुई तो बदनामियाँ भी जवान हुईं। फलतः गाँव के हिसाब से 'पक' जाने पर भी कोई दूल्हा नहीं मिलता। मिलता भी तो 'घर-जमाई' होकर नहीं रहना चाहता। दो साल हुए, एक निमोंछिया जवान न जाने किस गाँव से आया साँझ में और रात में भात खाने के लिए घर के अन्दर गया तो रतनी की माँ एक हाथ में सिन्दूर की पुड़िया और दूसरे में फरसा लेकर खड़ी थी—"छदोड़ी की सींथ में सिन्दूर डालो, नहीं तो अभी हल्ला करती हूँ, घर में चोर घुसा है।"...तो सींकिया नौजवान जो हर सुबह को शीशम की कोमल पत्तियाँ तोड़कर ले जाता है, वही है रतनी का रतन-धन?

पूछताछ करने पर पता चला कि हाल ही में एक रात को रतनी ने इसको लात से मारा; घर से निकालकर चिल्लाने लगी, "पूछे कोई इससे कि इतना दूध, मलाई, दही, मांस-मछली, कबूतर तिस पर 'धात-पुष्टई' दवा, तो अलान-ढेकान खाकर भी जिस 'मर्द' को आधी पहर रात को हँफनी शुरू हो, उसको क्या कहा जाए? लोग 'दोख' देते हैं मेरे कोख को, कि रतनी बाँझ है। निमकहराम और किसको कहते हैं?"

मैं अब इसे मानसिक विकार मानने लगा हूँ। अब तक 'सामाजिक' समझ रहा था कि छोटी जात की औरत गाँव की मालकिन हुई है...।

नहीं, सामाजिक भी है। मेरे पट्टीदार के एक भाई ने कहा, "कोई उसका क्या बिगाड़ सकता है? गाँव के सभी किस्म के चोर अर्थात् लत्ती-पत्ती और सिन्ना चोर दिन डूबते ही उसके आँगन में जमा हो जाते हैं। इलाके का मशहूर डकैत परमेसरा रतनी की बात पर उठता-बैठता है। मुखिया और सरपंच रतनी की माँ

के खिलाफ चूँ भी नहीं कर सकते।...रतनी की माँ से कोई 'रार' मोल नहीं लेना चाहता। इसीलिए, दिन-भर गाँव के हर टोले में दोनों घूम-घूमकर झगड़ा करती फिरती हैं।...रतनी अकेली खस्सी बकरे को जिबह कर देती है; रतनी की माँ चोरी का माल खरीदती है—थाली-लोटा-गिलास... ।''

सुबह को मालूम हुआ, शहर से लाया हुआ मेरा प्रेस्टिज प्रेशर कूकर गायब है। दोपहर के बाद धोती गुम! रात में रमेसर की माँ फिसफिसाकर आँगन में कह रही थी—''रतनी बोलती थी कि 'सिद्ध' करके छोड़ेगी इस बार!... उस दिन इस तरह पीठ दिखाना अच्छा नहीं हुआ, शायद!''

और यह सब इसलिए कि मैंने रतनी के तथाकथित 'पुरुष' को बुलाकर उसका पता-ठिकाना पूछा था, और उसको समझाया था कि गाँव में अब एक नई बात चल पड़ी है। उसने बीवी की मार सह ली—नतीजा यह हुआ कि कई औरतों ने अपने घरवाले को पीटा इस गाँव में... ।

रतनी ने चिल्ला-चिल्लाकर सारे गाँव के लोगों को सूचना देने के लहजे में सुनाया था, ''सुन लो हो लोगो! अब इस गाँव में फिर एक सेशन मोकदमा उठेगा सो जान लो! ई शहर का कानून यहाँ छाँटने आया है! कोई अपने घरवाले को लात मारे या 'चुम्मा' ले, दूसरा कोई बोलनेवाला कौन? देहात से लेकर शहर तक तो 'छुछुआते' फिरता है, काहे न कोई 'मौगी' मुँह में चुम्मा लेती है?''

मैं रोज हारता, रतनी रोज जीतती। मुझे स्वजनों ने सतर्क किया—साँझ होने के पहले ही मैदान से घर लौट आया करूँ। किसी ने शहर लौट जाने की सलाह दी। मुझे लगता, रोज ताल ठोककर एक नंगी औरत-पहलवान मुझे चुनौती देती है। थप्पड़-घूँसे चलाती है। भागूँगा तो गाँव की सीमा के बाहर तक पीछे-पीछे फटा कनस्तर पीटती और बकरे की तरह 'बो बो बो बो' करती जाएगी। गाँव-भर के लोग तालियाँ पीटकर हँसेंगे।

मुझे हथियार डाल देना चाहिए। एक औरत, सो भी ऐसी औरत से टकराना बुद्धिमानी नहीं। एक सप्ताह तक चोरी-चपाटी करवाने के बाद एक नया उत्पात शुरू किया। रात-भर हमारे दरवाजे और आँगन में हड्डियों की 'बरखा' होती।...नंगी औरत ताल ठोककर ललकार रही है—मर्द का बेटा तो मैदान में आ...!

मैदान में मुझे उतरना ही पड़ा। रात में नींद खुली। दरवाजे के सामने जो नया बाग हम लोगों ने लगाया है, उसमें भैंस का बच्चा घुस गया है, शायद! मैं धीरे-धीरे बाड़े के पास गया। पटट...!

अमलतास के कोमल पौधे को तोड़कर, गुलमोहर की ओर बढ़ते हुए हाथ को

मैंने 'खप्प' से पकड़ा! कलम-घिसाई के बावजूद पंजे की पकड़ में अब तक खम बचा हुआ था!...''क्यों?'' मैंने बहुत धीरे-से पूछा।

''छोड़िए!'' जवाब भी उसी अन्दाज में मिला।

''क्यों तोड़ा है? क्या मिला? क्यों?''

''तोड़ा तो क्या कर लीजिएगा?''

''मैं लोगों को पुकारता हूँ।''

''खुद फँस जाइएगा।...हाथ छोड़िए।''

''फँसाके देखो। मैं नहीं डरता हूँ।''

''क्या चाहते हैं आप?''

''मैं जानना चाहता हूँ कि तुम...तुम इस तरह मेरे पीछे क्यों पड़ी हो? इस पौधे को क्यों तोड़ा है?''

''वह तो पौधा ही है। जी तो आपको ही तोड़ देने को करता है।...हाथ छोड़िए!''

मैंने देखा उसकी कनपटी पर एक साँप का फण–फण नहीं, भाला! बरछे की फली! मैंने हाथ छोड़ दिया। वह भागी नहीं, खड़ी रही। मुझे चुप और अवाक् देखकर बोली, ''चिल्लाऊँ?''

''कोढ़ी डरावे थूक से!''

रतनी हँसी। तारों की रोशनी में उसकी हँसी झिलमिलाई।

''जाइए, थोड़ा 'ब्रांडिल' और चढ़ाइए!''

''तुम–तुम नैना जोगिन...!''

''हाँ, नैना जोगिन ही हूँ। तब? माधो बाबू...'' अब रतनी करीब सट आई, ''मेरा क्या कसूर जो बारह साल से बनवास दिए हुए हैं आप लोग! उस बूढ़े को करनी का फल चखाया तो क्या बेजा किया? मैं उस समय उसकी पोती की उम्र की थी।...सो, आप लोगों ने खासकर आप दोनों भाइयों ने हम लोगों को 'रंडी' से बदतर कर दिया।...आखिर आपके जन्म के दिन रतनी की माँ ही सौर घर में थी–पाँच साल तक आप रतनी की माँ की गोद और आँचर में रहे, और आपकी आँख में जरा भी पानी नहीं।...मैं जवान हुई, आप लोगों ने आँख उठाकर कभी देखा नहीं कि आखिर गाँव-घर की एक लड़की ऐसी जवान हो गई और शादी क्यों नहीं होती?...अब इस बार आए हैं तो कभी आपके मन में यह नहीं हुआ कि रतनी की शादी हुए ढाई साल हो रहे हैं और रतनी को कोई बच्चा क्यों न हुआ? अटना-पटना-दिल्ली-दरभंगा में आपके इतने डागडर-डागडरनी जान-पहचान के हैं... आखिर, रतनी की माँ का दूध साल-भर तक पिया है, आपने। रतनी की माँ

को बहुत दिन तक आपने माँ कहा था, लोगों को याद है।...दूध का भी तो एक सम्बन्ध होता है।''

मैंने कहा, ''रतनी! रमेसर जग गया है।... मैं कुछ नहीं समझता। तुम जाओ। कोई देख लेगा।''

''देखकर क्या कर लेगा?''

रतनी ने बेलाग-बेलौस एक अश्लील बात अँधेरे में, आग की गोली की तरह उगल दी–''देखकर आपका 'अथि' और मेरा 'अथि' उखाड़ लेगा?...बोलिए, मैं पापिन हूँ? मैं अछूत हूँ? रंडी हूँ? जो भी हूँ, आपकी हवेली में पली हूँ...तकदीर का फेर...माधो बाबू...रतनी नाम भी आपके ही बाबूजी का दिया है। आपने उसको बिगाड़कर नैना जोगिन दिया! किस कसूर पर? आप लोगों का क्या बिगाड़ा था रतनी की माँ ने जो इस तरह बोल-चाल, उठ-बैठ एकदम बन्द!''

मैंने धीरे-से कहा, ''ऐसे गाँव में अब कोई भला आदमी कैसे रह सकता है?''

लगा, नागिन को ठेस लगी; फुफकार उठी–''भला आदमी? भला आदमी? भला आदमी को 'पूछ-सिंग' होता है?''

''नहीं होता है। इसीलिए...।''

पूछ-सिंग–जानवर–औरत-मर्द–नंगे–बेपर्द–अंधकार–प्रकाश–गुर्राहट–आँखों की चमक–बड़े-बड़े नाखून–बिल्ली–शिवा शैवा–गुह्यासया–योनिस्या भगिनी–भोगिनी–महांकुश–स्वरूप–छिन्नमस्ता अट्टहास...!

अट्टहास सुनकर चौंका--रतनी कहाँ है? वह तो साक्षात नील सरस्वती थी!

इस बार गाँव में, गाँव के आसपास, यह खबर बहुत तेजी से फैली कि नैना जोगिन का 'जोग' माधो बाबू पर खूब ठिकाने से लगा है!...रमेसर की माँ को एक दिन खोई हुई चीजें टोकरी में मिलीं–घर में ही। रतनी ने माधो बाबू को भेड़ा बनाया है तो माधो बाबू ने रतनी का 'विषदंत' उखाड़ दिया है। बोले तो अब एक भी गाली–गंदी या अच्छी?

रतनी और उसके नामर्द मर्द को मैं अपने साथ शहर लेता आया हूँ। डॉक्टर को अचरज होता है कि मैं रतनी के लिए इतना चिन्तित क्यों हूँ! उन्हें कैसे समझाऊँ कि यदि रतनी को कोई बच्चा नहीं हुआ तो वह...वह मेरे बाग के हर पौधे को तोड़ देगी; गाँव के सभी पेड़-पौधों को तोड़ देगी; गाँव के सभी लोगों को तोड़ेगी; गाँव में हड्डियाँ बरसावेगी; नंगी नाचेगी, अश्लील गालियाँ देती हुई सभी को ललकारेगी! वह साँवली-सलोनी लम्बी स्वरूप पूर्ण यौवना नैना योगन! जाँच-पड़ताल के समय जब रतनी की लम्बाई नापी जाती है, वजन लिया जाता

है, पेट टटोला जाता है...तो...मेडिकल कॉलेज की लेडी स्टूडेंट्स से लेकर डॉक्टर तक हैरत से मुँह बाये रहते हैं!...औरत, ऐसी?

पाँच दिन हुए हैं, पड़ोस के मलहोत्रा साहब की नौकरानी को दो दिन वह फ्लैट से नीचे उठाकर फेंकने की धमकी दे चुकी है।...शहर की सड़ी हुई गरमी को रोज पाँच अश्लील गालियाँ देती है!

उसका घरवाला गाँव लौटने को कुनमुनाता है तो वह घुड़क देती है...''हाँ, जब आ गई हूँ तो यहाँ हो चाहे लेहेरिया सराय, चाहे कलकत्ता...जहाँ से हो, कोख तो भरके लौटूँगी, गाँव तुमको जाना हो तो माधो बाबू टिकस कटाकर गाड़ी में बैठा देंगे। मैं किस मुँह से लौटूँगी खाली...?''

कोई जादू जानती है सचमुच रतनी!

कोई शब्द उसके मुँह में अश्लील नहीं लगता!

❂❂❂